Friedrich Schiller

Der Verbrecher aus verlorener Ehre und andere Erzählungen

Fischer Taschenbuch Verlag

Veröffentlicht im Fischer Taschenbuch Verlag,
einem Unternehmen der S. Fischer Verlag GmbH,
Frankfurt am Main, März 2009

Für diese Ausgabe:

Satz: MedienTeam Berger, Ellwangen
Druck und Bindung: Clausen & Bosse, Leck
Printed in Germany
ISBN 978-3-596-90165-4

Unsere Adressen im Internet:
www.fischerverlage.de
www.fischer-klassik.de

Inhalt

Eine großmütige Handlung,

aus der neusten Geschichte

Schauspiele und Romanen eröffnen uns die glänzendsten Züge des menschlichen Herzens; unsre Phantasie wird entzündet; unser Herz bleibt kalt; wenigstens ist die Glut, worein es auf diese Weise versetzt wird, nur augenblicklich und erfriert fürs praktische Leben. In dem nämlichen Augenblick, da uns die schmucklose Gutherzigkeit des ehrlichen Puffs bis beinahe zu Tränen rührt, zanken wir vielleicht einen anklopfenden Bettler mit Ungestüm ab. Wer weiß, ob nicht eben diese gekünstelte Existenz in einer idealischen Welt unsre Existenz in der wirklichen untergräbt? Wir schweben hier gleichsam um die zwei äußersten Enden der Moralität, Engel und Teufel, und die Mitte – den Menschen – lassen wir liegen.

Gegenwärtige Anekdote von zween Teutschen – mit stolzer Freude schreib ich das nieder – hat ein unabstreitbares Verdienst – sie ist *wahr.* Ich hoffe, dass sie meine Leser wärmer zurücklassen werde als alle Bände des »Grandison« und der »Pamela«.

Zwei Brüder, Baronen von Wrmb., hatten sich beide in ein junges vortreffliches Fräulein von Wrthr. verliebt, ohne dass der eine um des andern Leidenschaft wusste. Beider Liebe war zärtlich und stark, weil sie die erste war. Das Fräulein war schön und zur Empfindung geschaffen. Beide ließen ihre Neigung zur ganzen Leidenschaft aufwachsen, weil keiner die Gefahr kannte, die für sein Herz die schröcklichste war – seinen Bruder zum Nebenbuhler zu haben. Beide verschonten das Mädchen mit einem frühen Geständnis, und so hintergingen sich beide, bis ein unerwartetes Begegnis ihrer Empfindungen das ganze Geheimnis entdeckte.

Schon war die Liebe eines jeden bis auf den höchsten Grad gestiegen, der unglückseligste Affekt, der im Geschlechte der Menschen beinah so grausame Verwüstungen angerichtet hat als sein abscheuliches Gegenteil, hatte schon die ganze Fläche ihres Herzens eingenommen, dass wohl von keiner Seite eine Aufopferung möglich war. Das Fräulein, voll Gefühl für die traurige Lage dieser beiden Unglücklichen, wagte es nicht, ausschließend für einen zu entscheiden und unterwarf ihre Neigung dem Urteil der brüderlichen Liebe.

Sieger in diesem zweifelhaften Kampf der Pflicht und Empfindung, den unsre Philosophen so allzeit fertig entscheiden und der praktische Mensch so langsam unternimmt, sagte der ältere Bruder zum jüngern: »Ich weiß, dass du mein Mädchen liebst, feurig wie ich. Ich will nicht fragen, für wen ein älteres Recht entscheidet. – Bleibe du hier, ich suche die weite Welt, ich will streben, dass ich sie vergesse. Kann ich das – Bruder! dann ist sie dein, und der Himmel segne deine Liebe! – Kann ich es nicht – nun dann, so geh auch du hin – und tu ein Gleiches.«

Er verließ gählings Teutschland und eilte nach Holland – aber das Bild seines Mädchens eilte ihm nach. Fern von dem Himmelstrich seiner Liebe, aus einer Gegend verbannt, die seines Herzens ganze Seligkeit einschloss, in der er allein zu leben vermochte, erkrankte der Unglückliche, wie die Pflanze dahinschwindet, die der gewalttätige Europäer aus dem mütterlichen Asien entführt und fern von der milderen Sonne in rauhere Beete zwingt. Er erreichte verzweifelnd Amsterdam, dort warf ihn ein hitziges Fieber auf ein gefährliches Lager. Das Bild seiner Einzigen herrschte in seinen wahnsinnigen Träumen, seine Genesung hing an ihrem Besitze. Die Ärzte zweifelten für sein Leben, nur die Versicherung, ihn seiner Geliebten wiederzugeben, riss ihn mühsam aus den Armen des Todes. Halb verwest, ein wandelndes Gerippe, das erschröcklichste Bild des zehrenden Kummers, kam er in seiner Vaterstadt an – schwindelte er über die Treppe seiner Geliebten, seines Bruders. »Bruder, hier bin ich wieder. Was ich meinem Herzen zumutete, weiß *Der* im Himmel. – Mehr kann ich nicht.« Ohnmächtig sank er in die Arme des Fräuleins.

Der jüngere Bruder war nicht minder entschlossen. In wenigen Wochen stand er reisefertig da: »Bruder, du trugst deinen

Schmerz bis nach Holland. – Ich will versuchen, ihn weiter zu tragen. Führe sie nicht zum Altar, bis ich dir weiter schreibe. *Nur diese* Bedingung erlaubt sich die brüderliche Liebe. Bin ich glücklicher als du? – In Gottes Namen, so sei sie dein, und der Himmel segne eure Liebe. Bin ich es nicht? – Nun dann, so möge der Himmel weiter über uns richten! Lebe wohl. Behalte dieses versiegelte Päckchen, erbrich es nicht, bis ich von hinnen bin. – Ich geh nach Batavia.« – Hier sprang er in den Wagen.

Halb entseelt starrten ihm die Hinterbleibenden nach. Er hatte den Bruder an Edelmut übertroffen. Am Herzen dieses zerrten beide, Liebe und Verlust des edelsten Manns. Das Geräusch des fliehenden Wagens durchdonnerte sein Herz. Man besorgte für sein Leben. Das Fräulein – doch nein! Davon wird das Ende reden.

Man erbrach das Paket. Es war eine vollgültige Verschreibung aller seiner teutschen Besitzungen, die der Bruder erheben sollte, wenn es dem Fliehenden in Batavia glückte.

Der Überwinder seiner selbst ging mit holländischen Kauffahrern unter Segel und kam glücklich in Batavia an. Wenige Wochen, so übersandte er dem Bruder folgende Zeilen: »Hier, wo ich Gott dem Allmächtigen danke, hier auf der neuen Erde denk ich *deiner* und unsrer Lieben mit aller Wonne eines Märtyrers. Die neue Szenen und Schicksale haben meine Seele erweitert, Gott hat mir Kraft geschenkt, der Freundschaft das höchste Opfer zu bringen, *dein* ist – Gott! hier fiel eine Träne – die letzte – Ich hab überwunden – *Dein ist das Fräulein.* Bruder, ich habe sie nicht besitzen sollen, das heißt, sie wäre mit mir nicht glücklich gewesen. Wenn ihr je der Gedanke käme – sie wäre es mit mir gewesen – Bruder! Bruder! schwer wälze ich sie auf deine Seele. Vergiss nicht, wie schwer sie dir erworben werden musste. – Behandle den Engel immer, wie es itzt deine junge Liebe dich lehrt. – Behandle sie als ein teures Vermächtnis eines Bruders, den deine Arme nimmer umstricken werden. Lebe wohl. Schreibe mir nicht, wenn du deine Brautnacht feierst. Meine Wunde blutet noch immer. Schreibe mir, wie glücklich du bist. – Meine Tat ist mir Bürge, dass auch mich Gott in der fremden Welt nicht verlassen wird.«

Die Vermählung wurde vollzogen. *Ein Jahr* dauerte die seligste der Ehen. – Dann starb die Frau. Sterbend erst bekannte sie ihrer Vertrautesten das unglückseligste Geheimnis ihres Busens: sie hatte den Entflohenen stärker geliebt.

Beide Brüder leben noch wirklich. Der ältere auf seinen Gütern in Teutschland, aufs neue vermählt. Der jüngere blieb in Batavia und gediehe zum glücklichen, glänzenden Mann. Er tat ein Gelübde, niemals zu heiraten, und hat es gehalten.

Der Verbrecher aus verlorener Ehre

Eine wahre Geschichte

In der ganzen Geschichte des Menschen ist kein Kapitel unterrichtender für Herz und Geist als die Annalen seiner Verirrungen. Bei jedem großen Verbrechen war eine verhältnismäßig große Kraft in Bewegung. Wenn sich das geheime Spiel der Begehrungskraft bei dem matteren Licht gewöhnlicher Affekte versteckt, so wird es im Zustand gewaltsamer Leidenschaft desto hervorspringender, kolossalischer, lauter; der feinere Menschenforscher, welcher weiß, wie viel man auf die Mechanik der gewöhnlichen Willensfreiheit eigentlich rechnen darf und wie weit es erlaubt ist, analogisch zu schließen, wird manche Erfahrung aus diesem Gebiete in seine Seelenlehre herübertragen und für das sittliche Leben verarbeiten.

Es ist etwas so Einförmiges und doch wieder so Zusammengesetztes, das menschliche Herz. Eine und eben dieselbe Fertigkeit oder Begierde kann in tausenderlei Formen und Richtungen spielen, kann tausend widersprechende Phänomene bewirken, kann in tausend Charakteren anders gemischt erscheinen, und tausend ungleiche Charaktere und Handlungen können wieder aus einerlei Neigung gesponnen sein, wenn auch der Mensch, von welchem die Rede ist, nichts weniger denn eine solche Verwandtschaft ahndet. Stünde einmal, wie für die übrigen Reiche der Natur, auch für das Menschengeschlecht ein Linnäus auf, welcher nach Trieben und Neigungen klassifizierte, wie sehr würde man erstaunen, wenn man so manchen, dessen Laster in einer engen bürgerlichen Sphäre und in der schmalen Umzäunung der Gesetze jetzt ersticken muss, mit dem Ungeheuer Borgia in *einer* Ordnung beisammen fände.

Von dieser Seite betrachtet, lässt sich manches gegen die gewöhnliche Behandlung der Geschichte einwenden, und hier, vermute ich, liegt auch die Schwierigkeit, warum das Studium derselben für das bürgerliche Leben noch immer so fruchtlos geblieben. Zwischen der heftigen Gemütsbewegung des handelnden Menschen und der ruhigen Stimmung des Lesers, welchem diese Handlung vorgelegt wird, herrscht ein so widriger Kontrast, liegt ein so breiter Zwischenraum, dass es dem letztern schwer, ja unmöglich wird, einen Zusammenhang nur zu ahnden. Es bleibt eine Lücke zwischen dem historischen Subjekt und dem Leser, die alle Möglichkeit einer Vergleichung oder Anwendung abschneidet und statt jenes heilsamen Schreckens, der die stolze Gesundheit warnet, ein Kopfschütteln der Befremdung erweckt. Wir sehen den Unglücklichen, der doch in eben der Stunde, wo er die Tat beging, so wie in der, wo er dafür büßet, Mensch war wie wir, für ein Geschöpf fremder Gattung an, dessen Blut anders umläuft als das unsrige, dessen Wille andern Regeln gehorcht als der unsrige; seine Schicksale rühren uns wenig, denn Rührung gründet sich ja nur auf ein dunkles Bewusstsein ähnlicher Gefahr, und wir sind weit entfernt, eine solche Ähnlichkeit auch nur zu träumen. Die Belehrung geht mit der Beziehung verloren, und die Geschichte, anstatt eine Schule der Bildung zu sein, muss sich mit einem armseligen Verdienste um unsre Neugier begnügen. Soll sie uns mehr sein und ihren großen Endzweck erreichen, so muss sie notwendig unter diesen beiden Methoden wählen – Entweder der Leser muss warm werden wie der Held, oder der Held wie der Leser erkalten.

Ich weiß, dass von den besten Geschichtschreibern neuerer Zeit und des Altertums manche sich an die erste Methode gehalten und das Herz ihres Lesers durch hinreißenden Vortrag bestochen haben. Aber diese Manier ist eine Usurpation des Schriftstellers und beleidigt die republikanische Freiheit des lesenden Publikums, dem es zukömmt, selbst zu Gericht zu sitzen; sie ist zugleich eine Verletzung der Grenzengerechtigkeit, denn diese Methode gehört ausschließend und eigentümlich dem Redner und Dichter. Dem Geschichtschreiber bleibt nur die letztere übrig.

Der Held muss kalt werden wie der Leser, oder, was hier ebenso viel sagt, wir müssen mit ihm bekannt werden, eh er handelt, wir müssen ihn seine Handlung nicht bloß vollbringen, sondern auch wollen sehen. An seinen Gedanken liegt uns unendlich mehr als an seinen Taten, und noch weit mehr an den Quellen seiner Gedanken als an den Folgen jener Taten. Man hat das Erdreich des Vesuvs untersucht, sich die Entstehung seines Brandes zu erklären; warum schenkt man einer moralischen Erscheinung weniger Aufmerksamkeit als einer physischen? Warum achtet man nicht in eben dem Grade auf die Beschaffenheit und Stellung der Dinge, welche einen solchen Menschen umgaben, bis der gesammelte Zunder in seinem Inwendigen Feuer fing? Den Träumer, der das Wunderbare liebt, reizt eben das Seltsame und Abenteuerliche einer solchen Erscheinung; der Freund der Wahrheit sucht eine Mutter zu diesen verlorenen Kindern. Er sucht sie in der unveränderlichen Struktur der menschlichen Seele und in den veränderlichen Bedingungen, welche sie von außen bestimmten, und in diesen beiden findet er sie gewiss. Ihn überrascht es nun nicht mehr, in dem nämlichen Beete, wo sonst überall heilsame Kräuter blühen, auch den giftigen Schierling gedeihen zu sehen, Weisheit und Torheit, Laster und Tugend in *einer* Wiege beisammen zu finden.

Wenn ich auch keinen der Vorteile hier in Anschlag bringe, welche die Seelenkunde aus einer solchen Behandlungsart der Geschichte zieht, so behält sie schon allein darum den Vorzug, weil sie den grausamen Hohn und die stolze Sicherheit ausrottet, womit gemeiniglich die ungeprüfte aufrechtstehende Tugend auf die gefallne herunterblickt, weil sie den sanften Geist der Duldung verbreitet, ohne welchen kein Flüchtling zurückkehrt, keine Aussöhnung des Gesetzes mit seinem Beleidiger stattfindet, kein angestecktes Glied der Gesellschaft von dem gänzlichen Brande gerettet wird.

Ob der Verbrecher, von dem ich jetzt sprechen werde, auch noch ein Recht gehabt hätte, an jenen Geist der Duldung zu appellieren? ob er wirklich ohne Rettung für den Körper des Staats verloren war? – Ich will dem Ausspruch des Lesers nicht vorgreifen. Unsre Gelindigkeit fruchtet ihm nichts mehr, denn er starb durch des Henkers Hand – aber die Leichenöffnung seines Lasters unterrichtet vielleicht die Menschheit und – es ist möglich, auch die Gerechtigkeit.

Christian Wolf war der Sohn eines Gastwirts in einer ...schen Landstadt (deren Namen man, aus Gründen, die sich in der Folge aufklären, verschweigen muss) und half seiner Mutter, denn der Vater war tot, bis in sein zwanzigstes Jahr die Wirtschaft besorgen. Die Wirtschaft war schlecht, und Wolf hatte müßige Stunden. Schon von der Schule her war er für einen losen Buben bekannt. Erwachsene Mädchen führten Klagen über seine Frechheit, und die Jungen des Städtchens huldigten seinem erfinderischen Kopfe. Die Natur hatte seinen Körper verabsäumt. Eine kleine unscheinbare Figur, krauses Haar von einer unangenehmen Schwärze, eine plattgedrückte Nase und eine geschwollene Oberlippe, welche noch überdies durch den Schlag eines Pferdes aus ihrer Richtung gewichen war, gaben seinem Anblick eine Widrigkeit, welche alle Weiber von ihm zurückscheuchte und dem Witz seiner Kameraden eine reichliche Nahrung darbot.

Er wollte ertrotzen, was ihm verweigert war; weil er missfiel, setzte er sich vor, zu gefallen. Er war sinnlich und beredete sich, dass er liebe. Das Mädchen, das er wählte, misshandelte ihn; er hatte Ursache, zu fürchten, dass seine Nebenbuhler glücklicher wären; doch das Mädchen war arm. Ein Herz, das seinen Beteurungen verschlossen blieb, öffnete sich vielleicht seinen Geschenken, aber ihn selbst drückte Mangel, und der eitle Versuch, seine Außenseite geltend zu machen, verschlang noch das wenige, was er durch eine schlechte Wirtschaft erwarb. Zu bequem und zu unwissend, seinem zerrütteten Hauswesen durch Spekulation aufzuhelfen, zu stolz, auch zu weichlich, den Herrn, der er bisher gewesen war, mit dem Bauer zu vertauschen und seiner angebeteten Freiheit zu entsagen, sah er nur einen Ausweg vor sich – den Tausende vor ihm und nach ihm mit besserem Glücke ergriffen haben – den Ausweg, honett zu stehlen. Seine Vaterstadt grenzte an eine landesherrliche Waldung, er wurde Wilddieb, und der Ertrag seines Raubes wanderte treulich in die Hände seiner Geliebten.

Unter den Liebhabern Hannchens war Robert, ein Jägerpursche des Försters. Frühzeitig merkte dieser den Vorteil, den die Freigebigkeit seines Nebenbuhlers über ihn gewonnen hatte, und mit Scheelsucht forschte er nach den Quellen dieser Veränderung. Er zeigte sich fleißiger in der »Sonne« – dies war das Schild zu dem Wirtshaus – sein laurendes Auge, von Eifersucht und Neide geschärft, entdeckte ihm bald, woher dieses Geld floss. Nicht lange vorher war ein strenges Edikt gegen die Wildschützen erneuert worden, welches den Übertreter zum Zuchthaus verdammte. Robert war unermüdet, die geheimen Gänge seines Feindes zu beschleichen, endlich gelang es ihm auch, den Unbesonnenen über der Tat zu ergreifen. Wolf wurde eingezogen, und nur mit Aufopferung seines ganzen kleinen Vermögens brachte er es mühsam dahin, die zuerkannte Strafe durch eine Geldbuße abzuwenden.

Robert triumphierte. Sein Nebenbuhler war aus dem Felde geschlagen und Hannchens Gunst für den Bettler verloren. Wolf kannte seinen Feind, und dieser Feind war der glückliche Besitzer seiner Johanne. Drückendes Gefühl des Mangels gesellte sich zu beleidigtem Stolze, Not und Eifersucht stürmen vereinigt auf seine Empfindlichkeit ein, der Hunger treibt ihn hinaus in die weite Welt, Rache und Leidenschaft halten ihn fest. Er wird zum zweiten Mal Wilddieb; aber Roberts verdoppelte Wachsamkeit überlistet ihn zum zweiten Mal wieder. Jetzt erfährt er die ganze Schärfe des Gesetzes: denn er hat nichts mehr zu geben, und in wenigen Wochen wird er in das Zuchthaus der Residenz abgeliefert.

Das Strafjahr war überstanden, seine Leidenschaft durch die Entfernung gewachsen und sein Trotz unter dem Gewicht des Unglücks gestiegen. Kaum erlangt er die Freiheit, so eilt er nach seinem Geburtsort, sich seiner Johanne zu zeigen. Er erscheint: man flieht ihn. Die dringende Not hat endlich seinen Hochmut gebeugt und seine Weichlichkeit überwunden – er bietet sich den

Reichen des Orts an und will für den Taglohn dienen. Der Bauer zuckt über den schwachen Zärtling die Achsel; der derbe Knochenbau seines handfesten Mitbewerbers sticht ihn bei diesem fühllosen Gönner aus. Er wagt einen letzten Versuch. *Ein* Amt ist noch ledig, der äußerste verlorne Posten des ehrlichen Namens – er meldet sich zum Hirten des Städtchens, aber der Bauer will seine Schweine keinem Taugenichts anvertrauen. In allen Entwürfen getäuscht, an allen Orten zurückgewiesen, wird er zum dritten Mal Wilddieb, und zum drittenmal trifft ihn das Unglück, seinem wachsamen Feind in die Hände zu fallen.

Der doppelte Rückfall hatte seine Verschuldung erschwert. Die Richter sahen in das Buch der Gesetze, aber nicht *einer* in die Gemütsverfassung des Beklagten. Das Mandat gegen die Wilddiebe bedurfte einer solennen und exemplarischen Genugtuung, und Wolf ward verurteilt, das Zeichen des Galgens auf den Rücken gebrannt, drei Jahre auf der Festung zu arbeiten.

Auch diese Periode verlief, und er ging von der Festung – aber ganz anders, als er dahin gekommen war. Hier fängt eine neue Epoche in seinem Leben an; man höre ihn selbst, wie er nachher gegen seinen geistlichen Beistand und vor Gerichte bekannt hat. »Ich betrat die Festung«, sagte er, »als ein Verirrter und verließ sie als ein Lotterbube. Ich hatte noch etwas in der Welt gehabt, das mir teuer war, und mein Stolz krümmte sich unter der Schande. Wie ich auf die Festung gebracht war, sperrte man mich zu dreiundzwanzig Gefangenen ein, unter denen zwei Mörder und die übrigen alle berüchtigte Diebe und Vagabunden waren. Man verhöhnte mich, wenn ich von Gott sprach, und setzte mir zu, schändliche Lästerungen gegen den Erlöser zu sagen. Man sang mir Hurenlieder vor, die ich, ein lüderlicher Bube, nicht ohne Ekel und Entsetzen hörte, aber was ich ausüben sah, empörte meine Schamhaftigkeit noch mehr. Kein Tag verging, wo nicht irgendein schändlicher Lebenslauf wiederholt, irgendein schlimmer Anschlag geschmiedet ward. Anfangs floh ich dieses Volk und verkroch mich vor ihren Gesprächen, so gut mirs möglich war, aber ich brauchte ein Geschöpf, und die Barbarei meiner Wächter hatte mir auch meinen Hund abgeschlagen. Die Arbeit war hart und tyrannisch, mein Körper kränklich, ich brauchte Beistand, und wenn ichs aufrichtig sagen soll, ich brauchte Bedaurung, und diese musste ich mit dem letzten Überrest meines Gewissens erkaufen. So gewöhnte ich mich endlich an das Abscheulichste, und im letzten Vierteljahr hatte ich meine Lehrmeister übertroffen.

Von jetzt an lechzte ich nach dem Tag meiner Freiheit, wie ich nach Rache lechzte. Alle Menschen hatten mich beleidigt, denn alle waren besser und glücklicher als ich. Ich betrachtete mich als den Märtyrer des natürlichen Rechts und als ein Schlachtopfer der Gesetze. Zähneknirschend rieb ich meine Ketten, wenn die Sonne hinter meinem Festungsberg heraufkam; eine weite Aussicht ist zwiefache Hölle für einen Gefangenen. Der freie Zugwind, der durch die Luftlöcher meines Turmes pfeifte, und die Schwalbe, die sich auf dem eisernen Stab meines Gitters niederließ, schienen mich mit ihrer Freiheit zu necken und machten mir meine Gefangenschaft desto grässlicher. Damals gelobte ich unversöhnlichen glühenden Hass allem was dem Menschen gleicht, und was ich gelobte, hab ich redlich gehalten.

Mein erster Gedanke, sobald ich mich frei sah, war meine Vaterstadt. So wenig auch für meinen künftigen Unterhalt da zu hoffen war, so viel versprach sich mein Hunger nach Rache. Mein Herz klopfte wilder, als der Kirchturm von weitem aus dem Gehölze stieg. Es war nicht mehr das herzliche Wohlbehagen, wie ichs bei meiner ersten Wallfahrt empfunden hatte. – Das Andenken alles Ungemachs, aller Verfolgungen, die ich dort einst erlitten hatte, erwachte mit einem Mal aus einem schrecklichen Todesschlaf, alle Wunden bluteten wieder, alle Narben gingen auf. Ich verdoppelte meine Schritte, denn es erquickte mich im Voraus, meine Feinde durch meinen plötzlichen Anblick in Schrecken zu setzen, und ich dürstete jetzt ebenso sehr nach neuer Erniedrigung, als ich ehemals davor gezittert hatte.

Die Glocken läuteten zur Vesper, als ich mitten auf dem Markte stand. Die Gemeine wimmelte zur Kirche. Man erkannte mich schnell, jedermann, der mir aufstieß, trat scheu zurück. Ich hatte von jeher die kleinen Kinder sehr lieb gehabt, und auch jetzt übermannte michs unwillkürlich, dass ich einem Knaben, der neben mir vorbeihüpfte, einen Groschen bot. Der Knabe sah mich einen Augenblick starr an und warf mir den Groschen ins Gesicht. Wäre mein Blut nur etwas ruhiger gewesen, so hätte ich mich erinnert, dass der Bart, den ich noch von der Festung mitbrachte, meine Gesichtszüge bis zum Grässlichen entstellte – aber mein böses Herz hatte meine Vernunft angesteckt. Tränen, wie ich sie nie geweint hatte, liefen über meine Backen.

›Der Knabe weiß nicht, wer ich bin, noch woher ich komme‹, sagte ich halblaut zu mir selbst, ›und doch meidet er mich wie ein schändliches Tier. Bin ich denn irgendwo auf der Stirne gezeichnet, oder habe ich aufgehört, einem Menschen ähnlich zu sehen, weil ich fühle, dass ich keinen mehr lieben kann?‹ – Die Verachtung dieses Knaben schmerzte mich bitterer als dreijähriger Galiotendienst, denn ich hatte ihm Gutes getan und konnte ihn keines persönlichen Hasses beschuldigen.

Ich setzte mich auf einen Zimmerplatz, der Kirche gegenüber; was ich eigentlich wollte, weiß ich nicht; doch ich weiß noch, dass ich mit Erbitterung aufstand, als von allen meinen vorübergehenden Bekannten keiner mich nur eines Grußes gewürdigt hatte, auch nicht einer. Unwillig verließ ich meinen Standort, eine Herberge aufzusuchen; als ich an der Ecke einer Gasse umlenkte, rannte ich gegen meine Johanne. ›Sonnenwirt!‹ schrie sie laut auf und machte eine Bewegung, mich zu umarmen. ›Du wieder da, lieber Sonnenwirt! Gott sei Dank, dass du wiederkömmst!‹ Hunger und Elend sprach aus ihrer Bedeckung, eine schändliche Krankheit aus ihrem Gesichte, ihr Anblick verkündigte die verworfenste Kreatur, zu der sie erniedrigt war. Ich ahndete schnell, was hier geschehen sein möchte; einige fürstliche Dragoner, die mir eben begegnet waren, ließen mich erraten, dass Garnison in dem Städtchen lag. ›Soldatendirne!‹ rief ich und drehte ihr lachend den Rücken zu. Es tat mir wohl, dass noch *ein* Geschöpf *unter* mir war im Rang der Lebendigen. Ich hatte sie niemals geliebt.

Meine Mutter war tot. Mit meinem kleinen Hause hatten sich meine Kreditoren bezahlt gemacht. Ich hatte niemand und nichts mehr. Alle Welt floh mich wie einen Giftigen, aber ich hatte endlich verlernt, mich zu schämen. Vorher hatte ich mich dem Anblick der Menschen entzogen, weil Verachtung mir unerträglich war. Jetzt drang ich mich auf und ergötzte mich, sie zu verscheuchen. Es war mir wohl, weil ich nichts mehr zu verlieren und nichts mehr zu hüten hatte. Ich brauchte keine gute Eigenschaft mehr, weil man keine mehr bei mir vermutete.

Die ganze Welt stand mir offen, ich hätte vielleicht in einer fremden Provinz für einen ehrlichen Mann gegolten, aber ich hatte den Mut verloren, es auch nur zu scheinen. Verzweiflung und Schande hatten mir endlich diese Sinnesart aufgezwungen. Es war die letzte Ausflucht, die mir übrig war, die Ehre entbehren zu lernen, weil ich an keine mehr Anspruch machen durfte. Hätten meine Eitelkeit und mein Stolz meine Erniedrigung erlebt, so hätte ich mich selber entleiben müssen.

Was ich nunmehr eigentlich beschlossen hatte, war mir selber noch unbekannt. Ich wollte Böses tun, so viel erinnerte ich mich noch dunkel. Ich wollte mein Schicksal verdienen. Die Gesetze, meinte ich, wären Wohltaten für die Welt, also fasste ich den Vorsatz, sie zu verletzen; ehemals hatte ich aus Notwendigkeit und Leichtsinn gesündigt, jetzt tat ichs aus freier Wahl zu meinem Vergnügen.

Mein Erstes war, dass ich mein Wildschießen fortsetzte. Die Jagd überhaupt war mir nach und nach zur Leidenschaft geworden, und außerdem musste ich ja leben. Aber dies war es nicht allein; es kitzelte mich, das fürstliche Edikt zu verhöhnen und meinem Landesherrn nach allen Kräften zu schaden. Ergriffen zu werden, besorgte ich nicht mehr, denn jetzt hatte ich eine Kugel für meinen Entdecker bereit, und das wusste ich, dass mein Schuss seinen Mann nicht fehlte. Ich erlegte alles Wild, das mir aufstieß, nur weniges machte ich auf der Grenze zu Gelde, das meiste ließ ich verwesen. Ich lebte kümmerlich, um nur den Aufwand an Blei und Pulver zu bestreiten. Meine Verheerungen in der großen Jagd wurden ruchtbar, aber mich drückte kein Verdacht mehr. Mein Anblick löschte ihn aus. Mein Name war vergessen.

Diese Lebensart trieb ich mehrere Monate. Eines Morgens hatte ich nach meiner Gewohnheit das Holz durchstrichen, die Fährte eines Hirsches zu verfolgen. Zwei Stunden hatte ich mich vergeblich ermüdet, und schon fing ich an, meine Beute verloren zu geben, als ich sie auf einmal in schussgerechter Entfernung entdecke. Ich will anschlagen und abdrücken – aber plötzlich erschreckt mich der Anblick eines Hutes, der wenige Schritte vor mir auf der Erde liegt. Ich forsche genauer und erkenne den Jäger Robert, der hinter dem dicken Stamm einer Eiche auf eben das Wild anschlägt, dem ich den Schuss bestimmt hatte. Eine tödliche Kälte fährt bei diesem Anblick durch meine Gebeine. Just das war der Mensch, den ich unter allen lebendigen Dingen am grässlichsten hasste, und dieser Mensch war in die Gewalt meiner Kugel gegeben. In diesem Augenblick dünkte michs, als ob die ganze Welt in meinem Flintenschuss läge und der Hass meines ganzen Lebens in die einzige Fingerspitze sich zusammendrängte, womit ich den mördrischen Druck tun sollte. Eine unsichtbare fürchterliche Hand schwebte über mir, der Stundenweiser meines Schicksals zeigte unwiderruflich auf diese schwarze Minute. Der Arm zitterte mir, da ich meiner Flinte die schreckliche Wahl erlaubte – meine Zähne schlugen zusammen wie im Fieberfrost, und der Odem sperrte sich erstickend in meiner Lunge. Eine Minute lang blieb der Lauf meiner Flinte ungewiss zwischen dem Menschen und dem Hirsch mitten inne schwanken – eine Minute – und noch eine – und wieder eine. Rache und Gewissen rangen hartnäckig und zweifelhaft, aber die Rache gewanns, und der Jäger lag tot am Boden.

Mein Gewehr fiel mit dem Schusse … ›Mörder‹ … stammelte ich langsam – der Wald war still wie ein Kirchhof – ich hörte deutlich, dass ich ›Mörder‹ sagte. Als ich näher schlich, starb der Mann. Lange stand ich sprachlos vor dem Toten, ein helles Gelächter endlich machte mir Luft. ›Wirst du jetzt reinen Mund halten, guter Freund!‹ sagte ich und trat keck hin, indem ich zugleich das Gesicht des Ermordeten auswärts kehrte. Die Augen standen ihm weit auf. Ich wurde ernsthaft und schwieg plötzlich wieder stille. Es fing mir an, seltsam zu werden.

Bis hieher hatte ich auf Rechnung meiner Schande gefrevelt; jetzt war etwas geschehen, wofür ich noch nicht gebüßt hatte. Eine Stunde vorher, glaube ich, hätte mich kein Mensch überredet, dass es noch etwas Schlechteres als mich unter dem Himmel gebe; jetzt fing ich an zu mutmaßen, dass ich vor einer Stunde wohl gar zu beneiden war.

Gottes Gerichte fielen mir nicht ein – wohl aber eine, ich weiß nicht welche? verwirrte Erinnerung an Strang und Schwert und die Exekution einer Kindermörderin, die ich als Schuljunge mit angesehen hatte. Etwas ganz besonders Schreckbares lag für mich in dem Gedanken, dass von jetzt an mein Leben verwirkt sei. Auf mehreres besinne ich mich nicht mehr. Ich wünschte gleich darauf, dass er noch lebte. Ich tat mir Gewalt an, mich lebhaft an alles Böse zu erinnern, das mir der Tote im Leben zugefügt hatte, aber sonderbar! mein Gedächtnis war wie ausgestorben. Ich konnte nichts mehr von alle dem hervorrufen, was mich vor einer Viertelstunde zum Rasen gebracht hatte. Ich begriff gar nicht, wie ich zu dieser Mordtat gekommen war.

Noch stand ich vor der Leiche, noch immer. Das Knallen einiger Peitschen und das Geknarre von Frachtwagen, die durchs Holz fuhren, brachte mich zu mir selbst. Es war kaum eine Viertelmeile abseits der Heerstraße, wo die Tat geschehen war. Ich musste auf meine Sicherheit denken.

Unwillkürlich verlor ich mich tiefer in den Wald. Auf dem Wege fiel mir ein, dass der Entleibte sonst eine Taschenuhr besessen hätte. Ich brauchte Geld, um die Grenze zu erreichen – und doch fehlte mir der Mut, nach dem Platze umzuwenden, wo der Tote lag. Hier erschreckte mich ein Gedanke an den Teufel und eine Allgegenwart Gottes. Ich raffte meine ganze Kühnheit zusammen; entschlossen, es mit der ganzen Hölle aufzunehmen, ging ich nach der Stelle zurück. Ich fand, was ich erwartet hatte, und in einer grünen Börse noch etwas weniges über einen Taler an Gelde. Eben da ich beides zu mir stecken wollte, hielt ich plötzlich ein und überlegte. Es war keine Anwandlung von Scham, auch nicht Furcht, mein Verbrechen durch Plünderung zu vergrößern – Trotz, glaube ich, war es, dass ich die Uhr wieder von mir warf und von dem Gelde nur die Hälfte behielt. Ich wollte für einen persönlichen Feind des Erschossenen, aber nicht für seinen Räuber gehalten sein.

Jetzt floh ich waldeinwärts. Ich wusste, dass das Holz sich vier deutsche Meilen nordwärts erstreckte und dort an die Grenzen des Landes stieß. Bis zum hohen Mittage lief ich atemlos. Die Eilfertigkeit meiner Flucht hatte meine Gewissensangst zerstreut, aber sie kam schrecklicher zurück, wie meine Kräfte mehr und mehr ermatteten. Tausend grässliche Gestalten gingen an mir vorüber und schlugen wie schneidende Messer in meine Brust. Zwischen einem Leben voll rastloser Todesfurcht und einer gewaltsamen Entleibung war mir jetzt eine schreckliche Wahl gelassen, und ich *musste* wählen. Ich hatte das Herz nicht, durch Selbstmord aus der Welt zu gehen, und entsetzte mich vor der Aussicht, darin zu bleiben. Geklemmt zwischen die gewissen Qualen des Lebens und die ungewissen Schrecken der Ewigkeit, gleich unfähig zu leben und zu sterben, brachte ich die sechste Stunde meiner Flucht dahin, eine Stunde, voll gepresst von Qualen, wovon noch kein lebendiger Mensch zu erzählen weiß.

In mich gekehrt und langsam, ohne mein Wissen den Hut tief ins Gesicht gedrückt, als ob mich dies vor dem Auge der leblosen Natur hätte unkenntlich machen können, hatte ich unvermerkt einen schmalen Fußsteig verfolgt, der mich durch das dunkelste Dickicht führte – als plötzlich eine raue befehlende Stimme vor mir her: ›Halt!‹ rufte. Die Stimme war ganz nahe, meine Zerstreuung und der heruntergedrückte Hut hatten mich verhindert, um mich herumzuschauen. Ich schlug die Augen auf und sah einen wilden Mann auf mich zukommen, der eine große knotigte Keule trug. Seine Figur ging ins Riesenmäßige – meine erste Bestürzung wenigstens hatte mich dies glauben gemacht – und die Farbe seiner Haut war von einer gelben Mulattenschwärze, woraus das Weiße eines schielenden Auges bis zum Grassen hervortrat. Er hatte statt eines Gurts ein dickes Seil zwiefach um einen grünen wollenen Rock geschlagen, worin ein breites Schlachtmesser bei einer Pistole stak. Der Ruf wurde wiederholt, und ein kräftiger Arm hielt mich fest. Der Laut eines Menschen hatte mich in Schrecken gejagt, aber der Anblick eines Bösewichts gab mir Herz. In der Lage, worin ich jetzt war, hatte ich Ursache, vor jedem redlichen Mann, aber keine mehr, vor einem Räuber zu zittern.

›Wer da?‹ sagte diese Erscheinung.

›Deinesgleichen‹, war meine Antwort, ›wenn du der wirklich bist, dem du gleichsiehst!‹

›Dahinaus geht der Weg nicht. Was hast du hier zu suchen?‹

›Was hast du hier zu fragen?‹ versetzte ich trotzig.

Der Mann betrachtete mich zweimal vom Fuß bis zum Wirbel. Es schien, als ob er meine Figur gegen die seinige und meine Anwort gegen meine Figur halten wollte – ›Du sprichst brutal wie ein Bettler‹, sagte er endlich.

›Das mag sein. Ich bins noch gestern gewesen.‹

Der Mann lachte. ›Man sollte darauf schwören‹, rief er, ›du wolltest auch noch jetzt für nichts Besseres gelten.‹

›Für etwas Schlechteres also‹ – Ich wollte weiter.

›Sachte, Freund! Was jagt dich denn so? Was hast du für Zeit zu verlieren?‹

Ich besann mich einen Augenblick. Ich weiß nicht, wie mir das Wort auf die Zunge kam: ›Das Leben ist kurz‹, sagte ich langsam, ›und die Hölle währt ewig.‹

Er sah mich stier an. ›Ich will verdammt sein‹, sagte er endlich, ›oder du bist irgend an einem Galgen hart vorbeigestreift.‹

›Das mag wohl noch kommen. Also auf Wiedersehen, Kamerad!‹

›Topp, Kamerad!‹ – schrie er, indem er eine zinnerne Flasche aus seiner Jagdtasche hervorlangte, einen kräftigen Schluck daraus tat und mir sie reichte. Flucht und Beängstigung hatten meine

Kräfte aufgezehrt, und diesen ganzen entsetzlichen Tag war noch nichts über meine Lippen gekommen. Schon fürchtete ich, in dieser Waldgegend zu verschmachten, wo auf drei Meilen in der Runde kein Labsal für mich zu hoffen war. Man urteile, wie froh ich auf diese angebotne Gesundheit Bescheid tat. Neue Kraft floss mit diesem Erquicktrunk in meine Gebeine und frischer Mut in mein Herz, und Hoffnung und Liebe zum Leben. Ich fing an zu glauben, dass ich doch wohl nicht ganz elend wäre, so viel konnte dieser willkommene Trank. Ja, ich bekenne es, mein Zustand grenzte wieder an einen glücklichen, denn endlich, nach tausend fehlgeschlagenen Hoffnungen, hatte ich eine Kreatur gefunden, die mir ähnlich schien. In dem Zustande, worein ich versunken war, hätte ich mit dem höllischen Geiste Kameradschaft getrunken, um einen Vertrauten zu haben.

Der Mann hatte sich aufs Gras hingestreckt, ich tat ein Gleiches.

›Dein Trunk hat mir wohlgetan!‹ sagte ich. ›Wir müssen bekannter werden.‹

Er schlug Feuer, seine Pfeife zu zünden.

›Treibst du das Handwerk schon lange?‹

Er sah mich fest an. ›Was willst du damit sagen?‹

›War das schon oft blutig?‹ Ich zog das Messer aus seinem Gürtel.

›Wer bist du?‹ sagte er schrecklich und legte die Pfeife von sich.

›Ein Mörder wie du – aber nur erst ein Anfänger.‹

Der Mensch sah mich steif an und nahm seine Pfeife wieder.

›Du bist nicht hier zu Hause?‹ sagte er endlich.

›Drei Meilen von hier. Der Sonnenwirt in L…, wenn du von mir gehöret hast.‹

Der Mann sprang auf wie ein Besessner. ›Der Wildschütze Wolf?‹ schrie er hastig.

›Der Nämliche.‹

›Willkommen, Kamerad! Willkommen!‹ rief er und schüttelte mir kräftig die Hände. ›Das ist brav, dass ich dich endlich habe,

Sonnenwirt. Jahr und Tag schon sinn ich darauf, dich zu kriegen. Ich kenne dich recht gut. Ich weiß um alles. Ich habe lange auf dich gerechnet.‹

›Auf mich gerechnet? Wozu denn?‹

›Die ganze Gegend ist voll von dir. Du hast Feinde, ein Amtmann hat dich gedrückt, Wolf. Man hat dich zugrunde gerichtet, himmelschreiend ist man mit dir umgegangen.‹

Der Mann wurde hitzig – ›Weil du ein paar Schweine geschossen hast, die der Fürst auf unsern Äckern und Feldern füttert, haben sie dich Jahre lang im Zuchthaus und auf der Festung herumgezogen, haben sie dich um Haus und Wirtschaft bestohlen, haben sie dich zum Bettler gemacht. Ist es dahin gekommen, Bruder, dass der Mensch nicht mehr gelten soll als ein Hase? Sind wir nicht besser als das Vieh auf dem Felde? – Und ein Kerl wie du konnte das dulden?‹

›Konnt ichs ändern?‹

›Das werden wir ja wohl sehen. Aber sage mir doch, woher kömmst du denn jetzt, und was führst du im Schilde?‹

Ich erzählte ihm meine ganze Geschichte. Der Mann, ohne abzuwarten, bis ich zu Ende war, sprang mit froher Ungeduld auf, und mich zog er nach. ›Komm, Bruder Sonnenwirt‹, sagte er, ›jetzt bist du reif, jetzt hab ich dich, wo ich dich brauchte. Ich werde Ehre mit dir einlegen. Folge mir.‹

›Wo willst du mich hinführen?‹

›Frage nicht lange. Folge!‹ – Er schleppte mich mit Gewalt fort.

Wir waren eine kleine Viertelmeile gegangen. Der Wald wurde immer abschüssiger, unwegsamer und wilder, keiner von uns sprach ein Wort, bis mich endlich die Pfeife meines Führers aus meinen Betrachtungen aufschreckte. Ich schlug die Augen auf, wir standen am schroffen Absturz eines Felsens, der sich in eine tiefe Kluft hinunterbückte. Eine zwote Pfeife antwortete aus dem innersten Bauche des Felsens, und eine Leiter kam, wie von sich selbst, langsam aus der Tiefe gestiegen. Mein Führer kletterte zuerst hinunter, mich hieß er warten, bis er wiederkäme. ›Erst muss ich den Hund an Ketten legen lassen‹, setzte er hinzu, ›du bist hier fremd, die Bestie würde dich zerreißen.‹ Damit ging er.

Jetzt stand ich allein vor dem Abgrund, und ich wusste recht gut, dass ich allein war. Die Unvorsichtigkeit meines Führers entging meiner Aufmerksamkeit nicht. Es hätte mich nur einen beherzten Entschluss gekostet, die Leiter heraufzuziehen, so war ich frei, und meine Flucht war gesichert. Ich gestehe, dass ich das einsah. Ich sah in den Schlund hinab, der mich jetzt aufnehmen sollte, es erinnerte mich dunkel an den Abgrund der Hölle, woraus keine Erlösung mehr ist. Mir fing an, vor der Laufbahn zu schaudern, die ich nunmehr betreten wollte, nur eine schnelle Flucht konnte mich retten. Ich beschließe diese Flucht – schon strecke ich den Arm nach der Leiter aus – aber auf einmal donnerts in meinen Ohren, es umhallt mich wie Hohngelächter der Hölle: ›Was hat ein Mörder zu wagen?‹ und mein Arm fällt gelähmt zurück. Meine Rechnung war völlig, die Zeit der Reue war dahin, mein begangener Mord lag hinter mir aufgetürmt wie ein Fels und sperrte meine Rückkehr auf ewig. Zugleich erschien auch mein Führer wieder und kündigte mir an, dass ich kommen solle. Jetzt war ohnehin keine Wahl mehr. Ich kletterte hinunter.

Wir waren wenige Schritte unter der Felsmauer weggegangen, so erweiterte sich der Grund, und einige Hütten wurden sichtbar. Mitten zwischen diesen öffnete sich ein runder Rasenplatz, auf welchem sich eine Anzahl von achtzehn bis zwanzig Menschen um ein Kohlfeuer gelagert hatte. ›Hier, Kameraden‹, sagte mein Führer und stellte mich mitten in den Kreis. ›Unser Sonnenwirt! heißt ihn willkommen!‹

›Sonnenwirt!‹ schrie alles zugleich, und alles fuhr auf und drängte sich um mich her, Männer und Weiber. Soll ichs gestehn? Die Freude war ungeheuchelt und herzlich. Vertrauen, Achtung sogar erschien auf jedem Gesichte, dieser drückte mir die Hand, jener schüttelte mich vertraulich am Kleide, der ganze Auftritt war wie das Wiedersehen eines alten Bekannten, der einem wert ist. Meine Ankunft hatte den Schmaus unterbrochen, der eben anfangen sollte. Man setzte ihn sogleich fort und nötigte mich, den Willkomm zu trinken. Wildpret aller Art war die Mahlzeit, und die Weinflasche wanderte unermüdet von Nachbar zu Nachbar. Wohlleben und Einigkeit schien die ganze Bande zu beseelen, und alles wetteiferte, seine Freude über mich zügelloser an den Tag zu legen.

Man hatte mich zwischen zwo Weibspersonen sitzen lassen, welches der Ehrenplatz an der Tafel war. Ich erwartete den Auswurf ihres Geschlechts, aber wie groß war meine Verwunderung, als ich unter dieser schändlichen Rotte die schönsten weiblichen Gestalten entdeckte, die mir jemals vor Augen gekommen. Margarete, die älteste und schönste von beiden, ließ sich Jungfer nennen und konnte kaum fünfundzwanzig sein. Sie sprach sehr frech, und ihre Gebärden sagten noch mehr. Marie, die jüngere, war verheiratet, aber einem Manne entlaufen, der sie misshandelt hatte. Sie war feiner gebildet, sah aber blass aus und schmächtig und fiel weniger ins Auge als ihre feurige Nachbarin. Beide Weiber eiferten aufeinander, meine Begierden zu entzünden, die schöne Margarete kam meiner Blödigkeit durch freche Scherze zuvor, aber das ganze Weib war mir zuwider, und mein Herz hatte die schüchterne Marie auf immer gefangen.

›Du siehst, Bruder Sonnenwirt‹, fing der Mann jetzt an, der mich hergebracht hatte, ›du siehst, wie wir untereinander leben, und jeder Tag ist dem heutigen gleich. Nicht wahr, Kameraden?‹

›Jeder Tag wie der heutige!‹ wiederholte die ganze Bande.

›Kannst du dich also entschließen, an unserer Lebensart Gefallen zu finden, so schlag ein und sei unser Anführer. Bis jetzt bin ich es gewesen, aber dir will ich weichen. Seid ihrs zufrieden, Kameraden?‹

Ein fröhliches ›Ja!‹ antwortete aus allen Kehlen.

Mein Kopf glühte, mein Gehirne war betäubt; von Wein und Begierden siedete mein Blut. Die Welt hatte mich ausgeworfen wie einen Verpesteten – hier fand ich brüderliche Aufnahme, Wohlleben und Ehre. Welche Wahl ich auch treffen wollte, so erwartete mich Tod; hier aber konnte ich wenigstens mein Leben für einen höheren Preis verkaufen. Wollust war meine wütendste

Neigung, das andere Geschlecht hatte mir bis jetzt nur Verachtung bewiesen, hier erwarteten mich Gunst und zügellose Vergnügungen. Mein Entschluss kostete mich wenig. ›Ich bleibe bei euch, Kameraden‹, rief ich laut mit Entschlossenheit und trat mitten unter die Bande, ›ich bleibe bei euch‹, rief ich nochmals, ›wenn ihr mir meine schöne Nachbarin abtretet!‹ – Alle kamen überein, mein Verlangen zu bewilligen, ich war erklärter Eigentümer einer H*** und das Haupt einer Diebesbande.«

Den folgenden Teil der Geschichte übergehe ich ganz, das bloß Abscheuliche hat nichts Unterrichtendes für den Leser. Ein Unglücklicher, der bis zu dieser Tiefe heruntersank, musste sich endlich alles erlauben, was die Menschheit empört – aber einen zweiten Mord beging er nicht mehr, wie er selbst auf der Folter bezeugte.

Der Ruf dieses Menschen verbreitete sich in kurzem durch die ganze Provinz. Die Landstraßen wurden unsicher, nächtliche Einbrüche beunruhigten den Bürger, der Name des Sonnenwirts wurde der Schrecken des Landvolks, die Gerechtigkeit suchte ihn auf, und eine Prämie wurde auf seinen Kopf gesetzt. Er war so glücklich, jeden Anschlag auf seine Freiheit zu vereiteln, und verschlagen genug, den Aberglauben des wundersüchtigen Bauern zu seiner Sicherheit zu benutzen. Seine Gehülfen mussten aussprengen, er habe einen Bund mit dem Teufel gemacht und könne hexen. Der Distrikt, auf welchem er seine Rolle spielte, gehörte damals noch weniger als jetzt zu den aufgeklärten Deutschlands, man glaubte diesem Gerüchte, und seine Person war gesichert. Niemand zeigte Lust, mit dem gefährlichen Kerl anzubinden, dem der Teufel zu Diensten stünde.

Ein Jahr schon hatte er das traurige Handwerk getrieben, als es anfing, ihm unerträglich zu werden. Die Rotte, an deren Spitze er sich gestellt hatte, erfüllte seine glänzenden Erwartungen nicht. Eine verführerische Außenseite hatte ihn damals im Taumel des Weines geblendet, jetzt wurde er mit Schrecken gewahr, wie abscheulich er hintergangen worden. Hunger und Mangel traten an die Stelle des Überflusses, womit man ihn eingewiegt hatte; sehr oft musste er sein Leben an eine Mahlzeit wagen, die kaum hinreichte, ihn vor dem Verhungern zu schützen. Das Schattenbild jener *brüderlichen* Eintracht verschwand, Neid, Argwohn und Eifersucht wüteten im Innern dieser verworfenen Bande. Die Gerechtigkeit hatte demjenigen, der ihn lebendig ausliefern würde, Belohnung, und wenn es ein Mitschuldiger wäre, noch eine feierliche Begnadigung zugesagt – eine mächtige Versuchung für den Auswurf der Erde! Der Unglückliche kannte seine Gefahr. Die Redlichkeit derjenigen, die Menschen und Gott verrieten, war ein schlechtes Unterpfand seines Lebens. Sein Schlaf war, von jetzt an, dahin, ewige Todesangst zerfraß seine Ruhe, das grässliche Gespenst des Argwohns rasselte hinter ihm, wo er hinfloh, peinigte ihn, wenn er wachte, bettete sich neben ihm, wenn er schlafen ging, und schreckte ihn in entsetzlichen Träumen. Das verstummte Gewissen gewann zugleich seine Sprache wieder, und die schlafende Natter der Reue wachte bei diesem allgemeinen Sturm seines Busens auf. Sein ganzer Hass wandte sich jetzt von der Menschheit und kehrte seine schreckliche Schneide gegen ihn selber. Er vergab jetzt der ganzen Natur und fand niemand, als sich allein zu verfluchen.

Das Laster hatte seinen Unterricht an dem Unglücklichen vollendet, sein natürlich guter Verstand siegte endlich über die traurige Täuschung. Jetzt fühlte er, wie tief er gefallen war, ruhigere Schwermut trat an die Stelle knirschender Verzweiflung. Er wünschte mit Tränen die Vergangenheit zurück, jetzt wusste er gewiss, dass er sie ganz anders wiederholen würde. Er fing an zu hoffen, dass er noch rechtschaffen werden dürfe, weil er bei sich empfand, dass er es könne. Auf dem höchsten Gipfel seiner Verschlimmerung war er dem Guten näher, als er vielleicht vor seinem ersten Fehltritt gewesen war.

Um eben diese Zeit war der Siebenjährige Krieg ausgebrochen, und die Werbungen gingen stark. Der Unglückliche schöpfte Hoffnung von diesem Umstand und schrieb einen Brief an seinen Landesherrn, den ich auszugsweise hier einrücke:

»Wenn Ihre fürstliche Huld sich nicht ekelt, bis zu mir herunterzusteigen, wenn Verbrecher meiner Art nicht außerhalb Ihrer Erbarmung liegen, so gönnen Sie mir Gehör, durchlauchtigster Oberherr. Ich bin Mörder und Dieb, das Gesetz verdammt mich zum Tode, die Gerichte suchen mich auf – und ich biete mich an, mich freiwillig zu stellen. Aber ich bringe zugleich eine seltsame Bitte vor Ihren Thron. Ich verabscheue mein Leben und fürchte den Tod nicht, aber schrecklich ist mirs zu sterben, ohne gelebt zu haben. Ich möchte leben, um einen Teil des Vergangenen gutzumachen; ich möchte leben, um den Staat zu versöhnen, den ich beleidigt habe. Meine Hinrichtung wird ein Beispiel sein für die Welt, aber kein Ersatz meiner Taten. Ich hasse das Laster und sehne mich feurig nach Rechtschaffenheit und Tugend. Ich habe Fähigkeiten gezeigt, meinem Vaterland furchtbar zu werden, ich hoffe, dass mir noch einige übrig geblieben sind, ihm zu nützen.

Ich weiß, dass ich etwas Unerhörtes begehre. Mein Leben ist verwirkt, mir steht es nicht an, mit der Gerechtigkeit Unterhandlung zu pflegen. Aber ich erscheine nicht in Ketten und Banden vor Ihnen – noch bin ich frei – und meine Furcht hat den kleinsten Anteil an meiner Bitte.

Es ist Gnade, um was ich flehe. Einen Anspruch auf Gerechtigkeit, wenn ich auch einen hätte, wage ich nicht mehr geltend zu machen. – Doch an etwas darf ich meinen Richter erinnern. Die Zeitrechnung meiner Verbrechen fängt mit dem Urteilspruch an, der mich auf immer um meine Ehre brachte. Wäre mir damals die Billigkeit minder versagt worden, so würde ich jetzt vielleicht keiner Gnade bedürfen.

Lassen Sie Gnade für Recht ergehen, mein Fürst. Wenn es in Ihrer fürstlichen Macht steht, das Gesetz für mich zu erbitten, so schenken Sie mir das Leben. Es soll Ihrem Dienste von nun an gewidmet sein. Wenn Sie es können, so lassen Sie mich Ihren gnädigsten Willen aus öffentlichen Blättern vernehmen, und ich werde mich auf Ihr fürstliches Wort in der Hauptstadt stellen. Haben Sie es anders mit mir beschlossen, so tue die Gerechtigkeit denn das Ihrige, ich muss das Meinige tun.«

Diese Bittschrift blieb ohne Antwort, wie auch eine zweite und dritte, worin der Supplikant um eine Reuterstelle im Dienste des Fürsten bat. Seine Hoffnung zu einem Pardon erlosch gänzlich, er fasste also den Entschluss, aus dem Land zu fliehen und im Dienste des Königs von Preußen als ein braver Soldat zu sterben.

Er entwischte glücklich seiner Bande und trat diese Reise an. Der Weg führte ihn durch eine kleine Landstadt, wo er übernachten wollte. Kurze Zeit vorher waren durch das ganze Land geschärftere Mandate zu strenger Untersuchung der Reisenden ergangen, weil der Landesherr, ein Reichsfürst, im Kriege Partei genommen hatte. Einen solchen Befehl hatte auch der Torschreiber dieses Städtchens, der auf einer Bank vor dem Schlage saß, als der Sonnenwirt geritten kam. Der Aufzug dieses Mannes hatte etwas Possierliches und zugleich etwas Schreckliches und Wildes. Der hagre Klepper, den er ritt, und die burleske Wahl seiner Kleidungsstücke, wobei wahrscheinlich weniger sein Geschmack als die Chronologie seiner Entwendungen zu Rat gezogen war, kontrastierte seltsam genug mit einem Gesicht, worauf so viele wütende Affekte, gleich den verstümmelten Leichen auf einem Walplatz, verbreitet lagen. Der Torschreiber stutzte beim Anblick dieses seltsamen Wanderers. Er war am Schlagbaum grau geworden, und eine vierzigjährige Amtsführung hatte in ihm einen unfehlbaren Physiognomen aller Landstreicher erzogen. Der Falkenblick dieses Spürers verfehlte auch hier seinen Mann nicht. Er sperrte sogleich das Stadttor und forderte dem Reuter den Pass ab, indem er sich seines Zügels versicherte. Wolf war auf Fälle dieser Art vorbereitet und führte auch wirklich einen Pass bei sich, den er ohnlängst von einem geplünderten Kaufmann erbeutet hatte. Aber dieses einzelne Zeugnis war nicht genug, eine vierzigjährige Observanz umzustoßen und das Orakel am Schlagbaum zu einem Widerruf zu bewegen. Der Torschreiber glaubte seinen Augen mehr als diesem Papiere, und Wolf war genötigt, ihm nach dem Amtshaus zu folgen.

Der Oberamtmann des Orts untersuchte den Pass und erklärte ihn für richtig. Er war ein starker Anbeter der Neuigkeit und liebte besonders, bei seiner Bouteille über die Zeitung zu plaudern. Der Pass sagte ihm, dass der Besitzer geradeswegs aus den feindlichen Ländern käme, wo der Schauplatz des Krieges war. Er hoffte, Privatnachrichten aus dem Fremden herauszulocken und schickte einen Sekretär mit dem Pass zurück, ihn auf eine Flasche Wein einzuladen.

Unterdessen hält der Sonnenwirt vor dem Amtshaus; das lächerliche Schauspiel hat den Janhagel des Städtchens scharenweise um ihn her versammelt. Man murmelt sich in die Ohren, deutet wechselweise auf das Ross und den Reuter; der Mutwille des Pöbels steigt endlich bis zu einem lauten Tumult. Unglücklicherweise war das Pferd, worauf jetzt alles mit Fingern wies, ein geraubtes; er bildet sich ein, das Pferd sei in Steckbriefen beschrieben und erkannt. Die unerwartete Gastfreundlichkeit des Oberamtmanns vollendet seinen Verdacht. Jetzt hält ers für ausgemacht, dass die Betrügerei seines Passes verraten und diese Einladung nur die Schlinge sei, ihn lebendig und ohne Widersetzung zu fangen. Böses Gewissen macht ihn zum Dummkopf, er gibt seinem Pferde die Sporen und rennt davon, ohne Antwort zu geben.

Diese plötzliche Flucht ist die Losung zum Aufstand.

»Ein Spitzbube!« ruft alles, und alles stürzt hinter ihm her. Dem Reuter gilt es um Leben und Tod, er hat schon den Vorsprung, seine Verfolger keuchen atemlos nach, er ist seiner Rettung nahe – aber eine schwere Hand drückt unsichtbar gegen ihn, die Uhr seines Schicksals ist abgelaufen, die unerbittliche Nemesis hält ihren Schuldner an. Die Gasse, der er sich anvertraute, endigt in einem Sack, er muss rückwärts gegen seine Verfolger umwenden.

Der Lärm dieser Begebenheit hat unterdessen das ganze Städtchen in Aufruhr gebracht, Haufen sammeln sich zu Haufen, alle Gassen sind gesperrt, ein Heer von Feinden kömmt im Anmarsch gegen ihn her. Er zeigt eine Pistole, das Volk weicht, er will sich mit Macht einen Weg durchs Gedränge bahnen. »Dieser Schuss«, ruft er, »soll dem Tollkühnen, der mich halten will« – Die Furcht gebietet eine allgemeine Pause – ein beherzter Schlossergeselle endlich fällt ihm von hinten her in den Arm und fasst den Finger, womit der Rasende eben losdrücken will, und drückt ihn aus dem Gelenke. Die Pistole fällt, der wehrlose Mann wird vom Pferde herabgerissen und im Triumphe nach dem Amthaus zurückgeschleppt.

»Wer seid Ihr?« frägt der Richter mit ziemlich brutalem Ton.

»Ein Mann, der entschlossen ist, auf keine Frage zu antworten, bis man sie höflicher einrichtet.«

»Wer sind Sie?«

»Für was ich mich ausgab. Ich habe ganz Deutschland durchreist und die Unverschämtheit nirgends als hier zu Hause gefunden.«

»Ihre schnelle Flucht macht Sie sehr verdächtig. Warum flohen Sie?«

»Weil ichs müde war, der Spott Ihres Pöbels zu sein.«

»Sie drohten, Feuer zu geben.«

»Meine Pistole war nicht geladen.« Man untersuchte das Gewehr, es war keine Kugel darin.

»Warum führen Sie heimliche Waffen bei sich?«

»Weil ich Sachen von Wert bei mir trage, und weil man mich vor einem gewissen Sonnenwirt gewarnt hat, der in diesen Gegenden streifen soll.«

»Ihre Antworten beweisen sehr viel für Ihre Dreistigkeit, aber nichts für Ihre gute Sache. Ich geben Ihnen Zeit bis morgen, ob Sie mir die Wahrheit entdecken wollen.«

»Ich werde bei meiner Aussage bleiben.«

»Man führe ihn nach dem Turm.«

»Nach dem Turm? – Herr Oberamtmann, ich hoffe, es gibt noch Gerechtigkeit in diesem Lande. Ich werde Genugtuung fordern.«

»Ich werde sie Ihnen geben, sobald Sie gerechtfertigt sind.«

Den Morgen darauf überlegte der Oberamtmann, der Fremde möchte doch wohl unschuldig sein, die befehlshaberische Sprache würde nichts über seinen Starrsinn vermögen, es wäre vielleicht besser getan, ihm mit Anstand und Mäßigung zu begegnen. Er versammelte die Geschwornen des Orts und ließ den Gefangenen vorführen.

»Verzeihen Sie es der ersten Aufwallung, mein Herr, wenn ich Sie gestern etwas hart anließ.«

»Sehr gern, wenn Sie mich so fassen.«

»Unsere Gesetze sind strenge, und Ihre Begebenheit machte Lärm. Ich kann Sie nicht freigeben, ohne meine Pflicht zu verletzen. Der Schein ist gegen Sie. Ich wünschte, Sie sagten mir etwas, wodurch er widerlegt werden könnte.«

»Wenn ich nun nichts wüsste?«

»So muss ich den Vorfall an die Regierung berichten, und Sie bleiben so lang in fester Verwahrung.«

»Und dann?«

»Dann laufen Sie Gefahr, als ein Landstreicher über die Grenze gepeitscht zu werden, oder, wenns gnädig geht, unter die Werber zu fallen.«

Er schwieg einige Minuten und schien einen heftigen Kampf zu kämpfen; dann drehte er sich rasch zu dem Richter.

»Kann ich auf eine Viertelstunde mit Ihnen allein sein?«

Die Geschwornen sahen sich zweideutig an, entfernten sich aber auf einen gebietenden Wink ihres Herrn.

»Nun, was verlangen Sie?«

»Ihr gestriges Betragen, Herr Oberamtmann, hätte mich nimmermehr zu einem Geständnis gebracht, denn ich trotze der Gewalt. Die Bescheidenheit, womit Sie mich heute behandeln, hat mir Vertrauen und Achtung gegen Sie gegeben. Ich glaube, dass Sie ein edler Mann sind.«

»Was haben Sie mir zu sagen?«

»Ich sehe, dass Sie ein edler Mann sind. Ich habe mir längst einen Mann gewünscht wie Sie. Erlauben Sie mir Ihre rechte Hand.«

»Wo will das hinaus?«

»Dieser Kopf ist grau und ehrwürdig. Sie sind lang in der Welt gewesen – haben der Leiden wohl viele gehabt – Nicht wahr? und sind menschlicher worden?«

»Mein Herr – wozu soll das?«

»Sie stehen noch einen Schritt von der Ewigkeit, bald – bald brauchen Sie Barmherzigkeit bei Gott. Sie werden sie Menschen nicht versagen – – Ahnden Sie nichts? Mit wem glauben Sie, dass Sie reden?«

»Was ist das? Sie erschrecken mich.«

»Ahnden Sie noch nicht – Schreiben Sie es Ihrem Fürsten, wie Sie mich fanden und dass ich selbst aus freier Wahl mein Verräter war – dass ihm Gott einmal gnädig sein werde, wie er jetzt mir es sein wird – bitten Sie für mich, alter Mann, und lassen Sie dann auf Ihren Bericht eine Träne fallen: Ich bin der Sonnenwirt.«

Spiel des Schicksals

Ein Bruchstück aus einer wahren Geschichte

Aloysius von G*** war der Sohn eines Bürgerlichen von Stande in ***schen Diensten, und die Keime seines glücklichen Genies wurden durch eine liberale Erziehung frühzeitig entwickelt. Noch sehr jung, aber mit gründlichen Kenntnissen versehen, trat er in Militärdienste bei seinem Landesherrn, dem er als ein junger Mann von großen Verdiensten und noch größern Hoffnungen nicht lange verborgen blieb. G*** war in vollem Feuer der Jugend, der Fürst war es auch; G*** war rasch, unternehmend, der Fürst, der es auch war, liebte solche Charaktere. Durch eine reiche Ader von Witz und eine Fülle von Wissenschaft wusste G*** seinen Umgang zu beseelen, jeden Zirkel, in den er sich mischte, durch eine immer gleiche Jovialität aufzuheitern und über alles, was sich ihm darbot, Reiz und Leben auszugießen; und der Fürst verstand sich darauf, Tugenden zu schätzen, die er in einem hohen Grade selbst besaß. Alles, was er unternahm, seine Spielereien selbst, hatten einen Anstrich von Größe; Hindernisse schreckten ihn nicht, und kein Fehlschlag konnte seine Beharrlichkeit besiegen. Den Wert dieser Eigenschaften erhöhte eine empfehlende Gestalt, das volle Bild blühender Gesundheit und herkulischer Stärke, durch das beredte Spiel eines regen Geistes beseelt; im Blick, Gang und Wesen eine anerschaffene natürliche Majestät, durch eine edle Bescheidenheit gemildert. War der Prinz von dem Geiste seines jungen Gesellschafters bezaubert, so riss diese verführerische Außenseite seine Sinnlichkeit unwiderstehlich hin. Gleichheit des Alters, Harmonie der Neigungen und der Charaktere stifteten in kurzem ein Verhältnis zwischen beiden, das alle Stärke von der Freundschaft und von der leidenschaftlichen Liebe alles Feuer und alle Heftigkeit besaß. G*** flog von einer Beförderung zur andern: aber diese äußerlichen Zeichen schienen sehr weit hinter dem, was er dem Fürsten in der Tat war, zurückzubleiben. Mit erstaunlicher Schnelligkeit blühte sein Glück empor, weil der Schöpfer desselben sein Anbeter, sein leidenschaftlicher Freund war. Noch nicht zweiundzwanzig Jahr alt, sah er sich auf einer Höhe, womit die Glücklichsten sonst ihre Laufbahn beschließen. Aber sein tätiger Geist konnte nicht lange im Schoß müßiger Eitelkeit rasten, noch sich mit dem schimmernden Gefolge einer Größe begnügen, zu deren gründlichem Gebrauch er sich Mut und Kräfte genug fühlte. Während dass der Fürst nach dem Ringe des Vergnügens flog, vergrub sich der junge Günstling unter Akten und Büchern und widmete sich mit lasttragendem Fleiß den Geschäften, deren er sich endlich so geschickt und so vollkommen bemächtigte, dass jede Angelegenheit, die nur einigermaßen von Belange war, durch seine Hände ging. Aus einem Gespielen seiner Vergnügen wurde er bald erster Rat und Minister, und endlich Beherrscher seines Fürsten. Bald war kein Weg mehr zu diesem als durch ihn. Er vergab alle Ämter und Würden; alle Belohnungen wurden aus seinen Händen empfangen.

G*** war in zu früher Jugend und mit zu raschen Schritten zu dieser Größe emporgestiegen, um ihrer mit Mäßigung zu genießen. Die Höhe, worauf er sich erblickte, machte seinen Ehrgeiz schwinden; die Bescheidenheit verließ ihn, sobald das letzte Ziel seiner Wünsche erstiegen war. Die demutsvolle Unterwürfigkeit, welche von den Ersten des Landes, von allen, die durch Geburt, Ansehen und Glücksgüter so weit über ihn erhoben waren, welche von Greisen selbst, ihm, einem Jünglinge, gezollt wurde, berauschte seinen Hochmut, und die unumschränkte Gewalt, von der er Besitz genommen, machte bald eine gewisse *Härte* in seinem Wesen sichtbar, die von jeher als Charakterzug in ihm gelegen hatte und ihm auch durch alle Abwechselungen seines Glückes geblieben ist. Keine Dienstleistung war so mühevoll und groß, die ihm seine Freunde nicht zumuten durften; aber seine Feinde mochten zittern: denn so sehr er auf der einen Seite sein Wohlwollen übertrieb, so wenig Maß hielt er in seiner Rache. Er gebrauchte sein Ansehen weniger, sich selbst zu bereichern, als viele Glückliche zu machen, die ihm als dem Schöpfer ihres

Wohlstandes huldigen sollten; aber Laune, nicht Gerechtigkeit, wählte die Subjekte. Durch ein hochfahrendes, gebieterisches Wesen entfremdete er selbst die Herzen derjenigen von sich, die er am meisten verpflichtet hatte, indem er zugleich alle seine Nebenbuhler und heimlichen Neider in ebenso viele unversöhnliche Feinde verwandelte.

Unter denen, welche jeden seiner Schritte mit Augen der Eifersucht und des Neides bewachten und in der Stille schon die Werkzeuge zu seinem Untergange zurichteten, war ein piemontesischer Graf, Joseph Martinengo, von der Suite des Fürsten, den G*** selbst als eine unschädliche und ihm ergebene Kreatur in diesen Posten eingeschoben hatte, um ihn bei den Vergnügungen seines Herrn den Platz ausfüllen zu lassen, dessen er selbst überdrüssig zu werden anfing und den er lieber mit einer gründlichem Beschäftigung vertauschte. Da er diesen Menschen als ein Werk seiner Hände betrachtete, das er, sobald es ihm nur einfiele, in das Nichts wieder zurückwerfen könnte, woraus er es gezogen: so hielt er sich desselben durch Furcht sowohl als durch Dankbarkeit versichert und verfiel dadurch in eben den Fehler, den Richelieu beging, da er Ludwig dem Dreizehnten den jungen le Grand zum Spielzeug überließ. Aber ohne diesen Fehler mit Richelieus Geiste verbessern zu können, hatte er es mit einem verschlageneren Feinde zu tun, als der französische Minister zu bekämpfen gehabt hatte. Anstatt sich seines guten Glücks zu überheben und seinen Wohltäter fühlen zu lassen, dass man seiner nun entübrigt sei, war Martinengo vielmehr aufs sorgfältigste bemüht, den Schein dieser Abhängigkeit zu unterhalten und sich mit verstellter Unterwürfigkeit immer mehr und mehr an den Schöpfer seines Glücks anzuschließen. Zu gleicher Zeit aber unterließ er nicht, die Gelegenheit, die sein Posten ihm verschaffte, öfters um den Fürsten zu sein, in ihrem ganzen Umfang zu benutzen und sich diesem nach und nach notwendig und unentbehrlich zu machen. In kurzer Zeit wusste er das Gemüt seines Herrn auswendig, alle Zugänge zu seinem Vertrauen hatte er ausgespäht und sich unvermerkt in seine Gunst eingestohlen.

Alle jene Künste, die ein edler Stolz und eine natürliehe Erhabenheit der Seele den Minister verachten gelehrt hatte, wurden von dem Italiener in Anwendung gebracht, der zur Erreichung seines Zwecks auch das niedrigste Mittel nicht verschmähte. Da ihm sehr gut bewusst war, dass der Mensch nirgends mehr eines Führers und Gehülfen bedarf als auf dem Wege des Lasters und dass nichts zu kühneren Vertraulichkeiten berechtigt als eine Mitwissenschaft geheim gehaltener Blößen, so weckte er Leidenschaften bei dem Prinzen, die bis jetzt noch in ihm geschlummert hatten, und dann drang er sich ihm selbst zum Vertrauten und Helfershelfer dabei auf. Er riss ihn zu solchen Ausschweifungen hin, die die wenigsten Zeugen und Mitwisser dulden; und dadurch gewöhnte er ihn unvermerkt, Geheimnisse bei ihm niederzulegen, wovon jeder dritte ausgeschlossen war. So gelang es ihm endlich, auf die Verschlimmerung des Fürsten seinen schändlichen Glücksplan zu gründen, und eben darum, weil das Geheimnis ein wesentliches Mittel dazu war, so war das Herz des Fürsten sein, ehe sich G*** auch nur träumen ließ, dass er es mit einem andern teilte.

Man dürfte sich wundern, dass eine so wichtige Veränderung der Aufmerksamkeit des Letztern entging; aber G*** war seines eigenen Wertes zu gewiss, um sich einen Mann wie Martinengo als Nebenbuhler auch nur zu denken, und dieser, sich selbst zu gegenwärtig, zu sehr auf seiner Hut, um durch irgendeine Unbesonnenheit seinen Gegner aus dieser stolzen Sicherheit zu reißen. Was Tausende vor ihm auf dem glatten Grunde der Fürstengunst straucheln gemacht hat, brachte auch G*** zum Falle – zu große Zuversicht zu sich selbst. Die geheimen Vertraulichkeiten zwischen Martinengo und seinem Herrn beunruhigten ihn nicht. Gerne gönnte er einem Aufkömmling ein Glück, das er selbst im Herzen verachtet und das nie das Ziel seiner Bestrebungen gewesen war. Nur weil sie allein ihm den Weg zu der höchsten Gewalt bahnen konnte, hatte die Freundschaft des Fürsten einen Reiz für ihn gehabt, und leichtsinnig ließ er die Leiter hinter sich fallen, sobald sie ihm auf die erwünschte Höhe geholfen hatte.

Martinengo war nicht der Mann, sich mit einer so untergeordneten Rolle zu begnügen. Mit jedem Schritte, den er in der Gunst seines Herrn vorwärts tat, wurden seine Wünsche kühner, und sein Ehrgeiz fing an, nach einer gründlichem Befriedigung zu streben. Die künstliche Rolle von Unterwürfigkeit, die er bis jetzt noch immer gegen seinen Wohltäter beibehalten hatte, wurde immer drückender für ihn, je mehr das Wachstum seines Ansehens seinen Hochmut weckte. Da das Betragen des Ministers gegen ihn sich nicht nach den schnellen Fortschritten verfeinerte, die er in der Gunst des Fürsten machte, im Gegenteil oft sichtbar genug darauf eingerichtet schien, seinen aufsteigenden Stolz durch eine heilsame Rückerinnerung an seinen Ursprung niederzuschlagen: so wurde ihm dieses gezwungene und widersprechende Verhältnis endlich so lästig, dass er einen ernstlichen Plan entwarf, es durch den Untergang seines Nebenbuhlers auf einmal zu endigen. Unter dem undurchdringlichsten Schleier der Verstellung brütete er diesen Plan zur Reife. Noch durfte er es nicht wagen, sich mit seinem Nebenbuhler in offenbarem Kampfe zu messen; denn obgleich die erste Blüte von G***s Favoritschaft dahin war, so hatte sie doch zu frühzeitig angefangen und zu tiefe Wurzeln im Gemüte des jungen Fürsten geschlagen, um so schnell daraus verdrängt zu werden. Der kleinste Umstand konnte sie in ihrer ersten Stärke zurückbringen; darum begriff Martinengo wohl, dass der Streich, den er ihm beibringen wollte, ein tödlicher Streich sein müsse. Was G*** an des Fürsten *Liebe* vielleicht verloren haben mochte, hatte er an seiner *Ehrfurcht* gewonnen; je mehr sich Letzterer den Regierungsgeschäften entzog, desto weniger konnte er des Mannes entraten, der, selbst auf Unkosten des Landes, mit der gewissenhaftesten Ergebenheit und Treue seinen Nutzen besorgte – und so teuer er ihm ehedem als Freund gewesen war, so wichtig war er ihm jetzt als Minister.

Was für Mittel es eigentlich gewesen, wodurch der Italiener zu seinem Zwecke gelangte, ist ein Geheimnis zwischen den wenigen geblieben, die der Schlag traf und die ihn führten. Man mutmaßt, dass er dem Fürsten die Originalien einer heimlichen und sehr verdächtigen Korrespondenz vorgelegt, welche G*** mit einem benachbarten Hofe soll unterhalten haben; ob echt oder unterschoben, darüber sind die Meinungen geteilt. Wie dem aber auch gewesen sein möge, so erreichte er seine Absicht in einem fürchterlichen Grade. G*** erschien in den Augen des Fürsten als der undankbarste und schwärzeste Verräter, dessen Verbrechen so außer allen Zweifel gesetzt war, dass man ohne fernere Untersuchung sogleich gegen ihn verfahren zu dürfen glaubte. Das Ganze wurde unter dem tiefsten Geheimnis zwischen Martinengo und seinem Herrn verhandelt, dass G*** auch nicht einmal von ferne das Gewitter merkte, das über seinem Haupte sich zusammenzog. In dieser verderblichen Sicherheit verharrte er bis zu dem schrecklichen Augenblick, wo er von einem Gegenstande der allgemeinen Anbetung und des Neides zu einem Gegenstande der höchsten Erbarmung heruntersinken sollte.

Als dieser entscheidende Tag erschienen war, besuchte G*** nach seiner Gewohnheit die Wachparade. Vom Fähnrich war er in einem Zeitraum von wenigen Jahren bis zum Rang eines Obristen hinaufgerückt; und auch dieser Posten war nur ein bescheidener Name für die Ministerwürde, die er in der Tat bekleidete und die ihn über die Ersten im Lande hinaussetzte. Die Wachparade war der gewöhnliche Ort, wo sein Stolz die allgemeine Huldigung einnahm, wo er in einer kurzen Stunde einer Größe und Herrlichkeit genoss, für die er den ganzen Tag über Lasten getragen hatte. Die Ersten vom Range nahten sich ihm hier nicht anders als mit ehrerbietiger Schüchternheit, und die sich seiner Wohlgewogenheit nicht ganz sicher wussten, mit Zittern. Der Fürst selbst, wenn er sich je zuweilen hier einfand, sahe sich neben seinem Vezier vernachlässigt, weil es weit gefährlicher war, diesem Letztern zu missfallen, als es Nutzen brachte, jenen zum Freunde zu haben. Und eben dieser Ort, wo er sich sonst als einem Gott hatte huldigen lassen, war jetzt zu dem schrecklichen Schauplatz seiner Erniedrigung erkoren.

Sorglos trat er in den wohlbekannten Zirkel, der sich, ebenso unwissend über das, was kommen sollte, als er selbst, heute wie immer ehrerbietig vor ihm auftat, seine Befehle erwartend. Nicht lange, so erschien, in Begleitung einiger Adjutanten, Martinengo, nicht mehr der geschmeidige, tiefgebückte, lächelnde Höfling – frech und bauernstolz, wie ein zum Herrn gewordener Lakai, mit trotzigem festem Tritte schreitet er ihm entgegen, und mit bedecktem Haupte steht er vor ihm still, im Namen des Fürsten seinen Degen fordernd. Man reicht ihm diesen mit einem Blicke schweigender Bestürzung, er stemmt die entblößte Klinge gegen den Boden, sprengt sie durch einen Fußtritt entzwei und lässt die Splitter zu G***s Füßen fallen. Auf dieses gegebene Signal fallen beide Adjutanten über ihn her, der eine beschäftigt, ihm das Ordenkreuz von der Brust zu schneiden; der andre, beide Achselbänder nebst den Aufschlägen der Uniform abzulösen und Kordon und Federbusch von dem Hute zu reißen. Während dieser ganzen schrecklichen Operation, die mit unglaublicher Schnelligkeit vonstattengeht, hört man von mehr als fünfhundert Menschen, die dicht umherstehen, nicht einen einzigen Laut, nicht einen einzigen Atemzug in der ganzen Versammlung. Mit bleichen Gesichtern, mit klopfendem Herzen und in totenähnlicher Erstarrung steht die erschrockne Menge im Kreis um ihn herum, der in dieser sonderbaren Ausstaffierung – ein seltsamer Anblick von Lächerlichkeit und Entsetzen! – einen Augenblick durchlebt, den man ihm nur auf dem Hochgericht nachempfindet. Tausend andre an seinem Platze würde die Gewalt des ersten Schreckens sinnlos zu Boden gestreckt haben; sein robuster Nervenbau und seine starke Seele dauerten diesen fürchterlichen Zustand aus und ließen ihn alles Grässliche desselben erschöpfen.

Kaum ist diese Operation geendiget, so führt man ihn durch die Reihen zahlloser Zuschauer bis ans äußerste Ende des Paradeplatzes, wo ein bedeckter Wagen ihn erwartet. Ein stummer Wink befiehlt ihm, in denselben zu steigen; eine Eskorte von Husaren begleitet ihn. Das Gerücht dieses Vorgangs hat sich unterdessen durch die ganze Residenz verbreitet, alle Fenster öffnen sich, alle Straßen sind von Neugierigen erfüllt, die schreiend dem

Zuge folgen und unter abwechselnden Ausrufungen des Hohnes, der Schadenfreude und einer noch weit kränkendern Bedauernis seinen Namen wiederholen. Endlich sieht er sich im Freien, aber ein neuer Schrecken wartet hier auf ihn. Seitab von der Heerstraße lenkt der Wagen, einen wenig befahrnen menschenleeren Weg – den Weg nach dem Hochgerichte, gegen welches man ihn, auf einen ausdrücklichen Befehl des Fürsten, langsam heranfährt. Hier, nachdem man ihm alle Qualen der Todesangst zu empfinden gegeben, lenkt man wieder nach einer Straße ein, die von Menschen besucht wird. In der sengenden Sonnenhitze ohne Labung, ohne menschlichen Zuspruch, bringt er sieben schreckliche Stunden in diesem Wagen zu, der endlich mit Sonnenuntergang an dem Ort seiner Bestimmung, der Festung –, stillehält. Des Bewusstseins beraubt, in einem mittlern Zustand zwischen Leben und Tod (ein zwölfstündiges Fasten und der brennende Durst hatten endlich seine Riesennatur überwältigt) zieht man ihn aus dem Wagen – und in einer scheußlichen Grube unter der Erde wacht er wieder auf. Das Erste, was sich, als er die Augen zum neuen Leben wieder aufschlägt, ihm darbietet, ist eine grauenvolle Kerkerwand, durch einige Mondesstrahlen matt erleuchtet, die in einer Höhe von neunzehn Klaftern durch schmale Ritzen auf ihn herunterfallen. – An seiner Seite findet er ein dürftiges Brot nebst einem Wasserkrug und daneben eine Schütte Stroh zu seinem Lager. In diesem Zustand verharrt er bis zum folgenden Mittag, wo endlich in der Mitte des Turmes ein Laden sich auftut und zwei Hände sichtbar werden, von welchen in einem hängenden Korbe dieselbe Kost, die er gestern hier gefunden, heruntergelassen wird. Jetzt, seit diesem ganzen fürchterlichen Glückswechsel zum ersten Male, entrissen ihm Schmerz und Sehnsucht einige Fragen, wie er hieherkomme? und was er verbrochen habe? Aber keine Antwort von oben: die Hände verschwinden, und der Laden geht wieder zu. Ohne das Gesicht eines Menschen zu sehen, ohne auch nur eines Menschen Stimme zu hören, ohne irgendeinen Aufschluss über dieses entsetzliche Schicksal, über Künftiges und Vergangenes in gleich fürchterlichen Zweifeln, von keinem warmen Lichtstrahl erquickt, von keinem gesunden Lüftgen erfrischt, aller Hülfe unerreichbar und vom allgemeinen Mitleid vergessen, zählt er in diesem Ort der Verdammnis vierhundertundneunzig grässliche Tage an den kümmerlichen Broten ab, die ihm von einer Mittagsstunde zur andern in trauriger Einförmigkeit hinuntergereicht werden. Aber eine Entdeckung, die er schon in den ersten Tagen seines Hierseins macht, vollendet das Maß seines Elends. Er kennt diesen Ort – Er selbst war es, der ihn, von einer niedrigen Rachgier getrieben, wenige Monate vorher neu erbaute, um einen verdienten Offizier darin verschmachten zu lassen, der das Unglück gehabt hatte, seinen Unwillen auf sich zu laden. Mit erfinderischer Grausamkeit hatte er selbst die Mittel angegeben, den Aufenthalt in diesem Kerker grauenvoller zu machen. Er hatte vor nicht gar langer Zeit in eigner Person eine Reise hieher getan, den Bau in Augenschein zu nehmen und die Vollendung dessen zu beschleunigen. Um seine Marter aufs äußerste zu treiben, muss es sich fügen, dass derselbe Offizier, für den dieser Kerker zugerichtet worden, ein alter würdiger Oberster, dem eben verstorbenen Kommandanten der Festung im Amte nachfolgt und aus einem Schlachtopfer seiner Rache der Herr seines Schicksals wird. So floh ihn auch der letzte traurige Trost, sich selbst zu bemitleiden, und das Schicksal, so hart es ihn auch behandelte, einer Ungerechtigkeit zu zeihen. Zu dem sinnlichen Gefühl seines Elends gesellte sich noch eine wütende Selbstverachtung und der Schmerz, der für stolze Herzen der bitterste ist, von der Großmut eines Feindes abzuhängen, dem *er* keine gezeigt hatte.

Aber dieser rechtschaffene Mann war für eine niedre Rache zu edel. Unendlich viel kostete seinem menschenfreundlichen Herzen die Strenge, die seine Instruktion ihm gegen den Gefangenen auflegte, aber als ein alter Soldat gewöhnt, den Buchstaben seiner Ordre mit blinder Treue zu befolgen, konnte er weiter nichts als ihn bedauern. Einen tätigeren Helfer fand der Unglückliche an dem Garnisonprediger der Festung, der, von dem Elend des gefangenen Mannes gerührt, wovon er nur spät, und nur durch dunkle unzusammenhängende Gerüchte, Wissenschaft bekam, sogleich den festen Entschluss fasste, etwas zu seiner Erleichterung zu tun. Dieser achtungswürdige Geistliche, dessen Namen ich ungern unterdrücke, glaubte seinem Hirtenberufe nicht besser nachkommen zu können, als wenn er ihn jetzt zum Besten eines unglücklichen Mannes geltend machte, dem auf keinem andern Wege mehr zu helfen war.

Da er von dem Kommandanten der Festung nicht erhalten konnte, zu dem Gefangenen gelassen zu werden, so machte er sich in eigner Person auf den Weg nach der Hauptstadt, sein Gesuch dort unmittelbar bei dem Fürsten zu betreiben. Er tat einen Fußfall vor demselben und flehte seine Erbarmung für den unglücklichen Menschen an, der ohne die Wohltaten des Christentums, von denen auch das ungeheuerste Verbrechen nicht ausschließen könne, hülflos verschmachte und der Verzweiflung vielleicht nahe sei. Mit aller Unerschrockenheit und Würde, die das Bewusstsein erfüllter Pflicht verleiht, forderte er einen freien Zutritt zu dem Gefangenen, der ihm als Beichtkind angehöre und für dessen Seele er dem Himmel verantwortlich sei. Die gute Sache, für die er sprach, machte ihn beredt, und den ersten Unwillen des Fürsten hatte die Zeit schon in etwas gebrochen. Er bewilligte ihm seine Bitte, den Gefangenen mit einem geistlichen Besuch erfreuen zu dürfen.

Das erste Menschenantlitz, das der unglückliche G*** nach einem Zeitraum von sechzehn Monaten erblickte, war das Gesicht seines Helfers. Den einzigen Freund, der ihm in der Welt lebte, dankte er seinem Elend; sein Wohlstand hatte ihm keinen erworben. Der Besuch des Predigers war für ihn eines Engels Erscheinung. Ich beschreibe seine Empfindungen nicht. Aber von diesem Tage an flossen seine Tränen gelinder, weil er sich von einem menschlichen Wesen beweinet sah.

Entsetzen hatte den Geistlichen ergriffen, da er in die Mordgrube hineintrat. Seine Augen suchten einen Menschen – und ein Grauen erweckendes Scheusal kroch aus einem Winkel ihm entgegen, der mehr dem Lager eines wilden Tieres als dem Wohnort eines menschlichen Geschöpfes glich. Ein blasses totenähnliches Gerippe, alle Farbe des Lebens aus einem Angesicht verschwunden, in welches Gram und Verzweiflung tiefe Furchen gerissen hatten, Bart und Nägel durch eine so lange Vernachlässigung bis zum Scheußlichen gewachsen, vom langen Gebrauche die Kleidung halb vermodert, und aus gänzlichem Mangel der Reinigung die Luft um ihn verpestet – so fand er diesen Liebling des Glücks, und diesem allem hatte seine eiserne Gesundheit widerstanden! Von diesem Anblick noch außer sich gesetzt, eilte der Prediger auf der Stelle zu dem Gouverneur, um auch noch die zweite Wohltat für den armen Unglücklichen auszuwirken, ohne welche die erste für keine zu rechnen war.

Da sich dieser abermals mit dem ausdrücklichen Buchstaben seiner Instruktion entschuldigt, entschließt er sich großmütig zu einer zweiten Reise nach der Residenz, die Gnade des Fürsten noch einmal in Anspruch zu nehmen. Er erklärt, dass er sich, ohne die Würde des Sakraments zu verletzen, nimmermehr entschließen könne, irgendeine heilige Handlung mit seinem Gefangenen vorzunehmen, wenn ihm nicht zuvor die Ähnlichkeit mit Menschen zurückgegeben würde. Auch dieses wird bewilligt, und erst von diesem Tage an lebte der Gefangene wieder.

Noch viele Jahre brachte G*** auf dieser Festung zu, aber in einem weit leidlicheren Zustand, nachdem der kurze Sommer des neuen Günstlings verblüht war und andre an seinem Posten wechselten, welche menschlicher dachten oder doch keine Rache an ihm zu sättigen hatten. Endlich nach einer zehnjährigen Gefangenschaft erschien ihm der Tag der Erlösung – aber keine gerichtliche Untersuchung, keine förmliche Lossprechung. Er empfing seine Freiheit als ein Geschenk aus den Händen der Gnade; zugleich ward ihm auferlegt, das Land auf ewig zu räumen.

Hier verlassen mich die Nachrichten, die ich, bloß aus mündlichen Überlieferungen, über seine Geschichte habe sammeln können; und ich sehe mich gezwungen, über einen Zeitraum von zwanzig Jahren hinwegzuschreiten. Während desselben fing G*** in fremden Kriegsdiensten von neuem seine Laufbahn an, die ihn endlich auch dort auf eben den glänzenden Gipfel führte, wovon er in seinem Vaterlande so schrecklich heruntergestürzt war. Die Zeit endlich, die Freundin der Unglücklichen, die eine langsame, aber unausbleibliche Gerechtigkeit übet, nahm endlich auch diesen Rechtshandel über sich. Die Jahre der Leidenschaften waren bei dem Fürsten vorüber, und die Menschheit fing allgemach an, einen Wert bei ihm zu erlangen, wie seine Haare sich bleichten. Noch am Grabe erwachte in ihm eine Sehnsucht nach dem Lieblinge seiner Jugend. Um wo möglich dem Greis die Kränkungen zu vergüten, die er auf den Mann gehäuft hatte, lud er den Vertriebenen freundlich in seine Heimat zurück, nach welcher auch in G***s Herzen schon längst eine stille Sehnsucht zurückgekehrt war. Rührend war dieses Wiedersehen, warm und täuschend der Empfang, als hätte man sich gestern erst getrennet. Der Fürst ruhte mit einem nachdenkenden Blick auf dem Gesichte, das ihm so wohlbekannt und doch wieder so fremd war; es war, als zählte er die Furchen, die er selbst darein gegraben hatte. Forschend suchte er in des Greisen Gesicht die geliebten Züge des Jünglings wieder zusammen, aber was er suchte, fand er nicht mehr. Man zwang sich zu einer frostigen Vertraulichkeit. – Beider Herzen hatten Scham und Furcht auf immer und ewig getrennt. Ein Anblick, der ihm seine schwere Übereilung wieder in seine Seele rief, konnte dem Fürsten nicht wohltun; G*** konnte den Urheber seines Unglücks nicht mehr lieben. Doch getröstet und ruhig sah er in die Vergangenheit, wie man sich eines überstandenen schweren Traumes erfreuet.

Nicht lange, so erblickte man G*** wieder im vollkommensten Besitz aller seiner vorigen Würden, und der Fürst bezwang seine innere Abneigung, um ihm für das Vergangene einen glänzenden Ersatz zu geben. Aber konnte er ihm auch das Herz dazu wiedergeben, das er auf immer für den Genuss des Lebens verstümmelte? Konnte er ihm die Jahre der Hoffnungen wiedergeben? oder für den abgelebten Greis ein Glück erdenken, das auch nur von weitem den Raub ersetzte, den er an dem Manne begangen hatte?

Noch neunzehn Jahre genoss G*** diesen heitern Abend seines Lebens. Nicht Schicksale, nicht die Jahre hatten das Feuer der Leidenschaft bei ihm aufzehren, noch die Jovialität seines Geistes ganz bewölken können. Noch in seinem siebenzigsten Jahre haschte er nach dem Schatten eines Guts, das er im zwanzigsten wirklich besessen hatte. Er starb endlich – als Befehlshaber von der Festung ***, wo Staatsgefangene aufbewahrt wurden. Man wird erwarten, dass er gegen diese eine Menschlichkeit geübt, deren Wert er an sich selbst hatte schätzen lernen müssen. Aber er behandelte sie hart und launisch, und eine Aufwallung des Zorns gegen einen derselben streckte ihn auf den Sarg in seinem achtzigsten Jahre.

Der Geisterseher

*Aus den Memoires des Grafen von O***

Erstes Buch

Ich erzähle eine Begebenheit, die vielen unglaublich scheinen wird, und von der ich großenteils selbst Augenzeuge war. Den wenigen, welche von einem gewissen politischen Vorfalle unterrichtet sind, wird sie – wenn anders diese Blätter sie noch am Leben finden – einen willkommenen Aufschluss darüber geben; und auch ohne diesen Schlüssel wird sie den Übrigen, als ein Beitrag zur Geschichte des Betrugs und der Verirrungen des menschlichen Geistes, vielleicht wichtig sein. Man wird über die *Kühnheit des Zwecks* erstaunen, den die Bosheit zu entwerfen und zu verfolgen imstande ist; man wird über die Seltsamkeit der *Mittel* erstaunen, die sie aufzubieten vermag, um sich dieses Zwecks zu versichern. Reine, strenge Wahrheit wird meine Feder leiten; denn wenn diese Blätter in die Welt treten, bin ich nicht mehr und werde durch den Bericht, den ich abstatte, weder zu gewinnen noch zu verlieren haben.

Es war auf meiner Zurückreise nach Kurland, im Jahr 17** um die Karnevalszeit, als ich den Prinzen von ** in Venedig besuchte. Wir hatten uns in **schen Kriegsdiensten kennenlernen und erneuerten hier eine Bekanntschaft, die der Friede unterbrochen hatte. Weil ich ohnedies wünschte, das Merkwürdige dieser Stadt zu sehen, und der Prinz nur noch Wechsel erwartete, um nach ** zurückzureisen, so beredete er mich leicht, ihm Gesellschaft zu leisten und meine Abreise so lange zu verschieben. Wir kamen überein, uns nicht voneinander zu trennen, solange unser Aufenthalt in Venedig dauern würde, und der Prinz war so gefällig, mir seine eigne Wohnung im »Mohren« anzubieten.

Er lebte hier unter dem strengsten Inkognito, weil er sich selbst leben wollte und seine geringe Apanage ihm auch nicht verstattet hätte, die Hoheit seines Rangs zu behaupten. Zwei Kavaliere, auf deren Verschwiegenheit er sich vollkommen verlassen konnte, waren nebst einigen treuen Bedienten sein ganzes Gefolge. Den Aufwand vermied er, mehr aus Temperament als aus Sparsamkeit. Er floh die Vergnügungen; in einem Alter von fünfunddreißig Jahren hatte er allen Reizungen dieser wollüstigen Stadt widerstanden. Das schöne Geschlecht war ihm bis jetzt gleichgültig gewesen. Tiefer Ernst und eine schwärmerische Melancholie herrschten in seiner Gemütsart. Seine Neigungen waren still, aber hartnäckig bis zum Übermaß, seine Wahl langsam und schüchtern, seine Anhänglichkeit warm und ewig. Mitten in einem geräuschvollen Gewühle von Menschen ging er einsam; in seine Phantasienwelt verschlossen, war er sehr oft ein Fremdling in der wirklichen. Niemand war mehr dazu geboren, sich beherrschen zu lassen, ohne schwach zu sein. Dabei war er unerschrocken und zuverlässig, sobald er einmal gewonnen war, und besaß gleich großen Mut, ein erkanntes Vorurteil zu bekämpfen und für ein anderes zu sterben.

Als der dritte Prinz seines Hauses hatte er keine wahrscheinliche Aussicht zur Regierung. Sein Ehrgeiz war nie erwacht, seine Leidenschaften hatten eine andere Richtung genommen. Zufrieden, von keinem fremden Willen abzuhängen, fühlte er keine Versuchung, über andere zu herrschen: die ruhige Freiheit des Privatlebens und der Genuss eines geistreichen Umgangs begrenzten alle seine Wünsche. Er las viel, doch ohne Wahl; eine vernachlässigte Erziehung und frühe Kriegsdienste hatten seinen Geist nicht zur Reife kommen lassen. Alle Kenntnisse, die er nachher schöpfte, vermehrten nur die Verwirrung seiner Begriffe, weil sie auf keinen festen Grund gebauet waren.

Er war Protestant, wie seine ganze Familie – durch Geburt, nicht nach Untersuchung, die er nie angestellt hatte, ob er gleich in einer Epoche seines Lebens religiöser Schwärmer gewesen war. Freimäurer ist er, soviel ich weiß, nie geworden.

Eines Abends, als wir nach Gewohnheit in tiefer Maske und abgesondert auf dem St. Markusplatz spazieren gingen – es fing an, spät zu werden, und das Gedränge hatte sich verloren – bemerkte der Prinz, dass eine Maske uns überall folgte. Die Maske war ein Armenier und ging allein. Wir beschleunigten unsere Schritte und suchten sie durch öftere Veränderung unseres Weges irre zu machen – umsonst, die Maske blieb immer dicht hinter uns. »Sie haben doch keine Intrige hier gehabt?« sagte endlich der Prinz zu mir. »Die Ehemänner in Venedig sind gefährlich.« – »Ich stehe mit keiner einzigen Dame in Verbindung«, gab ich zur Antwort. – »Wir wollen uns hier niedersetzen und deutsch sprechen«, fuhr er fort. »Ich bilde mir ein, man verkennt uns.« Wir setzten uns auf eine steinerne Bank und erwarteten, dass die Maske vorübergehen sollte. Sie kam gerade auf uns zu und nahm ihren Platz dicht an der Seite des Prinzen. Er zog die Uhr heraus und sagte mir laut auf Französisch, indem er aufstand: »Neun Uhr vorbei. Kommen Sie. Wir vergessen, dass man uns im ›Louvre‹ erwartet.« Dies sagte er nur, um die Maske von unserer Spur zu entfernen. *»Neun Uhr«*, wiederholte sie in eben der Sprache nachdrücklich und langsam. »Wünschen Sie sich Glück, Prinz« (indem sie ihn bei seinem wahren Namen nannte). *»Um neun Uhr ist er gestorben.«* – Damit stand sie auf und ging.

Wir sahen uns bestürzt an. – »Wer ist gestorben?« sagte endlich der Prinz nach einer langen Stille. – »Lassen Sie uns ihr nachgehen«, sagte ich, »und eine Erklärung fordern.« Wir durchkrochen alle Winkel des Markusplatzes – die Maske war nicht mehr zu finden. Unbefriedigt kehrten wir nach unserm Gasthof zurück. Der Prinz sagte mir unterweges nicht ein Wort, sondern ging seitwärts und allein und schien einen gewaltsamen Kampf zu kämpfen, wie er mir auch nachher gestanden hat.

Als wir zu Hause waren, öffnete er zum ersten Male wieder den Mund. »Es ist doch lächerlich«, sagte er, »dass ein Wahnsinniger die Ruhe eines Mannes mit zwei Worten erschüttern soll.« Wir wünschten uns eine gute Nacht, und sobald ich auf meinem Zimmer war, merkte ich mir in meiner Schreibtafel den Tag und die Stunde, wo es geschehen war. Es war ein Donnerstag.

Am folgenden Abend sagte mir der Prinz: »Wollen wir nicht einen Gang über den Markusplatz machen und unsern geheimnisvollen Armenier aufsuchen? Mich verlangt doch nach der Entwickelung dieser Komödie.« Ich wars zufrieden. Wir blieben bis eilf Uhr auf dem Platze. Der Armenier war nirgends zu sehen. Das nämliche wiederholten wir die vier folgenden Abende, und mit keinem bessern Erfolge.

Als wir am sechsten Abend unser Hotel verließen, hatte ich den Einfall – ob unwillkürlich oder aus Absicht, besinne ich mich nicht mehr –, den Bedienten zu hinterlassen, wo wir zu finden sein würden, wenn nach uns gefragt werden sollte. Der Prinz bemerkte meine Vorsicht und lobte sie mit einer lächelnden Miene. Es war ein großes Gedränge auf dem Markusplatz, als wir da ankamen. Wir hatten kaum dreißig Schritte gemacht, so bemerkte ich den Armenier wieder, der sich mit schnellen Schritten durch die Menge arbeitete und mit den Augen jemand zu suchen schien. Eben waren wir im Begriff, ihn zu erreichen, als der Baron von F** aus der Suite des Prinzen atemlos auf uns zukam und dem Prinzen einen Brief überbrachte. »Er ist schwarz gesiegelt«, setzte er hinzu. »Wir vermuteten, dass es Eile hätte.« Das fiel auf mich wie ein Donnerschlag. Der Prinz war zu einer Laterne getreten und fing an zu lesen. »Mein Cousin ist gestorben«, rief er. *»Wann?«* fiel ich ihm heftig ins Wort. Er sah noch einmal in den Brief. »Vorigen Donnerstag. Abends um neun Uhr.«

Wir hatten nicht Zeit, von unserm Erstaunen zurückzukommen, so stand der Armenier unter uns. »Sie sind hier erkannt, gnädigster Herr«, sagte er zu dem Prinzen. »Eilen Sie nach dem ›Mohren‹. Sie werden die Abgeordneten des Senats dort finden. Tragen Sie kein Bedenken, die Ehre anzunehmen, die man Ihnen erweisen will. Der Baron von F** vergaß, Ihnen zu sagen, dass Ihre Wechsel angekommen sind.« Er verlor sich in dem Gedränge.

Wir eilten nach unserm Hotel. Alles fand sich, wie der Armenier es verkündigt hatte. Drei Nobili der Republik standen bereit, den Prinzen zu bewillkommen und ihn mit Pracht nach der Assemblee zu begleiten, wo der hohe Adel der Stadt ihn erwartete. Er hatte kaum so viel Zeit, mir durch einen flüchtigen

Wink zu verstehen zu geben, dass ich für ihn wach bleiben möchte.

Nachts gegen eilf Uhr kam er wieder. Ernst und gedankenvoll trat er ins Zimmer und ergriff meine Hand, nachdem er die Bedienten entlassen hatte. »Graf«, sagte er mit den Worten Hamlets zu mir, »es gibt mehr Dinge im Himmel und auf Erden, als wir in unsern Philosophien träumen.«

»Gnädigster Herr«, antwortete ich, »Sie scheinen zu vergessen, dass Sie um eine große Hoffnung reicher zu Bette gehen.« (Der Verstorbene war der Erbprinz, der einzige Sohn des regierenden ***, der alt und kränklich ohne Hoffnung eigner Succession war. Ein Oheim unsers Prinzen, gleichfalls ohne Erben und ohne Aussicht, welche zu bekommen, stand jetzt allein noch zwischen diesem und dem Throne. Ich erwähne dieses Umstandes, weil in der Folge davon die Rede sein wird.)

»Erinnern Sie mich nicht daran«, sagte der Prinz. »Und wenn eine Krone für mich wäre gewonnen worden, ich hätte jetzt mehr zu tun, als dieser Kleinigkeit nachzudenken. – – Wenn dieser Armenier nicht bloß erraten hat – –«

»Wie ist das möglich, Prinz?« fiel ich ein. –

»So will ich Ihnen alle meine fürstlichen Hoffnungen für eine Mönchskutte abtreten.«

Den folgenden Abend fanden wir uns zeitiger als gewöhnlich auf dem Markusplatz ein. Ein plötzlicher Regenguss nötigte uns, in ein Kaffeehaus einzutreten, wo gespielt wurde. Der Prinz stellte sich hinter den Stuhl eines Spaniers und beobachtete das Spiel. Ich war in ein anstoßendes Zimmer gegangen, wo ich Zeitungen las. Eine Weile darauf hörte ich Lärmen. Vor der Ankunft des Prinzen war der Spanier unaufhörlich im Verluste gewesen, jetzt gewann er auf alle Karten. Das ganze Spiel war auffallend verändert, und die Bank war in Gefahr, von dem Pointeur, den diese glückliche Wendung kühner gemacht hatte, aufgefordert zu werden. Der Venezianer, der sie hielt, sagte dem Prinzen mit beleidigendem Ton – er störe das Glück, und er solle den Tisch verlassen. Dieser sah ihn kalt an und blieb; dieselbe Fassung behielt er, als der Venezianer seine Beleidigung französisch wiederholte. Der Letztere glaubte, dass der Prinz beide Sprachen nicht verstehe, und wandte sich mit verachtungsvollem Lachen zu den Übrigen: »Sagen Sie mir doch, meine Herren, wie ich mich diesem Balordo verständlich machen soll?« Zugleich stand er auf und wollte den Prinzen beim Arm ergreifen; diesen verließ hier die Geduld, er packte den Venezianer mit starker Hand und warf ihn unsanft zu Boden. Das ganze Haus kam in Bewegung. Auf das Geräusch stürzte ich herein, unwillkürlich rief ich ihn bei seinem Namen. »Nehmen Sie sich in acht, Prinz», setzte ich mit Unbesonnenheit hinzu, »wir sind in Venedig.« Der Name des Prinzen gebot eine allgemeine Stille, woraus bald ein Gemurmel wurde, das mir gefährlich schien. Alle anwesenden Italiener rotteten sich zu Haufen und traten beiseite. Einer um den andern verließ den Saal, bis wir uns beide mit dem Spanier und einigen Franzosen allein fanden. »Sie sind verloren, gnädigster Herr«, sagten diese, »wenn Sie nicht sogleich die Stadt verlassen. Der Venezianer, den Sie so übel behandelt haben, ist reich und von Ansehen – es kostet ihm nur funfzig Zechinen, Sie aus der Welt zu schaffen.« Der Spanier bot sich an, zur Sicherheit des Prinzen Wache zu holen und uns selbst nach Hause zu begleiten. Dasselbe wollten auch die Franzosen. Wir standen noch und überlegten, was zu tun wäre, als die Türe sich öffnete und einige Bedienten der Staatsinquisition hereintraten. Sie zeigten uns eine Ordre der Regierung, worin uns beiden befohlen ward, ihnen schleunig zu folgen. Unter einer starken Bedeckung führte man uns bis zum Kanal. Hier erwartete uns eine Gondel, in die wir uns setzen mussten. Ehe wir ausstiegen, wurden uns die Augen verbunden. Man führte uns eine große steinerne Treppe hinauf und dann durch einen langen gewundenen Gang über Gewölbe, wie ich aus dem vielfachen Echo schloss, das unter unsern Füßen hallte. Endlich gelangten wir vor eine andere Treppe, welche uns sechsundzwanzig Stufen in die Tiefe hinunterführte. Hier öffnete sich ein Saal, wo man uns die Binde wieder von den Augen nahm. Wir befanden uns in einem Kreise ehrwürdiger alter Männer, alle schwarz gekleidet, der ganze Saal mit schwarzen Tüchern behangen und sparsam erleuchtet, eine Totenstille in der ganzen Versammlung, welches einen schreckhaften Eindruck machte. Einer von diesen Greisen, vermutlich der oberste Staatsinquisitor, näherte sich dem Prinzen und fragte ihn mit einer feierlichen Miene, während man ihm den Venezianer vorführte:

»Erkennen Sie diesen Menschen für den nämlichen, der Sie auf dem Kaffeehause beleidigt hat?«

»Ja«, antwortete der Prinz.

Darauf wandte jener sich zu dem Gefangenen: »Ist das dieselbe Person, die Sie heute Abend wollten ermorden lassen?»

Der Gefangene antwortete mit Ja.

Sogleich öffnete sich der Kreis, und mit Entsetzen sahen wir den Kopf des Venezianers vom Rumpfe trennen. »Sind Sie mit dieser Genugtuung zufrieden?« fragte der Staatsinquisitor. – Der Prinz lag ohnmächtig in den Armen seiner Begleiter. – »Gehen Sie nun«, fuhr jener mit einer schrecklichen Stimme fort, indem er sich gegen mich wandte, »und urteilen Sie künftig weniger vorschnell von der Gerechtigkeit in Venedig.«

Wer der verborgene Freund gewesen, der uns durch den schnellen Arm der Justiz von einem gewissen Tode errettet hatte, konnten wir nicht erraten. Starr von Schrecken erreichten wir unsere Wohnung. Es war nach Mitternacht. Der Kammerjunker von Z** erwartete uns mit Ungeduld an der Treppe.

»Wie gut war es, dass Sie geschickt haben!« sagte er zum Prinzen, indem er uns leuchtete – »Eine Nachricht, die der Baron von F** gleich nachher vom Markusplatze nach Hause brachte, hatte uns wegen Ihrer in die tödlichste Angst gesetzt.«

»Geschickt hätte ich? Wann? Ich weiß nichts davon.«

»Diesen Abend nach acht Uhr. Sie ließen uns sagen, dass wir ganz außer Sorgen sein dürften, wenn Sie heute später nach Hause kämen.«

Hier sah der Prinz mich an. »Haben Sie vielleicht ohne mein Wissen diese Sorgfalt gebraucht?«

Ich wusste von gar nichts.

»Es muss doch wohl so sein, Ihro Durchlaucht«, sagte der Kammerjunker – »denn hier ist ja Ihre Repetieruhr, die Sie zur Sicherheit mitschickten.« Der Prinz griff nach der Uhrtasche. Die Uhr war wirklich fort, und er erkannte jene für die seinige. »Wer brachte sie?« fragte er mit Bestürzung.

»Eine unbekannte Maske, in armenischer Kleidung, die sich sogleich wieder entfernte.«

Wir standen und sahen uns an. – »Was halten Sie davon?« sagte endlich der Prinz nach einem langen Stillschweigen. »Ich habe hier einen verborgenen Aufseher in Venedig.«

Der schreckliche Auftritt dieser Nacht hatte dem Prinzen ein Fieber zugezogen, das ihn acht Tage nötigte, das Zimmer zu hüten. In dieser Zeit wimmelte unser Hotel von Einheimischen und Fremden, die der entdeckte Stand des Prinzen herbeigelockt hatte. Man wetteiferte untereinander, ihm Dienste anzubieten, jeder suchte nach seiner Art, sich geltend zu machen. Des ganzen Vorgangs in der Staatsinquisition wurde nicht mehr erwähnt. Weil der Hof zu ** die Abreise des Prinzen noch aufgeschoben wünschte, so erhielten einige Wechsler in Venedig Anweisung, ihm beträchtliche Summen auszuzahlen. So ward er wider Willen in den Stand gesetzt, seinen Aufenthalt in Italien zu verlängern, und auf sein Bitten entschloss ich mich auch, meine Abreise noch zu verschieben.

Sobald er so weit genesen war, um das Zimmer wieder verlassen zu können, beredete ihn der Arzt, eine Spazierfahrt auf der Brenta zu machen, um die Luft zu verändern. Das Wetter war helle, und die Partie ward angenommen. Als wir eben im Begriff waren, in die Gondel zu steigen, vermisste der Prinz den Schlüssel zu einer kleinen Schatulle, die sehr wichtige Papiere enthielt. Sogleich kehrten wir um, ihn zu suchen. Er besann sich aufs genaueste, die Schatulle noch den vorigen Tag verschlossen zu haben, und seit dieser Zeit war er nicht aus dem Zimmer gekommen. Aber alles Suchen war umsonst, wir mussten davon abstehen, um die Zeit nicht zu verlieren. Der Prinz, dessen Seele über jeden Argwohn erhaben war, erklärte ihn für verloren und bat uns, nicht weiter davon zu sprechen.

Die Fahrt war die angenehmste. Eine malerische Landschaft, die mit jeder Krümmung des Flusses sich an Reichtum und Schönheit zu übertreffen schien, der heiterste Himmel, der mitten im Hornung einen Maientag bildete, reizende Gärten und geschmackvolle Landhäuser ohne Zahl, welche beide Ufer der Brenta schmücken – hinter uns das majestätische Venedig, mit hundert aus dem Wasser springenden Türmen und Masten, alles dies gab uns das herrlichste Schauspiel von der Welt. Wir überließen uns ganz dem Zauber dieser schönen Natur, unsere Laune war die heiterste, der Prinz selbst verlor seinen Ernst und wetteiferte mit uns in fröhlichen Scherzen. Eine lustige Musik schallte uns entgegen, als wir einige italienische Meilen von der Stadt ans Land stiegen. Sie kam aus einem kleinen Dorfe, wo eben Jahrmarkt gehalten wurde; hier wimmelte es von Gesellschaft aller Art. Ein Trupp junger Mädchen und Knaben, alle theatralisch gekleidet, bewillkommte uns mit einem pantomimischen Tanz. Die Erfindung war neu, Leichtigkeit und Grazie beseelten jede Bewegung. Eh der Tanz noch völlig zu Ende war, schien die Anführerin desselben, welche eine Königin vorstellte, plötzlich wie von einem unsichtbaren Arme gehalten. Leblos stand sie und alles. Die Musik schwieg. Kein Odem war zu hören in der ganzen Versammlung, und *sie* stand da, den Blick auf die Erde geheftet, in einer tiefen Erstarrung. Auf einmal fuhr sie mit der Wut der Begeisterung in die Höhe, blickte wild um sich her – »Ein König ist unter uns«, rief sie, riss ihre Krone vom Haupt und legte sie – zu den Füßen des Prinzen. Alles, was da war, richtete hier die Augen auf ihn, lange Zeit ungewiss, ob Bedeutung in diesem Gaukelspiel wäre, so sehr hatte der affektvolle Ernst dieser Spielerin getäuscht. – Ein allgemeines Händeklatschen des Beifalls unterbrach endlich diese Stille. Meine Augen suchten den Prinzen. Ich bemerkte, dass er nicht wenig betroffen war und sich Mühe gab, den forschenden Blicken der Zuschauer auszuweichen. Er warf Geld unter die Kinder und eilte, aus dem Gewühle zu kommen.

Wir hatten nur wenige Schritte gemacht, als ein ehrwürdiger Barfüßer sich durch das Volk arbeitete und dem Prinzen in den

Weg trat. »Herr«, sagte der Mönch, »gib der Madonna von deinem Reichtum, du wirst ihr Gebet brauchen.« Er sprach dies mit einem Tone, der uns betreten machte. Das Gedränge riss ihn weg.

Unser Gefolge war unterdessen gewachsen. Ein englischer Lord, den der Prinz schon in Nizza gesehen hatte, einige Kaufleute aus Livorno, ein deutscher Domherr, ein französischer Abbé mit einigen Damen und ein russischer Offizier gesellten sich zu uns. Die Physiognomie des Letztern hatte etwas ganz Ungewöhnliches, das unsere Aufmerksamkeit auf sich zog. Nie in meinem Leben sah ich so viele *Züge* und so wenig *Charakter*, so viel anlockendes Wohlwollen mit so viel zurückstoßendem Frost in *einem* Menschengesichte beisammenwohnen. Alle Leidenschaften schienen darin gewühlt und es wieder verlassen zu haben. Nichts war übrig als der stille, durchdringende Blick eines vollendeten Menschenkenners, der jedes Auge verscheuchte, worauf er traf. Dieser seltsame Mensch folgte uns von weitem, schien aber an allem, was vorging, nur einen nachlässigen Anteil zu nehmen.

Wir kamen vor eine Bude zu stehen, wo Lotterie gezogen wurde. Die Damen setzten ein, wir andern folgten ihrem Beispiel; auch der Prinz forderte ein Los. Es gewann eine Tabatiere. Als er sie aufmachte, sah ich ihn blass zurückfahren. – Der Schlüssel lag darin.

»Was ist das?« sagte der Prinz zu mir, als wir einen Augenblick allein waren. »Eine höhere Gewalt verfolgt mich. Allwissenheit schwebt um mich. Ein unsichtbares Wesen, dem ich nicht entfliehen kann, bewacht alle meine Schritte. Ich muss den Armenier aufsuchen und muss Licht von ihm haben.«

Die Sonne neigte sich zum Untergang, als wir vor dem Lusthause ankamen, wo das Abendessen serviert war. Der Name des Prinzen hatte unsere Gesellschaft bis zu sechzehn Personen vergrößert. Außer den oben erwähnten war noch ein Virtuose aus Rom, einige Schweizer und ein Avantürier aus Palermo, der Uniform trug und sich für einen Kapitän ausgab, zu uns gestoßen. Es ward beschlossen, den ganzen Abend hier zuzubringen und mit Fackeln nach Hause zu fahren. Die Unterhaltung bei Tische war sehr lebhaft, und der Prinz konnte nicht umhin, die Begebenheit mit dem Schlüssel zu erzählen, welche eine allgemeine Verwunderung erregte. Es wurde heftig über diese Materie gestritten. Die meisten aus der Gesellschaft behaupteten dreist weg, dass alle diese geheimen Künste auf eine Taschenspielerei hinausliefen; der Abbé, der schon viel Wein bei sich hatte, forderte das ganze Geisterreich in die Schranken heraus; der Engländer sagte Blasphemien; der Musikus machte das Kreuz vor dem Teufel. Wenige, worunter der Prinz war, hielten dafür, dass man sein Urteil über diese Dinge zurückhalten müsse; währenddessen unterhielt sich der russische Offizier mit den Frauenzimmern und schien das ganze Gespräch nicht zu achten. In der Hitze des Streits hatte man nicht bemerkt, dass der Sizilianer hinausgegangen war. Nach Verfluss einer kleinen halben Stunde kam er wieder, in einen Mantel gehüllt, und stellte sich hinter den Stuhl des Franzosen. »Sie haben vorhin die Bravour geäußert, es mit allen Geistern aufzunehmen – wollen Sie es mit *einem* versuchen?«

»Topp!« sagte der Abbé – »wenn Sie es auf sich nehmen wollen, mir einen herbeizuschaffen.«

»Das will ich«, antwortete der Sizilianer (indem er sich gegen uns kehrte), »wenn diese Herren und Damen uns werden verlassen haben.«

»Warum das?« rief der Engländer. »Ein herzhafter Geist fürchtet sich vor keiner lustigen Gesellschaft.«

»Ich stehe nicht für den Ausgang«, sagte der Sizilianer.

»Um des Himmels willen! Nein!« schrien die Frauenzimmer an dem Tische und fuhren erschrocken von ihren Stühlen.

»Lassen Sie Ihren Geist kommen«, sagte der Abbé trotzig; »aber warnen Sie ihn vorher, dass es hier spitzige Klingen gibt« (indem er einen von den Gästen um seinen Degen bat).

»Das mögen Sie alsdann halten, wie Sie wollen«, antwortete der Sizilianer kalt, »wenn Sie nachher noch Lust dazu haben.« Hier kehrte er sich zum Prinzen. »Gnädigster Herr«, sagte er zu diesem, »Sie behaupten, dass Ihr Schlüssel in fremden Händen gewesen – Können Sie vermuten, in welchen?«

»Nein.«

»Raten Sie auch auf niemand?«

»Ich hatte freilich einen Gedanken – –«

»Würden Sie die Person erkennen, wenn Sie sie vor sich sähen?«

»Ohne Zweifel.«

Hier schlug der Sizilianer seinen Mantel zurück und zog einen Spiegel hervor, den er dem Prinzen vor die Augen hielt.

»Ist es diese?«

Der Prinz trat mit Schrecken zurück.

»Was haben Sie gesehen?« fragte ich.

»Den Armenier.«

Der Sizilianer verbarg seinen Spiegel wieder unter dem Mantel. »War es dieselbe Person, die Sie meinen?« fragte die ganze Gesellschaft den Prinzen.

»Die nämliche.«

Hier veränderte sich jedes Gesicht, man hörte auf zu lachen. Alle Augen hingen neugierig an dem Sizilianer.

»Monsieur l'Abbé, das Ding wird ernsthaft«, sagte der Engländer; »ich riet' Ihnen, auf den Rückzug zu denken.«

»Der Kerl hat den Teufel im Leibe«, schrie der Franzose und lief aus dem Hause, die Frauenzimmer stürzten mit Geschrei aus dem Saal, der Virtuose folgte ihnen, der deutsche Domherr schnarchte in einem Sessel, der Russe blieb wie bisher gleichgültig sitzen.

»Sie wollten vielleicht nur einen Großsprecher zum Gelächter machen«, fing der Prinz wieder an, nachdem jene hinaus waren – »oder hätten Sie wohl Lust, uns Wort zu halten?«

»Es ist wahr«, sagte der Sizilianer. »Mit dem Abbé war es mein Ernst nicht, ich tat ihm den Antrag nur, weil ich wohl wusste, dass die Memme mich nicht beim Wort nehmen würde. – Die Sache selbst ist übrigens zu ernsthaft, um bloß einen Scherz damit auszuführen.«

»Sie räumen also doch ein, dass sie in Ihrer Gewalt ist?«

Der Magier schwieg eine lange Zeit und schien den Prinzen sorgfähig mit den Augen zu prüfen.

»Ja«, antwortete er endlich.

Die Neugierde des Prinzen war bereits auf den höchsten Grad gespannt. Mit der Geisterwelt in Verbindung zu stehen, war ehedem seine Lieblingsschwärmerei gewesen, und seit jener ersten Erscheinung des Armeniers hatten sich alle Ideen wieder bei ihm gemeldet, die seine reifere Vernunft so lange abgewiesen hatte. Er ging mit dem Sizilianer beiseite, und ich hörte ihn sehr angelegentlich mit ihm unterhandeln.

»Sie haben hier einen Mann vor sich«, fuhr er fort, »der von Ungeduld brennt, in dieser wichtigen Materie es zu einer Überzeugung zu bringen. Ich würde denjenigen als meinen Wohltäter, als meinen ersten Freund umarmen, der hier meine Zweifel zerstreute und die Decke von meinen Augen zöge – Wollen Sie sich dieses große Verdienst um mich erwerben?«

»Was verlangen Sie von mir?« sagte der Magier mit Bedenken.

»Vor jetzt nur eine Probe Ihrer Kunst. Lassen Sie mich eine Erscheinung sehen.«

»Wozu soll das führen?«

»Dann mögen Sie aus meiner nähern Bekanntschaft urteilen, ob ich eines höhern Unterrichts wert bin.«

»Ich schätze Sie über alles, gnädigster Prinz. Eine geheime Gewalt in Ihrem Angesichte, die Sie selbst noch nicht kennen, hat mich beim ersten Anblick an Sie gebunden. Sie sind mächtiger, als Sie selbst wissen. Sie haben unumschränkt über meine ganze Gewalt zu gebieten – aber –«

»Also lassen Sie mich eine Erscheinung sehen.«

»Aber ich muss erst gewiss sein, dass Sie diese Forderung nicht aus Neugierde an mich machen. Wenn gleich die unsichtbaren Kräfte mir einigermaßen zu Willen sind, so ist es unter der heiligen Bedingung, dass ich die heiligen Geheimnisse nicht profaniere, dass ich meine Gewalt nicht missbrauche.«

»Meine Absichten sind die reinsten. Ich will Wahrheit.«

Hier verließen sie ihren Platz und traten zu einem entfernten Fenster, wo ich sie nicht weiter hören konnte. Der Engländer, der diese Unterredung gleichfalls mit angehört hatte, zog mich auf die Seite.

»Ihr Prinz ist ein edler Mann. Ich beklage, dass er sich mit einem Betrüger einlässt.«

»Es wird darauf ankommen«, sagte ich, »wie er sich aus dem Handel zieht.«

«Wissen Sie was?« sagte der Engländer, »jetzt macht der arme Teufel sich kostbar. Er wird seine Kunst nicht auskramen, bis er Geld klingen hört. Es sind unser neune. Wir wollen eine Kollekte machen und ihn durch einen hohen Preis in Versuchung führen. Das bricht ihm den Hals und öffnet Ihrem Prinzen die Augen.«

»Ich bins zufrieden.«

Der Engländer warf sechs Guineen auf einen Teller und sammelte in der Reihe herum. Jeder gab einige Louis; den Russen besonders schien unser Vorschlag ungemein zu interessieren, er legte eine Banknote von hundert Zechinen auf den Teller – eine Verschwendung, über welche der Engländer erstaunte. Wir brachten die Kollekte dem Prinzen. »Haben Sie die Güte«, sagte der Engländer, »bei diesem Herrn für uns fürzusprechen, dass er uns eine Probe seiner Kunst sehen lasse und diesen kleinen Beweis unsrer Erkenntlichkeit annehme.« Der Prinz legte noch einen kostbaren Ring auf den Teller und reichte ihn dem Sizilianer. Dieser bedachte sich einige Sekunden. – »Meine Herren und Gönner«, fing er darauf an, »diese Großmut beschämt mich. – Es scheint, dass Sie mich verkennen – aber ich gebe Ihrem Verlangen nach. Ihr Wunsch soll erfüllt werden« (indem er eine Glocke zog). »Was dieses Gold betrifft, worauf ich selber kein Recht habe, so werden Sie mir erlauben, dass ich es in dem nächsten Benediktinerkloster für milde Stiftungen niederlege. Diesen Ring behalte ich als ein schätzbares Denkmal, das mich an den würdigsten Prinzen erinnern soll.«

Hier kam der Wirt, dem er das Geld sogleich überlieferte.

»Und er ist dennoch ein Schurke«, sagte mir der Engländer ins Ohr. »Das Geld schlägt er aus, weil ihm jetzt mehr an dem Prinzen gelegen ist.«

»Oder der Wirt versteht seinen Auftrag«, sagte ein anderer.

»Wen verlangen Sie?« fragte jetzt der Magier den Prinzen.

Der Prinz besann sich einen Augenblick – »Lieber gleich einen großen Mann«, rief der Lord. »Fordern Sie den Papst Ganganelli. Dem Herrn wird das gleich wenig kosten.«

Der Sizilianer biss sich in die Lippen. – »Ich darf keinen zitieren, der die Weihung empfangen hat.«

»Das ist schlimm«, sagte der Engländer. »Vielleicht hätten wir von ihm erfahren, an welcher Krankheit er gestorben ist.«

»Der Marquis von Lanoy«, nahm der Prinz jetzt das Wort, »war französischer Brigadier im vorigen Kriege und mein vertrautester Freund. In der Bataille bei Hastinbeck empfing er eine tödliche Wunde, man trug ihn nach meinem Zelte, wo er bald darauf in meinen Armen starb. Als er schon mit dem Tode rang, winkte er mich noch zu sich. ›Prinz‹, fing er an, ›ich werde mein Vaterland nicht wiedersehen, erfahren Sie also ein Geheimnis, wozu niemand als ich den Schlüssel hat. In einem Kloster auf der flandrischen Grenze lebt eine –‹ – hier verschied er. Die Hand des Todes zertrennte den Faden seiner Rede; ich möchte ihn hier haben und die Fortsetzung hören.«

»Viel gefordert, bei Gott!« rief der Engländer. »Ich erkläre Sie für einen zweiten Salomo, wenn Sie diese Aufgabe lösen.« –

Wir bewunderten die sinnreiche Wahl des Prinzen und gaben ihr einstimmig unsern Beifall. Unterdessen ging der Magier mit starken Schritten auf und nieder und schien unentschlossen mit sich selbst zu kämpfen.

»Und das war alles, was der Sterbende Ihnen zu hinterlassen hatte?«

»Alles.«

»Taten Sie keine weiteren Nachfragen deswegen in seinem Vaterlande?«

»Sie waren alle vergebens.«

»Der Marquis von Lanoy hatte untadelhaft gelebt? – Ich darf nicht jeden Toten rufen.«

»Er starb mit Reue über die Ausschweifungen seiner Jugend.«

»Tragen Sie irgend etwa ein Andenken von ihm bei sich?«

»Ja.« (Der Prinz führte wirklich eine Tabatiere bei sich, worauf das Miniaturbild des Marquis in Emaille war, und die er bei der Tafel neben sich hatte liegen gehabt.)

»Ich verlange es nicht zu wissen – – Lassen Sie mich allein. Sie sollen den Verstorbenen sehen.«

Wir wurden gebeten, uns so lange in den andern Pavillon zu begeben, bis er uns rufen würde. Zugleich ließ er alle Meublen aus dem Saale räumen, die Fenster ausheben und die Läden auf das genaueste verschließen. Dem Wirt, mit dem er schon vertraut zu sein schien, befahl er, ein Gefäß mit glühenden Kohlen zu bringen und alle Feuer im Hause sorgfältig mit Wasser zu löschen. Ehe wir weggingen, nahm er von jedem insbesondere das Ehrenwort, ein ewiges Stillschweigen über das zu beobachten, was wir sehen und hören würden. Hinter uns wurden alle Zimmer auf diesem Pavillon verriegelt.

Es war nach elf Uhr, und eine tiefe Stille herrschte im ganzen Hause. Beim Hinausgehen fragte mich der Russe, ob wir geladene Pistolen bei uns hätten? – »Wozu?« sagte ich. »Es ist auf alle Fälle«, versetzte er. »Warten Sie einen Augenblick, ich will mich darnach umsehen.« Er entfernte sich. Der Baron von F** und ich öffneten ein Fenster, das jenem Pavillon gegenübersah, und es kam uns vor, als hörten wir zwei Menschen zusammen flüstern und ein Geräusch, als ob man eine Leiter anlegte. Doch war das nur eine Mutmaßung, und ich getraue mir nicht, sie für wahr auszugeben. Der Russe kam mit einem Paar Pistolen zurück, nachdem er eine halbe Stunde ausgeblieben war. Wir sahen sie ihn scharf laden. Es war beinahe zwei Uhr, als der Magier wieder erschien und uns ankündigte, dass es Zeit wäre. Ehe wir hineintraten, ward uns befohlen, die Schuhe auszuziehen und im bloßen Hemde, Strümpfen und Unterkleidern zu erscheinen. Hinter uns wurde, wie das erste Mal, verriegelt.

Wir fanden, als wir in den Saal zurückkamen, mit einer Kohle einen weiten Kreis beschrieben, der uns alle zehn bequem fassen konnte. Rings herum an allen vier Wänden des Zimmers waren die Dielen weggehoben, dass wir gleichsam auf einer Insel standen. Ein Altar, mit schwarzem Tuch behangen, stand mitten im Kreis errichtet, unter welchen ein Teppich von rotem Atlas gebreitet war. Eine chaldäische Bibel lag bei einem Totenkopf aufgeschlagen auf dem Altar, und ein silbernes Kruzifix war darauf festgemacht. Statt der Kerzen brannte Spiritus in einer silbernen Kapsel. Ein dicker Rauch von Olibanum verfinsterte den Saal, davon das Licht beinahe erstickte. Der Beschwörer war entkleidet wie wir, aber barfuß; um den bloßen Hals trug er ein Amulett an einer Kette von Menschenhaaren, um die Lenden hatte er eine weiße Schürze geschlagen, die mit geheimen Chiffern und symbolischen Figuren bezeichnet war. Er hieß uns einander die Hände reichen und eine tiefe Stille beobachten; vorzüglich empfahl er uns, ja keine Frage an die Erscheinung zu tun. Den Engländer und mich (gegen uns beide schien er das meiste Misstrauen zu hegen) ersuchte er, zwei bloße Degen unverrückt und kreuzweise, einen Zoll hoch, über seinem Scheitel zu halten, solange die Handlung dauern würde. Wir standen in einem halben Mond um ihn herum, der russische Offizier drängte sich dicht an den Engländer und stand zunächst an dem Altar. Das Gesicht gegen Morgen gerichtet, stellte sich der Magier jetzt auf den Teppich, sprengte Weihwasser nach allen vier Weltgegenden und neigte sich dreimal gegen die Bibel. Eine halbe Viertelstunde dauerte die Beschwörung, von welcher wir nichts verstanden; nach Endigung derselben gab er denen, die zunächst hinter ihm standen, ein Zeichen, dass sie ihn jetzt fest bei den Haaren fassen sollten. Unter den heftigsten Zuckungen rief er den Verstorbenen dreimal mit Namen, und das dritte Mal streckte er nach dem Kruzifixe die Hand aus – –

Auf einmal empfanden wir alle zugleich einen Streich wie vom Blitze, dass unsere Hände auseinanderflogen; ein plötzlicher Donnerschlag erschütterte das Haus, alle Schlösser klangen, alle

Türen schlugen zusammen, der Deckel an der Kapsel fiel zu, das Licht löschte aus, und an der entgegenstehenden Wand über dem Kamine zeigte sich eine menschliche Figur, in blutigem Hemde, bleich und mit dem Gesicht eines Sterbenden.

»Wer ruft mich?« sagte eine hohle, kaum hörbare Stimme.

»Dein Freund«, antwortete der Beschwörer, »der dein Andenken ehret und für deine Seele betet«, zugleich nannte er den Namen des Prinzen.

Die Antworten erfolgten immer nach einem sehr großen Zwischenraum.

»Was verlangt er?« fuhr diese Stimme fort.

»Dein Bekenntnis will er zu Ende hören, das du in dieser Welt angefangen und nicht beschlossen hast.«

»In einem Kloster auf der flandrischen Grenze lebt – – –«

Hier erzitterte das Haus von neuem. Die Türe sprang freiwillig unter einem heftigen Donnerschlag auf, ein Blitz erleuchtete das Zimmer, und eine andere *körperliche* Gestalt, blutig und blass wie die erste, aber schrecklicher, erschien an der Schwelle. Der Spiritus fing von selbst an zu brennen, und der Saal wurde helle wie zuvor.

»Wer ist unter uns?« rief der Magier erschrocken und warf einen Blick des Entsetzens durch die Versammlung – »Dich habe ich nicht gewollt.«

Die Gestalt ging mit majestätischem leisem Schritt gerade auf den Altar zu, stellte sich auf den Teppich, uns gegenüber, und fasste das Kruzifix. Die erste Figur sahen wir nicht mehr.

»Wer ruft mich?« sagte diese zweite Erscheinung.

Der Magier fing an, heftig zu zittern. Schrecken und Erstaunen hatten uns gefesselt. Ich griff nach einer Pistole, der Magier riss sie mir aus der Hand und drückte sie auf die Gestalt ab. Die Kugel rollte langsam auf dem Altar, und die Gestalt trat unverändert aus dem Rauche. Jetzt sank der Magier ohnmächtig nieder.

»Was wird das?« rief der Engländer voll Erstaunen und wollte einen Streich mit dem Degen nach ihr tun. Die Gestalt berührte seinen Arm, und die Klinge fiel zu Boden. Hier trat der Angstschweiß auf meine Stirn. Baron F** gestand uns nachher, dass er gebetet habe. Diese ganze Zeit über stand der Prinz furchtlos und ruhig, die Augen starr auf die Erscheinung gerichtet.

»Ja! Ich erkenne dich«, rief er endlich voll Rührung aus, »du bist Lanoy, du bist mein Freund – – Woher kommst du?«

»Die Ewigkeit ist stumm. Frage mich aus dem vergangnen Leben.«

»Wer lebt in dem Kloster, das du mir bezeichnet hast?«

»Meine Tochter.«

»Wie? Du bist Vater gewesen?«

»Weh mir, dass ich es zu wenig war!«

»Bist du nicht glücklich, Lanoy?«

»Gott hat gerichtet.«

»Kann ich dir auf dieser Welt noch einen Dienst erzeigen?«

»Keinen, als an dich selbst zu denken.«

»Wie muss ich das?«

»In Rom wirst du es erfahren.«

Hier erfolgte ein neuer Donnerschlag – eine schwarze Rauchwolke erfüllte das Zimmer; als sie zerflossen war, fanden wir keine Gestalt mehr. Ich stieß einen Fensterladen auf. Es war Morgen.

Jetzt kam auch der Magier aus seiner Betäubung zurück. »Wo sind wir?« rief er aus, als er Tageslicht erblickte. Der russische Offizier stand dicht hinter ihm und sah ihm über die Schulter. »Taschenspieler«, sagte er mit schrecklichem Blick zu ihm, *»du wirst keinen Geist mehr rufen.«*

Der Sizilianer drehte sich um, sah ihm genauer ins Gesicht, tat einen lauten Schrei und stürzte zu seinen Füßen.

Jetzt sahen wir alle auf einmal den vermeintlichen Russen an. Der Prinz erkannte in ihm ohne Mühe die Züge seines Armeniers wieder, und das Wort, das er eben hervorstottern wollte, erstarb auf seinem Munde. Schrecken und Überraschung hatten uns alle wie versteinert. Lautlos und unbeweglich starrten wir dieses geheimnisvolle Wesen an, das uns mit einem Blicke stiller Gewalt und Größe durchschaute. Eine Minute dauerte dies

Schweigen – und wieder eine. Kein Odem war in der ganzen Versammlung.

Einige kräftige Schläge an die Tür brachten uns endlich wieder zu uns selbst. Die Tür fiel zertrümmert in den Saal, und herein drangen Gerichtsdiener mit Wache. »Hier finden wir sie ja beisammen!« rief der Anführer und wandte sich zu seinen Begleitern. »Im Namen der Regierung!« rief er uns zu. »Ich verhafte euch.« Wir hatten nicht so viel Zeit, uns zu besinnen; in wenig Augenblicken waren wir umringt. Der russische Offizier, den ich jetzt wieder den Armenier nenne, zog den Anführer der Häscher auf die Seite, und so viel mir diese Verwirrung zuließ, bemerkte ich, dass er ihm einige Worte heimlich ins Ohr sagte und etwas Schriftliches vorzeigte. Sogleich verließ ihn der Häscher mit einer stummen und ehrerbietigen Verbeugung, wandte sich darauf zu uns und nahm seinen Hut ab. »Vergeben Sie, meine Herren«, sagte er, »dass ich Sie mit diesem Betrüger vermengen konnte. Ich will nicht fragen, wer Sie sind – aber dieser Herr versichert mir, dass ich Männer von Ehre vor mir habe.« Zugleich winkte er seinen Begleitern, von uns abzulassen. Den Sizilianer befahl er wohl zu bewachen und zu binden. »Der Bursche da ist überreif«, setzte er hinzu. »Wir haben schon sieben Monate auf ihn gelauert.«

Dieser elende Mensch war wirklich ein Gegenstand des Jammers. Das doppelte Schrecken der zweiten Geistererscheinung und dieses unerwarteten Überfalls hatte seine Besinnungskraft überwältigt. Er ließ sich binden wie ein Kind; die Augen lagen weit aufgesperrt und stier in einem totenähnlichen Gesichte, und seine Lippen bebten in stillen Zuckungen, ohne einen Laut auszustoßen. Jeden Augenblick erwarteten wir einen Ausbruch von Konvulsionen. Der Prinz fühlte Mitleid mit seinem Zustand und unternahm es, seine Loslassung bei dem Gerichtsdiener auszuwirken, dem er sich zu erkennen gab.

»Gnädigster Herr«, sagte dieser, »wissen Sie auch, wer der Mensch ist, für welchen Sie sich so großmütig verwenden? Der Betrug, den er Ihnen zu spielen gedachte, ist sein geringstes Verbrechen. Wir haben seine Helfershelfer. Sie sagen abscheuliche Dinge von ihm aus. Er mag sich noch glücklich preisen, wenn er mit der Galeere davonkommt.«

Unterdessen sahen wir auch den Wirt nebst seinen Hausgenossen mit Stricken gebunden über den Hof führen. – »Auch dieser?« rief der Prinz. »Was hat denn dieser verschuldet?« – »Er war sein Mitschuldiger und Hehler«, antwortete der Anführer der Häscher, »der ihm zu seinen Taschenspielerstückchen und Diebereien behülflich gewesen und seinen Raub mit ihm geteilt hat. Gleich sollen Sie überzeugt sein, gnädigster Herr« (indem er sich zu seinen Begleitern kehrte). »Man durchsuche das ganze Haus und bringe mir sogleich Nachricht, was man gefunden hat.«

Jetzt sahe sich der Prinz nach dem Armenier um – aber er war nicht mehr vorhanden; in der allgemeinen Verwirrung, welche dieser Überfall anrichtete, hatte er Mittel gefunden, sich unbemerkt zu entfernen. Der Prinz war untröstlich; gleich wollte er ihm alle seine Leute nachschicken; er selbst wollte ihn aufsuchen und mich mit sich fortreißen. Ich eilte ans Fenster; das ganze Haus war von Neugierigen umringt, die das Gerücht dieser Begebenheit herbeigeführt hatte. Unmöglich war es, durch das Gedränge zu kommen. Ich stellte dem Prinzen dieses vor: »Wenn es diesem Armenier ein Ernst ist, sich vor uns zu verbergen, so weiß er unfehlbar die Schliche besser als wir, und alle unsere Nachforschungen werden vergebens sein. Lieber lassen Sie uns noch hier bleiben, gnädigster Prinz. Vielleicht kann uns dieser Gerichtsdiener etwas Näheres von ihm sagen, dem er sich, wenn ich anders recht gesehen habe, entdeckt hat.«

Jetzt erinnerten wir uns, dass wir noch ausgekleidet waren. Wir eilten nach unserm Zimmer, uns in der Geschwindigkeit in unsre Kleider zu werfen. Als wir zurückkamen, war die Haussuchung geschehen.

Nachdem man den Altar weggeräumt und die Dielen des Saals aufgebrochen, entdeckte man ein geräumiges Gewölbe, worin ein Mensch gemächlich aufrecht sitzen konnte, mit einer Türe versehen, die durch eine schmale Treppe nach dem Keller führte. In diesem Gewölbe fand man eine Elektrisiermaschine, eine Uhr und eine kleine silberne Glocke, welche Letztere, so wie die Elektrisiermaschine, mit dem Altar und dem darauf befestigten Kruzifixe Kommunikation hatte. Ein Fensterladen, der dem Kamine gerade gegenüberstand, war durchbrochen und mit einem Schieber versehen, um, wie wir nachher erfuhren, eine magische Laterne in seine Öffnung einzupassen, aus welcher die verlangte Gestalt auf die Wand über dem Kamin gefallen war. Vom Dachboden und aus dem Keller brachte man verschiedene Trommeln, woran große bleierne Kugeln an Schnüren befestigt hingen, wahrscheinlich um das Geräusche des Donners hervorzubringen, das wir gehört hatten. Als man die Kleider des Sizilianers durchsuchte, fand man in einem Etui verschiedene Pulver, wie auch lebendigen Merkur in Phiolen und Büchsen, Phosphorus in einer gläsernen Flasche, einen Ring, den wir gleich für einen magnetischen erkannten, weil er an einem stählernen Knopfe hängen blieb, dem er von ungefähr nahegebracht worden, in den Rocktaschen ein Paternoster, einen Judenbart, Terzerole und einen Dolch. »Lass doch sehen, ob sie geladen sind!« sagte einer von den Häschern, indem er eines von den Terzerolen nahm und ins Kamin abschoss. »Jesus Maria!« rief eine hohle menschliche Stimme, eben die, welche wir von der ersten Erscheinung gehört hatten – und in demselben Augenblick sahen wir einen blutenden Körper aus dem Schlot herunterstürzen. – »Noch nicht zur Ruhe, armer Geist?« rief der Engländer, während dass wir andern mit Schrecken zurückfuhren. »Gehe heim zu deinem Grabe. Du hast geschienen, was du nicht warst; jetzt wirst du sein, was du schienest.«

»Jesus Maria! Ich bin verwundet«, wiederholte der Mensch im Kamine. Die Kugel hatte ihm das rechte Bein zerschmettert. Sogleich besorgte man, dass die Wunde verbunden wurde.

»Aber wer bist du denn, und was für ein böser Dämon muss dich hieher fühen?«

»Ein armer Barfüßer«, antwortete der Verwundete. »Ein fremder Herr hier hat mir eine Zechine geboten, dass ich –«

»Eine Formel hersagen sollte? Und warum hast du dich denn nicht gleich wieder davongemacht?«

»Er wollte mir ein Zeichen geben, wenn ich fortfahren sollte; aber das Zeichen blieb aus, und wie ich hinaussteigen wollte, war die Leiter weggezogen.«

»Und wie heißt denn die Formel, die er dir eingelernt hat?«

Der Mensch bekam hier eine Ohnmacht, dass nichts weiter aus ihm herauszubringen war. Als wir ihn näher betrachteten, erkannten wir ihn für denselben, der sich dem Prinzen den Abend vorher in den Weg gestellt und ihn so feierlich angeredet hatte.

Unterdessen hatte sich der Prinz zu dem Anführer der Häscher gewendet.

»Sie haben uns«, sagte er, indem er ihm zugleich einige Goldstücke in die Hand drückte, »Sie haben uns aus den Händen eines Betrügers gerettet und uns, ohne uns noch zu kennen, Gerechtigkeit widerfahren lassen. Wollen Sie nun unsere Verbindlichkeit vollkommen machen und uns entdecken, wer der Unbekannte war, dem es nur ein paar Worte kostete, uns in Freiheit zu setzen?«

»Wen meinen Sie?« fragte der Anführer der Häscher mit einer Miene, die deutlich zeigte, wie unnötig diese Frage war.

»Den Herrn in russischer Uniform meine ich, der Sie vorhin beiseitezog, Ihnen etwas Schriftliches vorwies und einige Worte ins Ohr sagte, worauf Sie uns sogleich wieder losgaben.«

»Sie kennen diesen Herrn also nicht?« fragte der Häscher wieder. »Er war nicht von Ihrer Gesellschaft?«

»Nein«, sagte der Prinz – »und aus sehr wichtigen Ursachen wünschte ich, näher mit ihm bekannt zu werden.«

»Näher«, antwortete der Häscher, »kenn ich ihn auch nicht. Sein Name selbst ist mir unbekannt, und heute hab ich ihn zum ersten Mal in meinem Leben gesehen.«

»Wie? und in so kurzer Zeit, durch ein paar Worte konnte er so viel über Sie vermögen, dass Sie ihn selbst und uns alle für unschuldig erklärten?«

»Allerdings durch ein einziges Wort.«

»Und dieses war? – Ich gestehe, dass ich es wissen möchte.«

»Dieser Unbekannte, gnädigster Herr« – indem er die Zechinen in seiner Hand wog – »Sie sind zu großmütig gegen mich gewesen, um Ihnen länger ein Geheimnis daraus zu machen – dieser Unbekannte war – ein Offizier der Staatsinquisition.«

»Der Staatsinquisition! – Dieser! –«

»Nicht anders, gnädigster Herr – und davon überzeugte mich das Papier, welches er mir vorzeigte.«

»Dieser Mensch, sagten Sie? Es ist nicht möglich.«

»Ich will Ihnen noch mehr sagen, gnädigster Herr. Eben dieser war es, auf dessen Denunziation ich hieher geschickt worden bin, den Geisterbeschwörer zu verhaften.«

Wir sahen uns mit noch größerm Erstaunen an.

»Da hätten wir es ja heraus«, rief endlich der Engländer, »warum der arme Teufel von Beschwörer so erschrocken zusammenfuhr, als er ihm näher ins Gesicht sah. Er erkannte ihn für einen Spion, und darum tat er jenen Schrei und stürzte zu seinen Füßen.

»Nimmermehr«, rief der Prinz. »Dieser Mensch ist alles, was er sein will, und alles, was der Augenblick will, dass er sein soll. Was er wirklich ist, hat noch kein Sterblicher erfahren. Sahen Sie den Sizilianer zusammensinken, als er ihm die Worte ins Ohr schrie: ›Du wirst keinen Geist mehr rufen!‹ Dahinter ist mehr. Dass man vor etwas Menschlichem so zu erschrecken pflegt, soll mich niemand überreden.«

»Darüber wird uns der Magier selbst wohl am besten zurechtweisen können«, sagte der Lord, »wenn uns dieser Herr« (sich zu dem Anführer der Gerichtsdiener wendend) »Gelegenheit verschaffen will, seinen Gefangnen zu sprechen.«

Der Anführer der Häscher versprach es uns, und wir redeten mit dem Engländer ab, dass wir ihn gleich den andern Morgen aufsuchen wollten. Jetzt begaben wir uns nach Venedig zurück.

Mit dem frühesten Morgen war Lord Seymour da (dies war der Name des Engländers), und bald nachher erschien eine vertraute Person, die der Gerichtsdiener abgeschickt hatte, uns nach dem Gefängnis zu führen. Ich habe vergessen zu erzählen, dass der Prinz schon seit etlichen Tagen einen seiner Jäger vermisste, einen Bremer von Geburt, der ihm viele Jahre redlich gedient und sein ganzes Vertrauen besessen hatte. Ob er verunglückt oder gestohlen oder auch entlaufen war, wusste niemand. Zu dem Letztern war gar kein wahrscheinlicher Grund vorhanden, weil er jederzeit ein stiller und ordentlicher Mensch gewesen und nie ein Tadel an ihm gefunden war. Alles, worauf seine Kameraden sich besinnen konnten, war, dass er in der letzten Zeit sehr schwermütig gewesen und, wo er nur einen Augenblick erhaschen konnte, ein gewisses Minoritenkloster in der Giudecca besucht habe, wo er auch mit einigen Brüdern öfters Umgang gepflegt. Dies brachte uns auf die Vermutung, dass er vielleicht in die Hände der Mönche geraten sein möchte und sich katholisch gemacht hätte; und weil der Prinz über diesen Artikel damals noch sehr gleichgültig dachte, so ließ ers nach einigen fruchtlosen Nachforschungen dabei bewenden. Doch schmerzte ihn der Verlust dieses Menschen, der ihm auf seinen Feldzügen immer zur Seite gewesen, immer treu an ihm gehangen und in einem fremden Lande so leicht nicht wieder zu ersetzen war. Heute nun, als wir eben im Begriff standen auszugehen, ließ sich der Bankier des Prinzen melden, an den der Auftrag ergangen war, für einen neuen Bedienten zu sorgen. Dieser stellte dem Prinzen einen gutgebildeten und wohlgekleideten Menschen in mittleren Jahren vor, der lange Zeit in Diensten eines Prokurators als Sekretär gestanden, Französisch und auch etwas Deutsch sprach, übrigens mit den besten Zeugnissen versehen war. Seine Physiognomie gefiel, und da er sich übrigens erklärte, dass sein Gehalt von der Zufriedenheit des Prinzen mit seinen Diensten abhängen sollte, so ließ er ihn ohne Verzug eintreten.

Wir fanden den Sizilianer in einem Privatgefängnis, wohin er, dem Prinzen zu Gefallen, wie der Gerichtsdiener sagte, einstweilen gebracht worden war, ehe er unter die Bleidächer gesetzt wurde, zu denen kein Zugang mehr offen steht. Diese Bleidächer sind das fürchterlichste Gefängnis in Venedig, unter dem Dach des St. Markuspalastes, worin die unglücklichen Verbrecher von der dörrenden Sonnenhitze, die sich auf der Bleifläche sammelt, oft bis zum Wahnwitze leiden. Der Sizilianer hatte sich von dem gestrigen Zufalle wieder erholt und stand ehrerbietig auf, als er den Prinzen ansichtig wurde. Ein Bein und eine Hand waren gefesselt, sonst aber konnte er frei durch das Zimmer gehen. Bei unserm Eintritt entfernte sich die Wache vor die Türe.

»Ich komme«, sagte der Prinz, nachdem wir Platz genommen hatten, »über zwei Punkte Erklärung von Ihnen zu verlangen. Die eine sind Sie mir schuldig, und es wird Ihr Schade nicht sein, wenn Sie mich über den andern befriedigen.«

»Meine Rolle ist ausgespielt«, versetzte der Sizilianer. »Mein Schicksal steht in Ihren Händen.«

»Ihre Aufrichtigkeit allein«, versetzte der Prinz, »kann es erleichtern.«

»Fragen Sie, gnädigster Herr. Ich bin bereit zu antworten, denn ich habe nichts mehr zu verlieren.«

»Sie haben mich das Gesicht des Armeniers in Ihrem Spiegel sehen lassen. Wodurch bewirkten Sie dieses?«

»Es war kein Spiegel, was Sie gesehen haben. Ein bloßes Pastellgemälde hinter einem Glas, das einen Mann in armenischer Kleidung vorstellte, hat Sie getäuscht. Meine Geschwindigkeit, die Dämmerung, Ihr Erstaunen unterstützten diesen Betrug. Das Bild wird sich unter den übrigen Sachen finden, die man in dem Gasthof in Beschlag genommen hat.«

»Aber wie konnten Sie meine Gedanken so gut wissen und gerade auf den Armenier raten?«

»Dieses war gar nicht schwer, gnädigster Herr. Ohne Zweifel haben Sie sich bei Tische in Gegenwart Ihrer Bedienten über die Begebenheit öfters herausgelassen, die sich zwischen Ihnen und diesem Armenier ereignet hat. Einer von meinen Leuten machte mit einem Jäger, der in Ihren Diensten steht, zufälligerweise in der Giudecca Bekanntschaft, aus welchem er nach und nach so viel zu ziehen wusste, als mir zu wissen nötig war.«

»Wo ist dieser Jäger?« fragte der Prinz. »Ich vermisse ihn, und ganz gewiss wissen Sie um seine Entweichung.«

»Ich schwöre Ihnen, dass ich nicht das Geringste davon weiß, gnädigster Herr. Ich selbst hab ihn nie gesehen, und nie eine andre Absicht mit ihm gehabt als die eben gemeldete.«

»Fahren Sie fort«, sagte der Prinz.

»Auf diesem Wege nun erhielt ich überhaupt auch die erste Nachricht von Ihrem Aufenthalt und Ihren Begebenheiten in Venedig, und sogleich entschloss ich mich, sie zu nützen. Sie sehen, gnädigster Herr, dass ich aufrichtig bin. Ich wusste von Ihrer vorhabenden Spazierfahrt auf der Brenta; ich hatte mich darauf versehen, und ein Schlüssel, der Ihnen von ungefähr entfiel, gab mir die erste Gelegenheit, meine Kunst an Ihnen zu versuchen.«

»Wie? So hätte ich mich also geirret? Das Stückchen mit dem Schlüssel war Ihr Werk, und nicht des Armeniers? Der Schlüssel, sagen Sie, wäre mir entfallen?«

»Als Sie die Börse zogen – und ich nahm den Augenblick wahr, da mich niemand beobachtete, ihn schnell mit dem Fuße zu verdecken. Die Person, bei der Sie die Lotterielose nahmen, war im Verständnis mit mir. Sie ließ Sie aus einem Gefäße ziehen, wo keine Niete zu holen war, und der Schlüssel lag längst in der Dose, eh sie von Ihnen gewonnen wurde.«

»Nunmehr begreif ichs. Und der Barfüßermönch, der sich mir in den Weg warf und mich so feierlich anredete?«

»War der nämliche, den man, wie ich höre, verwundet aus dem Kamine gezogen. Es ist einer von meinen Kameraden, der mir unter dieser Verhüllung schon manche gute Dienste geleistet.«

»Aber zu welchem Ende stellten Sie dieses an?«

»Um Sie nachdenkend zu machen – um einen Gemütszustand in Ihnen vorzubereiten, der Sie für das Wunderbare, das ich mit Ihnen im Sinne hatte, empfänglich machen sollte.«

»Aber der pantomimische Tanz, der eine so überraschende seltsame Wendung nahm – dieser war doch wenigstens nicht von Ihrer Erfindung?«

»Das Mädchen, welches die Königin vorstellte, war von mir unterrichtet und ihre ganze Rolle mein Werk. Ich vermutete, dass es Eure Durchlaucht nicht wenig befremden würde, an diesem Orte gekannt zu sein, und, verzeihen Sie mir, gnädigster Herr, das Abenteuer mit dem Armenier ließ mich hoffen, dass Sie bereits schon geneigt sein würden, natürliche Auslegungen zu verschmähen und nach höhern Quellen des Außerordentlichen zu spüren.«

»In der Tat«, rief der Prinz mit einer Miene zugleich des Verdrusses und der Verwunderung, indem er mir besonders einen bedeutenden Blick gab, »in der Tat«, rief er aus, »das habe ich nicht erwartet.«

»Aber«, fuhr er nach einem langen Stillschweigen wieder fort, »wie brachten Sie die Gestalt hervor, die an der Wand über dem Kamin erschien?«

»Durch die Zauberlaterne, welche an dem gegenüberstehenden Fensterladen angebracht war, wo Sie auch die Öffnung dazu bemerkt haben werden.«

»Aber wie kam es denn, dass kein Einziger unter uns sie gewahr wurde?« fragte Lord Seymour.

»Sie erinnern sich, gnädiger Herr, dass ein dicker Rauch den ganzen Saal verfinsterte, als Sie zurückgekommen waren. Zugleich hatte ich die Vorsicht gebraucht, die Dielen, welche man weggehoben, neben demjenigen Fenster anlehnen zu lassen, wo die Laterna magica eingefügt war; dadurch verhinderte ich, dass Ihnen dieser Fensterladen nicht sogleich ins Gesicht fiel. Übrigens blieb die Laterne auch so lange durch einen Schieber verdeckt, bis Sie alle Ihre Plätze genommen hatten und keine Untersuchung im Zimmer mehr von Ihnen zu fürchten war.«

»Mir kam es vor«, fiel ich ein, »als hörte ich in der Nähe dieses Saals eine Leiter anlegen, als ich in dem andern Pavillon aus dem Fenster sah. War dem wirklich so?«

»Ganz recht. Eben diese Leiter, auf welcher mein Gehülfe zu dem bewussten Fenster emporkletterte, um die Zauberlaterne zu dirigieren.«

»Die Gestalt«, fuhr der Prinz fort, »schien wirklich eine flüchtige Ähnlichkeit mit meinem verstorbenen Freunde zu haben; besonders traf es ein, dass sie sehr blond war. War dieses bloßer Zufall, oder woher schöpften Sie dieselbe?«

»Eure Durchlaucht erinnern sich, dass Sie über Tische eine Dose neben sich hatten liegen gehabt, auf welcher das Porträt eines Offiziers in **scher Uniform in Emaille war. Ich fragte Sie, ob Sie von Ihrem Freunde nicht irgendein Andenken bei sich führten? worauf Sie mit Ja antworteten; daraus schloss ich, dass es vielleicht die Dose sein möchte. Ich hatte das Bild über Tische gut ins Auge gefasst, und weil ich im Zeichnen sehr geübt, auch im Treffen sehr glücklich bin, so war es mir ein Leichtes, dem Bilde diese flüchtige Ähnlichkeit zu geben, die Sie wahrgenommen haben; und um so mehr, da die Gesichtszüge des Marquis sehr ins Auge fallen.«

»Aber die Gestalt schien sich doch zu bewegen. –«

»So schien es – aber es war nicht die Gestalt, sondern der Rauch, der von ihrem Scheine beleuchtet war.«

»Und der Mensch, welcher aus dem Schlot herabstürzte, antwortete also für die Erscheinung?«

»Eben dieser.«

»Aber er konnte ja die Fragen nicht wohl hören.«

»Dieses brauchte er auch nicht. Sie besinnen sich, gnädigster Prinz, dass ich Ihnen allen auf das strengste verbot, selbst eine Frage an das Gespenst zu richten. Was ich ihn fragen würde und er mir antworten sollte, war abgeredet; und damit ja kein Versehen vorfiele, ließ ich ihn große Pausen beobachten, die er an den Schlägen einer Uhr abzählen musste.«

»Sie gaben dem Wirte Befehl, alle Feuer im Hause sorgfältig mit Wasser löschen zu lassen; dies geschah ohne Zweifel –«

»Um meinen Mann im Kamine außer Gefahr des Erstickens zu setzen, weil die Schornsteine im Hause ineinanderlaufen und ich vor Ihrer Suite nicht ganz sicher zu sein glaubte.«

»Wie kam es aber«, fragte Lord Seymour, »dass Ihr Geist weder früher noch später da war, als Sie ihn brauchten?«

»Mein Geist war schon eine gute Weile im Zimmer, ehe ich ihn zitierte; aber solange der Spiritus brannte, konnte man diesen matten Schein nicht sehen. Als meine Beschwörungsformel geendigt war, ließ ich das Gefäß, worin der Spiritus flammte, zusammenfallen, es wurde Nacht im Saal, und jetzt erst wurde man die Figur an der Wand gewahr, die sich schon längst darauf reflektiert hatte.«

»Aber in eben dem Moment, als der Geist erschien, empfanden wir alle einen elektrischen Schlag. Wie bewirkten Sie diesen?«

»Die Maschine unter dem Altar haben Sie entdeckt. Sie sahen auch, dass ich auf einem seidnen Fußteppich stand. Ich ließ sie in einem halben Mond um mich herumstehen und einander die Hände reichen; als es nahe dabei war, winkte ich einem von Ihnen, mich bei den Haaren zu fassen. Das Kruzifix war der Konduktor, und Sie empfingen den Schlag, als ich es mit der Hand berührte.«

»Sie befahlen uns, dem Grafen von O** und mir«, sagte Lord Seymour, »zwei bloße Degen kreuzweise über Ihrem Scheitel zu halten, solange die Beschwörung dauern würde. Wozu nun dieses?«

»Zu nichts weiter, als um Sie beide, denen ich am wenigsten traute, während des ganzen Aktus zu beschäftigen. Sie erinnern sich, dass ich Ihnen ausdrücklich einen Zoll hoch bestimmte; dadurch, dass Sie diese Entfernung immer in Acht nehmen mussten, waren Sie verhindert, Ihre Blicke dahin zu richten, wo ich sie nicht gerne haben wollte. Meinen schlimmsten Feind hatte ich damals noch gar nicht ins Auge gefasst.«

»Ich gestehe«, rief Lord Seymour, »dass dies vorsichtig gehandelt heißt – aber warum mussten wir ausgekleidet sei?«

»Bloß um der Handlung eine Feierlichkeit mehr zu geben und durch das Ungewöhnliche Ihre Einbildungskraft zu spannen.«

»Die zweite Erscheinung ließ Ihren Geist nicht zum Worte kommen«, sagte der Prinz. »Was hätten wir eigentlich von ihm erfahren sollen?«

»Beinahe dasselbe, was Sie nachher gehört haben. Ich fragte Eure Durchlaucht nicht ohne Absicht, ob Sie mir auch alles gesagt, was Ihnen der Sterbende aufgetragen, und ob Sie keine weitern Nachfragen wegen seiner in seinem Vaterlande getan; dieses fand ich nötig, um nicht gegen Tatsachen anzustoßen, die der Aussage meines Geistes hätten widersprechen können. Ich fragte gewisser Jugendsünden wegen, ob der Verstorbene untadelhaft gelebt; und auf die Antwort gründete ich alsdann meine Erfindung.«

»Über diese Sache«, fing der Prinz nach einigem Stillschweigen an, »haben Sie mir einen befriedigenden Aufschluss gegeben. Aber ein Hauptumstand ist noch zurück, worüber ich Licht von Ihnen verlange.«

»Wenn es in meiner Gewalt steht, und –«

»Keine Bedingungen! Die Gerechtigkeit, in deren Händen Sie sind, dürfte so bescheiden nicht fragen. Wer war dieser Unbekannte, vor dem wir Sie niederstürzen sahen? Was wissen Sie von ihm? Woher kennen Sie ihn? Und was hat es für eine Bewandtnis mit dieser zweiten Erscheinung?«

»Gnädigster Prinz –«

»Als Sie ihm näher ins Gesicht sahen, stießen Sie einen lauten Schrei aus und stürzten nieder. Warum das? Was bedeutete das?«

»Dieser Unbekannte, gnädigster Prinz –« Er hielt inne, wurde sichtbarlich unruhiger und sah uns alle in der Reihe herum mit verlegenen Blicken an. – »Ja bei Gott, gnädigster Prinz, dieser Unbekannte ist ein schreckliches Wesen.«

»Was wissen Sie von ihm? Wie steht er mit Ihnen in Verbindung? – Hoffen Sie nicht, uns die Wahrheit zu verhehlen.« –

»Dafür werd ich mich wohl hüten – denn wer steht mir dafür, dass er nicht in diesem Augenblick unter uns stehet?«

»Wo? Wer?« riefen wir alle zugleich und schauten uns halb lachend, halb bestürzt im Zimmer um. – »Das ist ja nicht möglich!«

»O! diesem Menschen – oder wer er sein mag – sind Dinge möglich, die noch weit weniger zu begreifen sind.«

»Aber wer ist er denn? Woher stammt er? Armenier oder Russe? Was ist das Wahre an dem, wofür er sich ausgibt?«

»Keines von allem, was er scheint. Es wird wenige Stände, Charaktere und Nationen geben, davon er nicht schon die Maske getragen. Wer er sei? Woher er gekommen? Wohin er gehe? weiß niemand. Dass er lang in Aegypten gewesen, wie viele behaupten, und dort aus einer Pyramide seine verborgene Weisheit geholt habe, will ich weder bejahen noch verneinen. Bei uns kennt man ihn nur unter dem Namen des *Unergründlichen.* Wie alt, zum Beispiel, schätzen Sie ihn?«

»Nach dem äußern Anschein zu urteilen, kann er kaum vierzig zurückgelegt haben.«

»Und wie alt, denken Sie, dass ich sei?«

»Nicht weit von funfzig.«

»Ganz recht – und wenn ich Ihnen nun sage, dass ich ein Bursche von siebenzehn Jahren war, als mir mein Großvater von diesem Wundermann erzählte, der ihn ungefähr in eben dem Alter, worin er jetzt zu sein scheint, in Famagusta gesehen hat. –«

»Das ist lächerlich, unglaublich und übertrieben.«

»Nicht um einen Zug. Hielten mich diese Fesseln nicht ab, ich wollte Ihnen Bürgen stellen, deren ehrwürdiges Ansehen Ihnen keinen Zweifel mehr übriglassen würde. Es gibt glaubwürdige Leute, die sich erinnern, ihn in verschiedenen Weltgegenden zu gleicher Zeit gesehen zu haben. Keines Degens Spitze kann ihn durchbohren, kein Gift kann ihm etwas anhaben, kein Feuer sengt ihn, kein Schiff geht unter, worauf er sich befindet. Die Zeit selbst scheint an ihm ihre Macht zu verlieren, die Jahre trocknen seine Säfte nicht aus, und das Alter kann seine Haare nicht bleichen. Niemand ist, der ihn Speise nehmen sah, nie ist ein Weib von ihm berührt worden, kein Schlaf besucht seine Augen; von allen Stunden des Tages weiß man nur eine einzige, über die er nicht Herr ist, in welcher niemand ihn gesehen, in welcher er kein irdisches Geschäft verrichtet hat.«

»So?« sagte der Prinz. »Und was ist dies für eine Stunde?«

»Die zwölfte in der Nacht. Sobald die Glocke den zwölften

Schlag tut, gehört er den Lebendigen nicht mehr. Wo er auch sein mag, er muss fort, welches Geschäft er auch verrichtet, er muss es abbrechen. Dieser schreckliche Glockenschlag reißt ihn aus den Armen der Freundschaft, reißt ihn selbst vom Altare und würde ihn auch aus dem Todeskampf rufen. Niemand weiß, wo er dann hingehet, noch was er da verrichtet. Niemand wagt es, ihn darum zu befragen, noch weniger, ihm zu folgen; denn seine Gesichtszüge ziehen sich auf einmal, sobald diese gefürchtete Stunde schlägt, in einen so finstern und schreckhaften Ernst zusammen, dass jedem der Mut entfällt, ihm ins Gesicht zu blicken oder ihn anzureden. Eine tiefe Todesstille endigt dann plötzlich das lebhafteste Gespräch, und alle, die um ihn sind, erwarten mit ehrerbietigem Schaudern seine Wiederkunft, ohne es nur zu wagen, sich von der Stelle zu heben oder die Türe zu öffnen, durch die er gegangen ist.«

»Aber«, fragte einer von uns, »bemerkt man nichts Außerordentliches an ihm bei seiner Zurückkunft?«

»Nichts, als dass er bleich und abgemattet aussieht, ungefähr wie ein Mensch, der eine schmerzhafte Operation ausgestanden, oder eine schreckliche Zeitung erhält. Einige wollen Blutstropfen auf seinem Hemde gesehen haben; dieses aber lasse ich dahingestellt sein.«

»Und man hat es zum wenigsten nie versucht, ihm diese Stunde zu verbergen, oder ihn so in Zerstreuung zu verwickeln, dass er sie übersehen musste?«

»Ein einziges Mal, sagt man, überschritt er den Termin. Die Gesellschaft war zahlreich, man verspätete sich bis tief in die Nacht, alle Uhren waren mit Fleiß falsch gerichtet, und das Feuer der Unterredung riss ihn dahin. Als die gesetzte Stunde da war, verstummte er plötzlich und wurde starr, alle seine Gliedmaßen verharrten in derselben Richtung, worin dieser Zufall sie überraschte, seine Augen standen, sein Puls schlug nicht mehr, alle Mittel, die man anwendete, ihn wieder zu erwecken, waren fruchtlos; und dieser Zustand hielt an, bis die Stunde verstrichen war. Dann belebte er sich plötzlich von selbst wieder, schlug die

Augen auf und fuhr in der nämlichen Silbe fort, worin er war unterbrochen worden. Die allgemeine Bestürzung verriet ihm, was geschehen war, und da erklärte er mit einem fürchterlichen Ernst, dass man sich glücklich preisen dürfte, mit dem bloßen Schrecken davongekommen zu sein. Aber die Stadt, worin ihm dieses begegnet war, verließ er noch an demselben Abend auf immer. Der allgemeine Glaube ist, dass er in dieser geheimnisvollen Stunde Unterredungen mit seinem Genius halte. Einige meinen gar, er sei ein Verstorbener, dem es verstattet sei, dreiundzwanzig Stunden vom Tage unter den Lebenden zu wandeln; in der letzten aber müsse seine Seele zur Unterwelt heimkehren, um dort ihr Gericht auszuhalten. Viele halten ihn auch für den berühmten Apollonius von Tyana, und andre gar für den Jünger Johannes, von dem es heißt, dass er bleiben würde bis zum letzten Gericht.«

»Über einen so außerordentlichen Mann«, sagte der Prinz, »kann es freilich nicht an abenteuerlichen Mutmaßungen fehlen. Alles Bisherige haben Sie bloß von Hörensagen; und doch schien mir sein Benehmen gegen Sie und das Ihrige gegen ihn auf eine genauere Bekanntschaft zu deuten. Liegt hier nicht irgendeine besondere Geschichte zum Grunde, bei der Sie selbst mit verwickelt gewesen? Verhehlen Sie uns nichts.«

Der Sizilianer sah uns mit einem zweifelhaften Blick an und schwieg.

»Wenn es eine Sache betrifft«, fuhr der Prinz fort, »die Sie nicht gerne laut machen wollen, so versichre ich Sie im Namen dieser beiden Herrn der unverbrüchlichsten Verschwiegenheit. Aber reden Sie aufrichtig und unverhohlen.«

»Wenn ich hoffen kann«, fing der Mann nach einem langen Stillschweigen an, »dass Sie solche nicht gegen mich zeugen lassen wollen, so will ich Ihnen wohl eine merkwürdige Begebenheit mit diesem Armenier erzählen, von der ich Augenzeuge war und die Ihnen über die verborgene Gewalt dieses Menschen keinen Zweifel übriglassen wird. Aber es muss mir erlaubt sein«, setzte er hinzu, »einige Namen dabei zu verschweigen.«

»Kann es nicht ohne diese Bedingung geschehen?«

»Nein, gnädigster Herr. Es ist eine Familie darein verwickelt, die ich zu schonen Ursache habe.«

»Lassen Sie uns hören«, sagte der Prinz.

»Es mögen nun fünf Jahre sein«, fing der Sizilianer an, »dass ich in Neapel, wo ich mit ziemlichem Glück meine Künste trieb, mit einem gewissen Lorenzo del M**nte, Chevalier des Ordens von St. Stephan, Bekanntschaft machte, einem jungen und reichen Kavalier aus einem der ersten Häuser des Königreichs, der mich mit Verbindlichkeiten überhäufte und für meine Geheimnisse große Achtung zu tragen schien. Er entdeckte mir, dass der Marchese del M**nte, sein Vater, ein eifriger Verehrer der Kabbala wäre und sich glücklich schätzen würde, einen Weltweisen (wie er mich zu nennen beliebte) unter seinem Dache zu wissen. Der Greis wohnte auf einem seiner Landgüter an der See, ungefähr sieben Meilen von Neapel, wo er beinahe in gänzlicher Abgeschiedenheit von Menschen das Andenken eines teuern Sohnes beweinte, der ihm durch ein schreckliches Schicksal entrissen ward. Der Chevalier ließ mich merken, dass er und seine Familie in einer sehr ernsthaften Angelegenheit meiner wohl gar einmal bedürfen könnten, um von meiner geheimen Wissenschaft vielleicht einen Aufschluss über etwas zu erhalten, wobei alle natürlichen Mittel fruchtlos erschöpft worden wären. Er insbesondere, setzte er sehr bedeutend hinzu, würde einst vielleicht Ursache haben, mich als den Schöpfer seiner Ruhe und seines ganzen irdischen Glücks zu betrachten. Ich wagte nicht, ihn um das Nähere zu befragen, und für damals blieb es bei dieser Erklärung. Die Sache selbst aber verhielt sich folgender Gestalt.

Dieser Lorenzo war der jüngere Sohn des Marchese, weswegen er auch zu dem geistlichen Stand bestimmt war; die Güter der Familie sollten an seinen ältern Bruder fallen. *Jeronymo,* so hieß dieser ältere Bruder, hatte mehrere Jahre auf Reisen zugebracht und kam ungefähr sieben Jahre vor der Begebenheit, die jetzt erzählt wird, in sein Vaterland zurück, um eine Heirat mit der einzigen Tochter eines benachbarten gräflichen Hauses von

C***tti zu vollziehen, worüber beide Familien schon seit der Geburt dieser Kinder übereingekommen waren, um ihre ansehnlichen Güter dadurch zu vereinigen. Ungeachtet diese Verbindung bloß das Werk der elterlichen Konvenienz war und die Herzen beider Verlobten bei der Wahl nicht um Rat gefragt wurden, so hatten sie dieselbe doch stillschweigend schon gerechtfertigt. Jeronymo del M**nte und Antonie C***tti waren miteinander auferzogen worden, und der wenige Zwang, den man dem Umgang zweier Kinder auflegte, die man schon damals gewohnt war, als ein Paar zu betrachten, hatte frühzeitig ein zärtliches Verständnis zwischen beiden entstehen lassen, das durch die Harmonie ihrer Charaktere noch mehr befestigt ward und sich in reifern Jahren leicht zur Liebe erhöhte. Eine vierjährige Entfernung hatte es vielmehr angefeuert als erkältet, und Jeronymo kehrte ebenso treu und ebenso feurig in die Arme seiner Braut zurück, als wenn er sich niemals daraus gerissen hätte.

Die Entzückungen des Wiedersehens waren noch nicht vorüber, und die Anstalten zur Vermählung wurden auf das lebhafteste betrieben, als der Bräutigam – verschwand. Er pflegte öfters ganze Abende auf einem Landhause zuzubringen, das die Aussicht aufs Meer hatte, und sich da zuweilen mit einer Wasserfahrt zu vergnügen. Nach einem solchen Abende geschah es, dass er ungewöhnlich lang ausblieb. Man schickte Boten nach ihm aus, Fahrzeuge suchten ihn auf der See; niemand wollte ihn gesehen haben. Von seinen Bedienten wurde keiner vermisst, dass ihn also keiner begleitet haben konnte. Es wurde Nacht, und er erschien nicht. Es wurde Morgen – es wurde Mittag und Abend, und noch kein Jeronymo. Schon fing man an, den schrecklichsten Mutmaßungen Raum zu geben, als die Nachricht einlief; ein algierischer Korsar habe vorigen Tages an dieser Küste gelandet, und verschiedene von den Einwohnern seien gefangen weggeführt worden. Sogleich werden zwei Galeeren bemannt, die eben segelfertig liegen; der alte Marchese besteigt selbst die erste, entschlossen, seinen Sohn mit Gefahr seines eigenen Lebens zu befreien. Am dritten Morgen erblicken sie den Korsaren, vor welchem sie den Vorteil des Windes voraushaben; sie haben ihn bald erreicht, sie kommen ihm so nahe, dass Lorenzo, der sich auf der ersten Galeere befindet, das Zeichen seines Bruders auf dem feindlichen Verdeck zu erkennen glaubt, als plötzlich ein Sturm sie wieder voneinander trennt. Mit Mühe stehen ihn die beschädigten Schiffe aus; aber die Prise ist verschwunden, und die Not zwingt sie, auf Malta zu landen. Der Schmerz der Familie ist ohne Grenzen; trostlos rauft sich der alte Marchese die eisgrauen Haare aus, man fürchtet für das Leben der jungen Gräfin.

Fünf Jahre gehen in fruchtlosen Erkundigungen hin. Nachfragen geschehen längs der ganzen barbarischen Küste; ungeheure Preise werden für die Freiheit des jungen Marchese geboten; aber niemand meldet sich, sie zu verdienen. Endlich blieb es bei der wahrscheinlichen Vermutung, dass jener Sturm, welcher beide Fahrzeuge trennte, das Räuberschiff zugrunde gerichtet habe und dass seine ganze Mannschaft in den Fluten umgekommen sei.

So scheinbar diese Vermutung war, so fehlte ihr doch noch viel zur Gewissheit, und nichts berechtigte, die Hoffnung ganz aufzugeben, dass der Verlorne nicht einmal wieder sichtbar werden könnte. Aber gesetzt nun, er würde es nicht mehr, so erlosch mit ihm zugleich die Familie, oder der zweite Bruder musste dem geistlichen Stande entsagen und in die Rechte des Erstgebornen eintreten. So gewagt dieser Schritt und so ungerecht es an sich selbst war, diesen möglicherweise noch lebenden Bruder aus dem Besitz seiner natürlichen Rechte zu verdrängen, so glaubte man, einer so entfernten Möglichkeit wegen, das Schicksal eines alten glänzenden Stammes, der ohne diese Einrichtung erlosch, nicht aufs Spiel setzen zu dürfen. Gram und Alter näherten den alten Marchese dem Grabe; mit jedem neu vereitelten Versuch sank die Hoffnung, den Verschwundenen wiederzufinden; er sah den Untergang seines Hauses, der durch eine kleine Ungerechtigkeit zu verhüten war, wenn er sich nämlich nur entschließen wollte, den jüngern Bruder auf Unkosten des ältern zu begünstigen. Um seine Verbindungen mit dem gräflichen Hause von C***tti zu erfüllen, brauchte nur ein Name geändert zu werden; der Zweck beider Familien war auf gleiche Art erreicht, Gräfin Antonie mochte nun Lorenzos oder Jeronymos Gattin heißen. Die schwache *Möglichkeit* einer Wiedererscheinung des Letztern kam gegen das *gewisse* und dringende Übel, den gänzlichen Untergang der Familie, in keine Betrachtung, und der alte Marchese, der die Annäherung des Todes mit jedem Tage stärker fühlte, wünschte mit Ungeduld, von *dieser* Unruhe wenigstens frei zu sterben.

Wer diesen Schritt allein verzögerte und am hartnäckigsten bekämpfte, war derjenige, der das meiste dabei gewonnen – Lorenzo. Ungerührt von dem Reiz unermesslicher Güter, unempfindlich selbst gegen den Besitz des liebenswürdigsten Geschöpfs, das seinen Armen überliefert werden sollte, weigerte er sich mit der edelmütigsten Gewissenhaftigkeit, einen Bruder zu berauben, der vielleicht noch am Leben wäre und sein Eigentum zurückfordern könnte. ›Ist das Schicksal meines teuern Jeronymo‹, sagte er, ›durch diese lange Gefangenschaft nicht schon schrecklich genug, dass ich es noch durch einen Diebstahl verbittern sollte, der ihn um alles bringt, was ihm das Teuerste war? Mit welchem Herzen würde ich den Himmel um seine Wiederkunft anflehen, wenn sein Weib in meinen Armen liegt? Mit welcher Stirne ihm, wenn endlich ein Wunder ihn uns zurückbringt, entgegeneilen? Und gesetzt, er ist uns auf ewig entrissen, wodurch können wir sein Andenken besser ehren, als wenn wir die Lücke ewig unausgefüllt lassen, die sein Tod in unsern Zirkel gerissen hat? als wenn wir alle Hoffnungen auf seinem Grabe opfern und das, was sein war, gleich einem Heiligtum unberührt lassen?‹

Aber alle Gründe, welche die brüderliche Delikatesse ausfand, waren nicht vermögend, den alten Marchese mit der Idee auszusöhnen, einen Stamm erlöschen zu sehen, der Jahrhunderte geblüht hatte. Alles, was Lorenzo ihm abgewann, war noch eine Frist von zwei Jahren, ehe er die Braut seines Bruders zum Altar führte. Während dieses Zeitraums wurden die Nachforschungen aufs eifrigste fortgesetzt. Lorenzo selbst tat verschiedene Seereisen, setzte seine Person manchen Gefahren aus; keine Mühe, keine Kosten wurden gespart, den Verschwundenen wiederzufinden. Aber auch diese zwei Jahre verstrichen fruchtlos wie alle vorigen.«

»Und Gräfin Antonie?« fragte der Prinz. »Von ihrem Zustande sagen Sie uns nichts. Sollte sie sich so gelassen in ihr Schicksal ergeben haben? Ich kann es nicht glauben.«

»Antoniens Zustand war der schrecklichste Kampf zwischen Pflicht und Leidenschaft, Abneigung und Bewunderung. Die uneigennützige Großmut der brüderlichen Liebe rührte sie; sie fühlte sich hingerissen, den Mann zu verehren, den sie nimmermehr lieben konnte; zerrissen von widersprechenden Gefühlen, blutete ihr Herz. Aber ihr Widerwille gegen den Chevalier schien in eben dem Grade zu wachsen, wie sich seine Ansprüche auf ihre Achtung vermehrten. Mit tiefem Leiden bemerkte er den stillen Gram, der ihre Jugend verzehrte. Ein zärtliches Mitleid trat unvermerkt an die Stelle der Gleichgültigkeit, mit der er sie bisher betrachtet hatte; aber diese verräterische Empfindung hinterging ihn, und eine wütende Leidenschaft fing an, ihm die Ausübung einer Tugend zu erschweren, die bis jetzt jeder Versuchung überlegen geblieben war. Doch selbst noch auf Unkosten seines Herzens gab er den Eingebungen seines Edelmuts Gehör: er allein war es, der das unglückliche Opfer gegen die Willkür der Familie in Schutz nahm. Aber alle seine Bemühungen misslangen; jeder Sieg, den er über seine Leidenschaft davontrug, zeigte ihn ihrer nur um so würdiger, und die Großmut, mit der er sie ausschlug, diente nur dazu, ihrer Widersetzlichkeit jede Entschuldigung zu rauben.

So standen die Sachen, als der Chevalier mich beredete, ihn auf seinem Landgute zu besuchen. Die warme Empfehlung meines Gönners bereitete mir da einen Empfang, der alle meine Wünsche übertraf. Ich darf nicht vergessen, hier noch anzuführen, dass es mir durch einige merkwürdige Operationen gelungen war, meinen Namen unter den dortigen Logen berühmt zu machen, welches vielleicht dazu beitragen mochte, das Vertrauen des alten Marchese zu vermehren und seine Erwartungen von mir zu erhöhen. Wie weit ich es mit ihm gebracht und welche Wege ich dabei gegangen, erlassen Sie mir zu erzählen; aus den Geständnissen, die ich Ihnen bereits getan, können Sie auf alles Übrige schließen. Da ich mir alle mystische Bücher zunutze machte, die sich in der sehr ansehnlichen Bibliothek des Marchese befanden, so gelang es mir bald, in seiner Sprache mit ihm zu reden und mein System von der unsichtbaren Welt mit seinen eignen Meinungen in Übereinstimmung zu bringen. In kurzem glaubte er, was ich wollte, und hätte ebenso zuversichtlich auf die Begattungen der Philosophen mit Salamandrinnen und Sylphiden als auf einen Artikel des Kanons geschworen. Da er überdies sehr religiös war und seine Anlage zum Glauben in dieser Schule zu einem hohen Grade ausgebildet hatte, so fanden meine Märchen bei ihm desto leichter Eingang, und zuletzt hatte ich ihn mit Mystizität so umstrickt und umwunden, dass nichts mehr bei ihm Kredit hatte, sobald es natürlich war. In kurzem war ich der angebetete Apostel des Hauses. Der gewöhnliche Inhalt meiner Vorlesungen war die Exaltation der menschlichen Natur und der Umgang mit höhern Wesen, mein Gewährsmann der untrügliche Graf von Gabalis. Die junge Gräfin, die seit dem Verlust ihres Geliebten ohnehin mehr in der Geisterwelt als in der wirklichen lebte und durch den schwärmerischen Flug ihrer Phantasie mit leidenschaftlichem Interesse zu Gegenständen dieser Gattung hingezogen ward, fing meine hingeworfenen Winke mit schauderndem Wohlbehagen auf; ja sogar die Bedienten des Hauses suchten sich im Zimmer zu tun zu machen, wenn ich redete, um hier und da eins meiner Worte aufzuhaschen, welche Bruchstücke sie alsdann nach ihrer Art aneinanderreihten.

Ungefähr zwei Monate mochte ich so auf diesem Rittersitze zugebracht haben, als eines Morgens der Chevalier auf mein Zimmer trat. Tiefer Gram malte sich auf seinem Gesichte, alle seine Züge waren zerstört, er warf sich in einen Stuhl mit allen Gebärden der Verzweiflung.

›Kapitän‹, sagte er, ›mit mir ist es vorbei. Ich muss fort. Ich kann es nicht länger hier aushalten.‹

›Was ist Ihnen, Chevalier? Was haben Sie?‹

›O diese fürchterliche Leidenschaft!‹ (Hier fuhr er mit Heftigkeit von dem Stuhle auf und warf sich in meine Arme.) – ›Ich habe sie bekämpft wie ein Mann. – Jetzt kann ich nicht mehr.‹

›Aber an wem liegt es denn, liebster Freund, als an Ihnen? Steht nicht alles in Ihrer Gewalt? Vater, Familie –‹

›Vater! Familie! Was ist mir das? – Will ich eine erzwungene Hand oder eine freiwillige Neigung? – Hab ich nicht einen Nebenbuhler? – Ach! Und welchen? Einen Nebenbuhler vielleicht unter den Toten? O lassen Sie mich! Lassen Sie mich! Ging es auch bis ans Ende der Welt. Ich muss meinen Bruder finden.‹

›Wie? Nach so viel fehlgeschlagenen Versuchen können Sie noch Hoffnung –‹

›Hoffnung! – In *meinem* Herzen starb sie längst. Aber auch in jenem? – Was liegt daran, ob *ich* hoffe? – Bin ich glücklich, solange noch ein Schimmer dieser Hoffnung in Antoniens Herzen glimmt? – Zwei Worte, Freund, könnten meine Marter enden – Aber umsonst! Mein Schicksal wird elend bleiben, bis die Ewigkeit ihr langes Schweigen bricht und Gräber für mich zeugen.‹

›Ist es diese Gewissheit also, die Sie glücklich machen kann?‹

›Glücklich? O ich zweifle, ob ich es je wieder sein kann! – Aber Ungewissheit ist die schrecklichste Verdammnis!‹ (Nach einigem Stillschweigen mäßigte er sich und fuhr mit Wehmut fort.) ›Dass er meine Leiden sähe! – Kann sie ihn glücklich machen, diese Treue, die das Elend seines Bruders macht? Soll ein Lebendiger eines Toten wegen schmachten, der nicht mehr genießen kann? – Wüsste er meine Qual –‹ (hier fing er an, heftig zu weinen, und drückte sein Gesicht auf meine Brust) ›vielleicht – ja vielleicht würde er sie selbst in meine Arme führen.‹

›Aber sollte dieser Wunsch so ganz unerfüllbar sein?‹

›Freund! Was sagen Sie?‹ – Er sah mich erschrocken an.

›Weit geringere Anlässe‹, fuhr ich fort, ›haben die Abgeschiedenen in das Schicksal der Lebenden verflochten. Sollte das ganze zeitliche Glück eines Menschen – eines Bruders –‹

›Das ganze zeitliche Glück! O das fühl ich! Wie wahr haben Sie gesagt! Meine ganze Glückseligkeit!‹

›Und die Ruhe einer trauernden Familie keine rechtmäßige Veranlassung sein, die unsichtbaren Mächte zum Beistand aufzufordern? Gewiss! wenn je eine irdische Angelegenheit dazu berechtigen kann, die Ruhe der Seligen zu stören – von einer Gewalt Gebrauch zu machen –‹

›Um Gottes willen, Freund!‹ unterbrach er mich, ›nichts mehr davon. Ehmals wohl, ich gesteh es, hegte ich einen solchen Gedanken – mir deucht, ich sagte Ihnen davon – aber ich hab ihn längst als ruchlos und abscheulich verworfen.‹

Sie sehen nun schon, fuhr der Sizilianer fort, wohin uns dieses führte. Ich bemühte mich, die Bedenklichkeiten des Ritters zu zerstreuen, welches mir endlich auch gelang. Es ward beschlossen, den Geist des Verstorbenen zu zitieren, wobei ich mir nur vierzehn Tage Frist ausbedingte, um mich, wie ich vorgab, würdig darauf vorzubereiten. Nachdem dieser Zeitraum verstrichen und meine Maschinen gehörig gerichtet waren, benutzte ich einen schauerlichen Abend, wo die Familie auf die gewöhnliche Art um mich versammelt war, ihr die Einwilligung dazu abzulocken oder sie vielmehr unvermerkt dahin zu leiten, dass sie selbst diese Bitte an mich tat. Den schwersten Stand hatte man bei der jungen Gräfin, deren Gegenwart doch so wesentlich war; aber hier kam uns der schwärmerische Flug ihrer Leidenschaft zu Hülfe, und vielleicht mehr noch ein schwacher Schimmer von Hoffnung, dass der Totgeglaubte noch lebe und auf den Ruf nicht erscheinen werde. Misstrauen in die Sache selbst, Zweifel in meine Kunst war das einzige Hindernis, welches ich *nicht* zu bekämpfen hatte.

Sobald die Einwilligung der Familie da war, wurde der dritte Tag zu dem Werke angesetzt. Gebete, die bis in die Mitternacht verlängert werden mussten, Fasten, Wachen, Einsamkeit und mystischer Unterricht waren, verbunden mit dem Gebrauch eines gewissen noch unbekannten musikalischen Instruments, das ich in ähnlichen Fällen sehr wirksam fand, die Vorbereitungen zu diesem feierlichen Akt, welche auch so sehr nach Wunsche einschlugen, dass die fanatische Begeisterung meiner Zuhörer meine eigne Phantasie erhitzte und die Illusion nicht wenig vermehrte, zu der ich mich bei dieser Gelegenheit anstrengen musste. Endlich kam die erwartete Stunde –«

»Ich errate«, rief der Prinz, »*wen* Sie uns jetzt aufführen werden – Aber fahren Sie nur fort – fahren Sie fort –«

»Nein, gnädigster Herr. Die Beschwörung ging nach Wunsche vorüber.«

»Aber wie? Wo bleibt der Armenier?«

»Fürchten Sie nicht«, antwortete der Sizilianer, »der Armenier wird nur zu zeitig erscheinen.

Ich lasse mich in keine Beschreibung des Gaukelspiels ein, die mich ohnehin auch zu weit führen würde. Genug, es erfüllte alle meine Erwartungen. Der alte Marchese, die junge Gräfin nebst ihrer Mutter, der Chevalier und noch einige Verwandte waren zugegen. Sie können leicht denken, dass es mir in der langen Zeit, die ich in diesem Hause zugebracht, nicht an Gelegenheit werde gemangelt haben, von allem, was den Verstorbenen anbetraf, die genaueste Erkundigung einzuziehen. Verschiedne Gemälde, die ich da von ihm vorfand, setzten mich in den Stand, der Erscheinung die täuschendste Ähnlichkeit zu geben, und weil ich den Geist nur durch Zeichen sprechen ließ, so konnte auch seine Stimme keinen Verdacht erwecken. Der Tote selbst erschien in barbarischem Sklavenkleid, eine tiefe Wunde am Halse. Sie bemerken«, sagte der Sizilianer, »dass ich hierin von der allgemeinen Mutmaßung abging, die ihn in den Wellen umkommen lassen, weil ich Ursache hatte zu hoffen, dass gerade das Unerwartete dieser Wendung die Glaubwürdigkeit der Vision selbst nicht wenig vermehren würde; so wie mir im Gegenteil nichts gefährlicher schien als eine zu gewissenhafte Annäherung an das Natürliche.«

»Ich glaube, dass dies sehr richtig geurteilt war«, sagte der

Prinz, indem er sich zu uns wendete. »In einer Reihe außerordentlicher Erscheinungen müsste, deucht mir, just die *wahrscheinlichere* stören. Die Leichtigkeit, die erhaltene Entdeckung zu begreifen, würde hier nur das Mittel, durch welches man dazu gelangt war, herabgewürdiget haben; die Leichtigkeit, sie zu erfinden, dieses wohl gar verdächtig gemacht haben; denn wozu einen Geist bemühen, wenn man nichts Weiteres von ihm erfahren soll, als was auch ohne ihn, mit Hülfe der bloß gewöhnlichen Vernunft, herauszubringen war? Aber die überraschende Neuheit und Schwierigkeit der Entdeckung ist hier gleichsam eine Gewährleistung des Wunders, wodurch sie erhalten wird – denn wer wird nun das Übernatürliche einer Operation in Zweifel ziehen, wenn das, was sie leistete, durch natürliche Kräfte nicht geleistet werden kann? – Ich habe Sie unterbrochen«, setzte der Prinz hinzu. »Vollenden Sie Ihre Erzählung.«

»Ich ließ«, fuhr dieser fort, »die Frage an den Geist ergehen, ob er nichts mehr *sein* nenne auf dieser Welt und nichts darauf hinterlassen habe, was ihm teuer wäre? Der Geist schüttelte dreimal das Haupt und streckte eine seiner Hände gen Himmel. Ehe er wegging, streifte er noch einen Ring vom Finger, den man nach seiner Verschwindung auf dem Fußboden liegend fand. Als die Gräfin ihn genauer ins Gesicht fasste, war es ihr Trauring.«

»Ihr Trauring!« rief der Prinz mit Befremdung. »Ihr Trauring! Aber wie gelangten Sie zu diesem?«

»Ich – – – Es war nicht der rechte, gnädigster Prinz – – Ich hatte ihn – – Es war nur ein nachgemachter –«

»Ein nachgemachter!« wiederholte der Prinz. »Zum Nachmachen brauchten Sie ja den rechten, und wie kamen Sie zu diesem, da ihn der Verstorbene gewiss nie vom Finger brachte?«

»Das ist wohl wahr«, sagte der Sizilianer, nicht ohne Zeichen der Verwirrung – »aber aus einer Beschreibung, die man mir von dem wirklichen Trauring gemacht hatte –«

»Die Ihnen *wer* gemacht hatte?«

»Schon vor langer Zeit«, sagte der Sizilianer – – »Es war ein ganz einfacher goldner Ring, mit dem Namen der jungen Gräfin, glaub ich – – Aber Sie haben mich ganz aus der Ordnung gebracht –«

»Wie erging es weiter?« sagte der Prinz mit sehr unbefriedigter und zweideutiger Miene.

»Jetzt hielt man sich für überzeugt, dass Jeronymo nicht mehr am Leben sei. Die Familie machte von diesem Tag an seinen Tod öffentlich bekannt und legte förmlich die Trauer um ihn an. Der Umstand mit dem Ringe erlaubte auch Antonien keinen Zweifel mehr und gab den Bewerbungen des Chevalier einen größern Nachdruck. Aber der heftige Eindruck, den diese Erscheinung auf sie gemacht, stürzte sie in eine gefährliche Krankheit, welche die Hoffnungen ihres Liebhabers bald auf ewig vereitelt hätte. Als sie wieder genesen war, bestand sie darauf, den Schleier zu nehmen, wovon sie nur durch die nachdrücklichsten Gegenvorstellungen ihres Beichtvaters, in welchen sie ein unumschränktes Vertrauen setzte, abzubringen war. Endlich gelang es den vereinigten Bemühungen dieses Mannes und der Familie, ihr das Jawort abzuängstigen. Der letzte Tag der Trauer sollte der glückliche Tag sein, den der alte Marchese durch Abtretung aller seiner Güter an den rechtmäßigen Erben noch festlicher zu machen gesonnen war.

Es erschien dieser Tag, und Lorenzo empfing seine bebende Braut am Altare. Der Tag ging unter, ein prächtiges Mahl erwartete die frohen Gäste im hellerleuchteten Hochzeitsaal, und eine lärmende Musik begleitete die ausgelassene Freude. Der glückliche Greis hatte gewollt, dass alle Welt seine Fröhlichkeit teilte; alle Zugänge zum Palaste waren geöffnet, und willkommen war jeder, der ihn glücklich pries. Unter diesem Gedränge nun –«

Der Sizilianer hielt hier inne, und ein Schauder der Erwartung hemmte unsern Odem – –

»Unter diesem Gedränge also«, fuhr er fort, »ließ mich derjenige, welcher zunächst an mir saß, einen *Franziskanermönch* bemerken, der unbeweglich wie eine Säule stand, langer hagrer Statur und aschbleichen Angesichts, einen ernsten und traurigen Blick auf das Brautpaar geheftet. Die Freude, welche ringsherum auf allen Gesichtern lachte, schien an diesem einzigen vorüberzugehen, seine Miene blieb unwandelbar dieselbe, wie eine Büste unter lebenden Figuren. Das Außerordentliche dieses Anblicks, der, weil er mich mitten in der Lust überraschte und gegen alles, was mich in diesem Augenblick umgab, auf eine so grelle Art abstach, um so tiefer auf mich wirkte, ließ einen unauslöschlichen Eindruck in meiner Seele zurück, dass ich dadurch allein in den Stand gesetzt worden bin, die Gesichtszüge dieses Mönchs in der Physiognomie des *Russen* (denn Sie begreifen wohl schon, dass er mit diesem und Ihrem *Armenier* eine und dieselbe Person war) wiederzuerkennen, welches sonst schlechterdings unmöglich würde gewesen sein. Oft versucht ichs, die Augen von dieser schreckhaften Gestalt abzuwenden, aber unfreiwillig fielen sie wieder darauf und fanden sie jedes Mal unverändert. Ich stieß meinen Nachbar an, dieser den seinigen; dieselbe Neugierde, dieselbe Befremdung durchlief die ganze Tafel, das Gespräch stockte, eine allgemeine plötzliche Stille; den Mönch störte sie nicht. Der Mönch stand unbeweglich und immer derselbe, einen ernsten und traurigen Blick auf das Brautpaar geheftet. Einen jeden entsetzte diese Erscheinung; die junge Gräfin allein fand ihren eigenen Kummer im Gesicht dieses Fremdlings wieder und hing mit stiller Wollust an dem einzigen Gegenstand in der Versammlung, der ihren Gram zu verstehen, zu teilen schien. Allgemach verlief sich das Gedränge, Mitternacht war vorüber, die Musik fing an, stiller und verlorner zu tönen, die Kerzen dunkler und endlich nur einzeln zu brennen, das Gespräch leiser und immer leiser zu flüstern – und öder ward es und immer öder im trüb erleuchteten Hochzeitsaal; der Mönch stand unbeweglich und immer derselbe, einen stillen und traurigen Blick auf das Brautpaar geheftet.

Die Tafel wird aufgehoben, die Gäste zerstreuen sich dahin und dorthin, die Familie tritt in einen engeren Kreis zusammen; der Mönch bleibt ungeladen in diesem engem Kreis. Ich weiß nicht, woher es kam, dass niemand ihn anreden wollte; niemand redete ihn an. Schon drängen sich ihre weiblichen Bekannten um die zitternde Braut herum, die einen bittenden, Hülfe suchenden

Blick auf den ehrwürdigen Fremdling richtet; der Fremdling erwiderte ihn nicht.

Die Männer sammeln sich auf gleiche Art um den Bräutigam – Eine gepresste erwartungsvolle Stille – ›Dass wir untereinander da so glücklich sind‹, hub endlich der Greis an, der allein unter uns allen den Unbekannten nicht zu bemerken oder sich doch nicht über ihn zu verwundern schien: ›Dass wir so glücklich sind‹, sagte er, ›und mein Sohn Jeronymo muss fehlen!‹

›Hast du ihn denn geladen, und er ist ausgeblieben?‹ – fragte der Mönch. Es war das erste Mal, dass er den Mund öffnete. Mit Schrecken sahen wir ihn an.

›Ach! er ist hingegangen, wo man auf ewig ausbleibt‹, versetzte der Alte. ›Ehrwürdiger Herr, Ihr versteht mich unrecht. Mein Sohn Jeronymo ist tot.‹

›Vielleicht fürchtet er sich auch nur, sich in solcher Gesellschaft zu zeigen‹, fuhr der Mönch fort – ›Wer weiß, wie er aussehen mag, dein Sohn Jeronymo! – Lass ihn die Stimme hören, die er zum letzten Mal hörte! – Bitte deinen Sohn Lorenzo, dass er ihn rufe.‹

›Was soll das bedeuten?‹ murmelte alles. Lorenzo veränderte die Farbe. Ich leugne nicht, dass mir das Haar anfing zu steigen.

Der Mönch war unterdessen zum Schenktisch getreten, wo er ein volles Weinglas ergriff und an die Lippen setzte – ›Das Andenken unsers teuern Jeronymo!‹ rief er. ›Wer den Verstorbenen lieb hatte, tue mirs nach.‹

›Woher Ihr auch sein mögt, ehrwürdiger Herr‹, rief endlich der Marchese, ›Ihr habt einen teuern Namen genannt. Seid mir willkommen! – Kommt, meine Freunde!‹ (indem er sich gegen uns kehrte und die Gläser herumgehen ließ) ›lasst einen Fremdling uns nicht beschämen! – Dem Andenken meines Sohnes Jeronymo.‹

Nie, glaube ich, ward eine Gesundheit mit so schlimmem Mute getrunken.

›Ein Glas steht noch voll da – Warum weigert sich mein Sohn Lorenzo, auf diesen freundlichen Trunk Bescheid zu tun?‹

Bebend empfing Lorenzo das Glas aus des Franziskaners Hand – bebend brachte ers an den Mund – ›Meinem vielgeliebten Bruder Jeronymo!‹ stammelte er, und schauernd setzte ers nieder.

›Das ist meines Mörders Stimme‹, rief eine fürchterliche Gestalt, die auf einmal in unsrer Mitte stand, mit bluttriefendem Kleide und entstellt von grässlichen Wunden. – –

Aber um das Weitere frage man mich nicht mehr«, sagte der Sizilianer, alle Zeichen des Entsetzens in seinem Angesicht. »Meine Sinne hatten mich von dem Augenblicke an verlassen, als ich die Augen auf die Gestalt warf, so wie jeden, der zugegen war. Da wir wieder zu uns selber kamen, rang Lorenzo mit dem Tode; Mönch und Erscheinung waren verschwunden. Den Ritter brachte man unter schrecklichen Zuckungen zu Bette; niemand als der Geistliche war um den Sterbenden und der jammervolle Greis, der ihm, wenige Wochen nachher, im Tode folgte. Seine Geständnisse liegen in der Brust des Paters versenkt, der seine letzte Beichte hörte, und kein lebendiger Mensch hat sie erfahren.

Nicht lange nach dieser Begebenheit geschah es, dass man einen Brunnen auszuräumen hatte, der im Hinterhofe des Landhauses unter wildem Gesträuche versteckt und viele Jahre lang verschüttet war; da man den Schutt durcheinanderstörte, entdeckte man ein Totengerippe. Das Haus, wo sich dieses zutrug, steht nicht mehr; die Familie del M**nte ist erloschen, und in einem Kloster, ohnweit Salerno, zeigt man Ihnen Antoniens Grab.

Sie sehen nun«, fuhr der Sizilianer fort, als er sah, dass wir noch alle stumm und betreten standen und niemand das Wort nehmen wollte: »Sie sehen nun, worauf sich meine Bekanntschaft mit diesem russischen Offizier, oder diesem Armenier gründet. Urteilen Sie jetzt, ob ich Ursache gehabt habe, vor einem Wesen zu zittern, das sich mir zweimal auf eine so schreckliche Art in den Weg warf.«

»Beantworten Sie mir noch eine einzige Frage«, sagte der Prinz und stand auf. »Sind Sie in Ihrer Erzählung über alles, was den Ritter betraf, immer aufrichtig gewesen?«

»Ich weiß nicht anders«, versetzte der Sizilianer.

»Sie haben ihn also wirklich für einen rechtschaffenen Mann gehalten?«

»Das hab ich, bei Gott, das hab ich«, antwortete jener.

»Auch da noch, als er Ihnen den bewussten Ring gab?«

»Wie? – Er gab mir keinen Ring – Ich habe ja nicht gesagt, dass *er* mir den Ring gegeben.«

»Gut«, sagte der Prinz, an der Glocke ziehend und im Begriff, wegzugehen. »Und den Geist des Marquis von Lanoy«, (fragte er, indem er noch einmal zurückkam) »den dieser Russe gestern auf den Ihrigen folgen ließ, halten Sie also für einen wahren und wirklichen Geist?« –

»Ich kann ihn für nichts anders halten«, antwortete jener.

»Kommen Sie«, sagte der Prinz zu uns. Der Schließer trat herein. »Wir sind fertig«, sagte er zu diesem. »Sie, mein Herr« (zu dem Sizilianer sich wendend), »sollen weiter von mir hören.«

»Die Frage, gnädigster Herr, welche Sie zuletzt an den Gaukler getan haben, möchte ich an Sie selbst tun«, sagte ich zu dem Prinzen, als wir wieder allein waren. »Halten Sie diesen zweiten Geist für den wahren und echten?«

»Ich? Nein, wahrhaftig, das tue ich nicht mehr.«

»Nicht mehr? Also haben Sie es doch getan?«

»Ich leugne nicht, dass ich mich einen Augenblick habe hinreißen lassen, dieses Blendwerk für etwas mehr zu halten.«

»Und ich will *den* sehen«, rief ich aus, »der sich unter diesen Umständen einer ähnlichen Vermutung erwehren kann. Aber was für Gründe haben Sie nun, diese Meinung zurückzunehmen? Nach dem, was man uns eben von diesem Armenier erzählt hat, sollte sich der Glaube an seine Wundergewalt eher vermehrt als vermindert haben.«

»Was ein Nichtswürdiger uns von ihm erzählt hat?« fiel mir der Prinz mit Ernsthaftigkeit ins Wort. »Denn hoffentlich zweifeln Sie nun nicht mehr, dass wir mit einem solchen zu tun gehabt haben? –«

»Nein«, sagte ich. »Aber sollte deswegen sein Zeugnis – –«

»Das Zeugnis eines Nichtswürdigen – gesetzt, ich hätte auch weiter keinen Grund, es in Zweifel zu ziehen – kann gegen Wahrheit und gesunde Vernunft nicht in Anschlag kommen. Verdient ein Mensch, der mich mehrmal betrogen, der den Betrug zu seinem Handwerk gemacht hat, in einer Sache gehört zu werden, wo die aufrichtigste Wahrheitsliebe selbst sich erst reinigen muss, um Glauben zu verdienen? Verdient ein solcher Mensch, der vielleicht nie eine Wahrheit um ihrer selbst willen gesagt hat, da Glauben, wo er als Zeuge gegen Menschenvernunft und ewige Naturordnung auftritt? Das klingt ebenso, als wenn ich einen gebrandmarkten Bösewicht bevollmächtigen wollte, gegen die nie befleckte und nie bescholtene Unschuld zu klagen.«

»Aber was für Gründe sollte er haben, einem Manne, den er so viele Ursachen hat zu hassen, wenigstens zu fürchten, ein so glorreiches Zeugnis zu geben?«

»Wenn ich diese Gründe auch nicht einsehe, soll er sie deswegen weniger haben? Weiß ich, in *wessen* Solde er mich belog? Ich gestehe, dass ich das ganze Gewebe seines Betrugs noch nicht ganz durchschaue; aber er hat der Sache, für die er streitet, einen sehr schlechten Dienst getan, sich als einen Betrüger – und vielleicht als etwas noch Schlimmres – entlarvte.«

»Der Umstand mit dem Ringe scheint mir freilich etwas verdächtig.«

»Er ist mehr als das«, sagte der Prinz, »er ist entscheidend. Diesen Ring (lassen Sie mich einstweilen annehmen, dass die erzählte Begebenheit sich wirklich ereignet habe) empfing er von dem Mörder, und er musste in demselben Augenblick gewiss sein, dass es der Mörder war. Wer als der Mörder konnte dem Verstorbenen einen Ring abgezogen haben, den dieser gewiss nie vom Finger ließ? Uns suchte er die ganze Erzählung hindurch zu überreden, als ob er selbst von dem Ritter getäuscht worden, und als ob er geglaubt hätte, ihn zu täuschen. Wozu diesen Winkelzug, wenn er nicht selbst bei sich fühlte, wie viel er verloren gab, wenn er sein Verständnis mit dem Mörder einräumte? Seine ganze Erzählung ist offenbar nichts als eine Reihe von Erfindun-

gen, um die wenigen Wahrheiten aneinanderzuhängen, die er uns preiszugeben für gut fand. Und ich sollte größeres Bedenken tragen, einen Nichtswürdigen, den ich auf zehn Lügen ertappte, lieber auch noch der eilften zu beschuldigen, als die Grundordnung der Natur unterbrechen zu lassen, die ich noch auf keinem Missklang betrat?«

»Ich kann Ihnen darauf nichts antworten«, sagte ich. »Aber die Erscheinung, die wir gestern sahen, bleibt mir darum nicht weniger unbegreiflich.«

»Auch mir«, versetzte der Prinz, »ob ich gleich in Versuchung geraten bin, einen Schlüssel dazu ausfindig zu machen.«

»Wie?« sagte ich.

»Erinnern Sie sich nicht, dass die zweite Gestalt, sobald sie herein war, auf den Altar zuging, das Kruzifix in die Hand fasste und auf den Teppich trat?«

»So schien mirs. Ja.«

»Und das Kruzifix, sagt uns der Sizilianer, war ein Konduktor. Daraus sehen Sie also, dass sie eilte, sich elektrisch zu machen. Der Streich, den Lord Seymour mit dem Degen nach ihr tat, konnte also nicht anders als unwirksam bleiben, weil der elektrische Schlag seinen Arm lähmte.«

»Mit dem Degen hätte dieses seine Richtigkeit. Aber die Kugel, die der Sizilianer auf sie abschoss und welche wir langsam auf den Altar rollen hörten?«

»Wissen Sie auch gewiss, dass es die abgeschossene Kugel war, die wir rollen hörten? – Davon will ich gar nicht einmal reden, dass die Marionette oder der Mensch, der den Geist vorstellte, so gut umpanzert sein konnte, dass er schuss- und degenfest war – Aber denken Sie doch ein wenig nach, *wer* es war, der die Pistolen geladen.«

»Es ist wahr«, sagte ich und ein plötzliches Licht ging mir auf – –, »der Russe hatte sie geladen. Aber dieses geschah vor unsern Augen, wie hätte da ein Betrug vorgehen können?«

»Und warum hätte er nicht sollen vorgehen können? Setzten Sie denn schon damals ein Misstrauen in diesen Menschen, dass

Sie es für nötig befunden hätten, ihn zu beobachten? Untersuchten Sie die Kugel, eh er sie in den Lauf brachte, die ebenso gut eine quecksilberne oder auch nur eine bemalte Tonkugel sein konnte? Gaben Sie acht, ob er sie auch wirklich in den Lauf der Pistole oder nicht nebenbei in seine Hand fallen ließ? Was überzeugt Sie – gesetzt, er hätte sie auch wirklich scharf geladen – dass er gerade die geladenen in den andern Pavillon mit hinübernahm und nicht vielmehr ein anderes Paar unterschob, welches so leicht anging, da es niemand einfiel, ihn zu beobachten, und wir überdies mit dem Auskleiden beschäftigt waren? Und konnte die Gestalt nicht in dem Augenblicke, da der Pulverrauch sie uns entzog, eine andere Kugel, womit sie auf den Notfall versehen war, auf den Altar fallen lassen? Welcher von allen diesen Fällen ist der unmögliche?«

»Sie haben recht. Aber diese treffende Ähnlichkeit der Gestalt mit Ihrem verstorbenen Freunde – Ich habe ihn ja auch sehr oft bei Ihnen gesehen, und in dem Geiste hab ich ihn auf der Stelle wiedererkannt.«

»Auch ich – und ich kann nicht anders sagen, als dass die Täuschung aufs Höchste getrieben war. Wenn aber nun dieser Sizilianer nach einigen wenigen verstohlnen Blicken, die er auf meine Tabatiere warf, auch in *sein* Gemälde eine flüchtige Ähnlichkeit zu bringen wusste, die Sie und mich hinterging, warum nicht um so viel mehr der Russe, der während der ganzen Tafel den freien Gebrauch meiner Tabatiere hatte, der den Vorteil genoss, immer und durchaus unbeobachtet zu bleiben, und dem ich noch außerdem im Vertrauen entdeckt hatte, *wer* mit dem Bilde auf der Dose gemeint sei? – Setzen Sie hinzu – was auch der Sizilianer anmerkte –, dass das Charakteristische des Marquis in lauter solchen Gesichtszügen liegt, die sich auch im Groben nachahmen lassen – wo bleibt dann das Unerklärbare in dieser ganzen Erscheinung?«

»Aber der Inhalt seiner Worte? Der Aufschluss über Ihren Freund?«

»Wie? Sagte uns denn der Sizilianer nicht, dass er aus dem wenigen, was er mir abfragte, eine ähnliche Geschichte zusammengesetzt habe? Beweist dieses nicht, wie natürlich gerade auf diese Erfindung zu fallen war? Überdies klangen die Antworten des Geistes so orakelmäßig dunkel, dass er gar nicht Gefahr laufen konnte, auf einem Widerspruch betreten zu werden. Setzen Sie, dass die Kreatur des Gauklers, die den Geist machte, Scharfsinn und Besonnenheit besaß und von den Umständen nur ein wenig unterrichtet war – wie weit hätte diese Gaukelei nicht noch geführt werden können?«

»Aber überlegen Sie, gnädigster Herr, wie weitläufig die Anstalten zu einem so zusammengesetzten Betrug von Seiten des Armeniers hätten sein müssen! Wie viele Zeit dazu gehört haben würde! Wie viele Zeit nur, einen menschlichen Kopf einem andern so getreu nachzumalen, als hier vorausgesetzt wird! Wie viele Zeit, diesen untergeschobenen Geist so gut zu unterrichten, dass man vor einem groben Irrtum gesichert war! Wie viele Aufmerksamkeit die kleinen unnennbaren Nebendinge würden erfordert haben, welche entweder mithelfen, oder denen, weil sie stören konnten, auf irgendeine Art doch begegnet werden musste! Und nun erwägen Sie, dass der Russe nicht über eine halbe Stunde ausblieb. Konnte wohl in nicht mehr als einer halben Stunde alles angeordnet werden, was hier nur das Unentbehrlichste war? – Wahrlich, gnädigster Herr, selbst nicht einmal ein dramatischer Schriftsteller, der um die unerbittlichen drei Einheiten seines Aristoteles verlegen war, würde einem Zwischenakt so viel Handlung aufgelastet, noch seinem Parterre einen so starken Glauben zugemutet haben.«

»Wie? Sie halten es also schlechterdings für unmöglich, dass in dieser kleinen halben Stunde alle diese Anstalten hätten getroffen werden können?«

»In der Tat«, rief ich, »für so gut als unmöglich.« –

»Diese Redensart verstehe ich nicht. Widerspricht es allen Gesetzen der Zeit, des Raums und der physischen Wirkungen, dass ein so gewandter Kopf, wie doch unwidersprechlich dieser Armenier ist, mit Hülfe seiner vielleicht ebenso gewandten Kreaturen, in der Hülle der Nacht, von niemand beobachtet, mit allen Hülfsmitteln ausgerüstet, von denen sich ein Mann dieses Handwerks ohnehin niemals trennen wird, dass ein solcher Mensch, von solchen Umständen begünstigt, in so weniger Zeit so viel zustande bringen könnte? Ist es geradezu undenkbar und abgeschmackt zu glauben, dass er mit Hülfe weniger Worte, Befehle oder Winke seinen Helfershelfern weitläuftige Aufträge geben, weitläuftige und zusammengesetzte Operationen mit wenigem Wortaufwande bezeichnen könne? – Und darf etwas andres als eine hell eingesehene Unmöglichkeit gegen die ewigen Gesetze der Natur aufgestellt werden? Wollen Sie lieber ein Wunder glauben, als eine Unwahrscheinlichkeit zugeben? lieber die Kräfte der Natur umstürzen, als eine künstliche und weniger gewöhnliche Kombination dieser Kräfte sich gefallen lassen?«

»Wenn die Sache auch eine so kühne Folgerung nicht rechtfertigt, so müssen Sie mir doch eingestehen, dass sie weit über unsre Begriffe geht.«

»Beinahe hätte ich Lust, Ihnen auch dieses abzustreiten«, sagte der Prinz mit schalkhafter Munterkeit. »Wie, lieber Graf? wenn es sich, zum Beispiel, ergäbe, dass nicht bloß während und nach dieser halben Stunde, nicht bloß in der Eile und nebenher, sondern den ganzen Abend und die ganze Nacht für diesen Armenier gearbeitet worden? Denken Sie nach, dass der Sizilianer beinahe drei volle Stunden zu seinen Zurüstungen verbrauchte.«

»Der Sizilianer, gnädigster Herr!«

»Und womit beweisen Sie mir denn, dass der Sizilianer an dem zweiten Gespenste nicht ebenso vielen Anteil gehabt habe als an dem ersten?«

»Wie, gnädigster Herr?«

»Dass er nicht der vornehmste Helfershelfer des Armeniers war – kurz – dass beide nicht miteinander unter *einer* Decke liegen?«

»Das möchte schwer zu erweisen sein«, rief ich mit nicht geringer Verwunderung.

»Nicht so schwer, lieber Graf, als Sie wohl meinen. Wie? Es

wäre Zufall, dass sich diese beiden Menschen in einem so seltsamen, so verwickelten Anschlag auf dieselbe Person, zu derselben Zeit und an demselben Orte begegneten, dass sich unter ihren beiderseitigen Operationen eine so auffallende Harmonie, ein so durchdachtes Einverständnis fände, dass einer dem andern gleichsam in die Hände arbeitete? Setzen Sie, er habe sich des gröbern Gaukelspiels bedient, um dem feinern eine Folie unterzulegen. Setzen Sie, er habe jenes vorausgeschickt, um den Grad von Glauben auszufinden, worauf er bei mir zu rechnen hätte; um die Zugänge zu meinem Vertrauen auszuspähen; um sich durch diesen Versuch, der unbeschadet seines übrigen Planes verunglücken konnte, mit seinem Subjekte zu familiarisieren; kurz, um sein Instrument damit anzuspielen. Setzen Sie, er habe es getan, um eben dadurch, dass er meine Aufmerksamkeit auf einer Seite vorsätzlich aufforderte und wachsam erhielt, sie auf einer andern, die ihm wichtiger war, einschlummern zu lassen. Setzen Sie, er habe einige Erkundigungen einzuziehen gehabt, von denen er wünschte, dass sie auf Rechnung des Taschenspielers geschrieben würden, um den Argwohn von der wahren Spur zu entfernen.«

»Wie meinen Sie das?«

»Lassen Sie uns annehmen, er habe einen meiner Leute bestochen, um durch ihn gewisse geheime Nachrichten – vielleicht gar Dokumente – zu erhalten, die zu seinem Zwecke dienen. Ich vermisse meinen Jäger. Was hindert mich, zu glauben, dass der Armenier bei der Entweichung dieses Menschen mit im Spiele sei? Aber der Zufall kann es fügen, dass ich hinter diese Schliche komme; ein Brief kann aufgefangen werden, ein Bedienter kann plaudern. Sein ganzes Ansehen scheitert, wenn ich die Quellen seiner Allwissenheit entdecke. Er schiebt also diesen Taschenspieler ein, der diesen oder jenen Anschlag auf mich haben muss. Von dem Dasein und den Absichten dieses Menschen unterlässt er nicht, mir frühzeitig einen Wink zu geben. Was ich also auch entdecken mag, so wird mein Verdacht auf niemand anders als auf diesen Gaukler fallen; und zu den Nachforschungen, welche ihm, dem Armenier, zugute kommen, wird der Sizilianer seinen Namen geben. Dieses war die Puppe, mit der er mich spielen lässt, während dass er selbst, unbeobachtet und unverdächtig, mit unsichtbaren Seilen mich umwindet.«

»Sehr gut! Aber wie lässt es sich mit diesen Absichten reimen, dass er selbst diese Täuschung zerstören hilft und die Geheimnisse seiner Kunst profanen Augen preisgibt? Muss er nicht fürchten, dass die entdeckte Grundlosigkeit einer bis zu einem so hohen Grad von Wahrheit getriebenen Täuschung, wie die Operation des Sizilianers doch in der Tat war, Ihren Glauben überhaupt schwächen und ihm also seine künftigen Plane um ein großes erschweren würde?«

»Was sind es für Geheimnisse, die er mir preisgibt? Keines von denen zuverlässig, die er Lust hat, bei mir in Ausübung zu bringen. Er hat also durch ihre Profanation nichts verloren – Aber wie viel hat er im Gegenteil gewonnen, wenn dieser vermeintliche Triumph über Betrug und Taschenspielerei mich *sicher* und zuversichtlich macht, wenn es ihm dadurch gelang, meine Wachsamkeit nach einer entgegengesetzten Richtung zu lenken, meinen noch unbestimmt umherschweifenden Argwohn auf Gegenständen zu fixieren, die von dem eigentlichen Ort des Angriffs am weitesten entlegen sind? – Er konnte erwarten, dass ich, früher oder später, aus eignem Misstrauen oder fremdem Antrieb, den Schlüssel zu seinen Wundern in der Taschenspielerkunst aufsuchen würde. – Was konnte er Bessres tun, als dass er sie selbst nebeneinanderstellte, dass er mir gleichsam den Maßstab dazu in die Hand gab und, indem er der Letzern eine künstliche Grenze setzte, meine Begriffe von den Erstern desto mehr erhöhete oder verwirrte? Wie viele Mutmaßungen hat er durch diesen Kunstgriff auf einmal abgeschnitten! wie viele Erklärungsarten im Voraus widerlegt, auf die ich in der Folge vielleicht hätte fallen mögen!«

»So hat er wenigstens sehr gegen sich selbst gehandelt, dass er die Augen derer, die er täuschen wollte, schärfte und ihren Glauben an Wunderkraft durch Entlarvung eines so künstlichen Betrugs überhaupt schwächte. Sie selbst, gnädigster Herr, sind die beste Widerlegung seines Plans, wenn er ja einen gehabt hat.«

»Er hat sich in mir vielleicht geirret – aber er hat darum nicht weniger scharf geurteilt. Konnte er voraussehen, dass mir gerade dasjenige im Gedächtnis bleiben würde, welches der Schlüssel zu dem Wunder werden könnte? Lag es in seinem Plan, dass mir die Kreatur, deren er sich bediente, solche Blößen geben sollte? Wissen wir, ob dieser Sizilianer seine Vollmacht nicht weit überschritten hat? – Mit dem Ringe gewiss – Und doch ist es hauptsächlich dieser einzige Umstand, der mein Misstrauen gegen diesen Menschen entschieden hat. Wie leicht kann ein zugespitzter feiner Plan durch ein gröberes Organ verunstaltet werden? Sicherlich war es seine Meinung nicht, dass uns der Taschenspieler seinen Ruhm im Marktschreierton vorposaunen sollte – dass er uns jene Märchen aufschüsseln sollte, die sich beim leichtesten Nachdenken widerlegen. So zum Beispiel – mit welcher Stirne kann dieser Betrüger vorgeben, dass sein Wundertäter auf den Glockenschlag Zwölfe in der Nacht jeden Umgang mit Menschen aufheben müsse? Haben wir ihn nicht selbst um diese Zeit in unsrer Mitte gesehen?«

»Das ist wahr«, rief ich. »Das muss er vergessen haben!«

»Aber es liegt im Charakter dieser Art Leute, dass sie solche Aufträge übertreiben und durch das Zuviel alles verschlimmern, was ein bescheidener und mäßiger Betrug vortrefflich gemacht hätte.«

»Ich kann es demungeachtet noch nicht über mich gewinnen, gnädigster Herr, diese ganze Sache für nichts mehr als ein angestelltes Spiel zu halten. Wie? Der Schrecken des Sizilianers, die Zuckungen, die Ohnmacht, der ganze klägliche Zustand dieses Menschen, der uns selbst Erbarmen einflößte – alles dieses wäre nur eine eingelernte Rolle gewesen? Zugegeben, dass sich das theatralische Gaukelspiel auch noch so weit treiben lasse, so kann die Kunst des Akteurs doch nicht über die Organe seines Lebens gebieten.«

»Was das anbetrifft, Freund – Ich habe Richard den Dritten

von Garrick gesehen – Und waren wir in diesem Augenblick kalt und müßig genug, um unbefangene Beobachter abzugeben? Konnten wir den Affekt dieses Menschen prüfen, da uns der unsrige übermeisterte? Überdies ist die entscheidende Krise, auch sogar eines Betrugs, für den Betrüger selbst eine so wichtige Angelegenheit, dass bei *ihm* die *Erwartung* gar leicht so gewaltsame Symptome erzeugen kann als die *Überraschung* bei dem *Betrogenen.* Rechnen Sie dazu noch die unvermutete Erscheinung der Häscher –«

»Eben diese, gnädigster Herr – Gut, dass Sie mich daran erinnern – Würde er es wohl gewagt haben, einen so gefährlichen Plan dem Auge der Gerechtigkeit bloßzustellen? Die Treue seiner Kreatur auf eine so bedenkliche Probe zu bringen? – Und zu welchem Ende?«

»Dafür lassen Sie ihn sorgen, der seine Leute kennen muss. Wissen wir, was für geheime Verbrechen ihm für die Verschwiegenheit dieses Menschen haften? – Sie haben gehört, welches Amt er in Venedig bekleidet – Und lassen Sie auch dieses Vorgeben zu den übrigen Märchen gehören – wie viel wird es ihm wohl kosten, diesem Kerl durchzuhelfen, der keinen andern Ankläger hat als ihn?«

(Und in der Tat hat der Ausgang den Verdacht des Prinzen nur zu sehr gerechtfertigt. Als wir uns einige Tage darauf nach unserm Gefangenen erkundigen ließen, erhielten wir zur Antwort, dass er unsichtbar geworden sei.)

»Und zu welchem Ende, fragen Sie? Auf welchem andern Weg als auf diesem gewaltsamen konnte er dem Sizilianer eine so unwahrscheinliche und schimpfliche Beichte abfordern lassen, worauf es doch so wesentlich ankam? Wer als ein verzweifelter Mensch, der nichts mehr zu verlieren hat, wird sich entschließen können, so erniedrigende Aufschlüsse über sich selbst zu geben? Unter welchen andern Umständen hätten wir sie ihm geglaubt?«

»Alles zugegeben, gnädigster Prinz«, sagte ich endlich. »Beide Erscheinungen sollen Gaukelspiele gewesen sein; dieser Sizilianer soll uns meinethalben nur ein Märchen aufgeheftet haben, das ihm sein Prinzipal einlernen ließ, beide sollen zu *einem* Zweck, miteinander einverstanden, wirken, und aus diesem Einverständnis sollen alle jene wunderbaren Zufälle sich erklären lassen, die uns im Laufe dieser Begebenheit in Erstaunen gesetzt haben. Jene Prophezeiung auf dem Markusplatz, das erste Wunder, welches alle übrigen eröffnet hat, bleibt nichtsdestoweniger unerklärt; und was hilft uns der Schlüssel zu allen übrigen, wenn wir an der Auflösung dieses einzigen verzweifeln?«

»Kehren Sie es vielmehr um, lieber Graf«, gab mir der Prinz hierauf zur Antwort. »Sagen Sie, was beweisen alle jene Wunder, wenn ich herausbringe, dass auch nur ein einziges Taschenspiel darunter war? Jene Prophezeiung – ich bekenn es Ihnen – geht über meine Fassungskraft. Stände sie *einzeln* da, hätte der Armenier seine Rolle mit ihr beschlossen, wie er sie damit eröffnete – ich gestehe Ihnen, ich weiß nicht, wie weit sie mich noch hätte führen können. In dieser *niedrigen* Gesellschaft ist sie mir ein klein wenig verdächtig.« –

»Zugegeben, gnädigster Herr! Unbegreiflich bleibt sie aber doch, und ich fordre alle unsre Philosophen auf, mir einen Aufschluss darüber zu erteilen.«

»Sollte sie aber wirklich so unerklärbar sein?« fuhr der Prinz fort, nachdem er sich einige Augenblicke besonnen hatte. »Ich bin weit entfernt, auf den Namen eines Philosophen Ansprüche zu machen; und doch könnte ich mich versucht fühlen, auch zu diesem Wunder einen natürlichen Schlüssel aufzusuchen oder es lieber gar von allem Schein des Außerordentlichen zu entkleiden.«

»Wenn Sie *das* können, mein Prinz, dann«, versetzte ich mit sehr unglaubigem Lächeln, »sollen Sie das einzige Wunder sein, das ich glaube.«

»Und zum Beweise«, fuhr er fort, »wie wenig wir berechtigt sind, zu übernatürlichen Kräften unsre Zuflucht zu nehmen, will ich Ihnen zwei verschiedene Auswege zeigen, auf welchen wir diese Begebenheit, ohne der Natur Zwang anzutun, vielleicht ergründen.«

»Zwei Schlüssel auf einmal! Sie machen mich in der Tat höchst neugierig.«

»Sie haben mit mir die nähern Nachrichten von der Krankheit meines verstorbenen Cousins gelesen. Es war in einem Anfall von kaltem Fieber, wo ihn ein Schlagfluss tötete. Das Außerordentliche dieses Todes, ich gestehe es, trieb mich an, das Urteil einiger Ärzte darüber zu vernehmen, und was ich bei dieser Gelegenheit in Erfahrung brachte, leitet mich auf die Spur dieses Zauberwerks. Die Krankheit des Verstorbenen, eine der seltensten und fürchterlichsten, hat dieses eigentümliche Symptom, dass sie während des Fieberfrostes den Kranken in einen tiefen unerwecklichen Schlaf versenkt, der ihn gewöhnlich bei der zweiten Wiederkehr des Paroxysmus apoplektisch tötet. Da diese Paroxysmen in der strengsten Ordnung und zur gesetzten Stunde zurückkehren, so ist der Arzt von demselben Augenblick an, als sich sein Urteil über das Geschlecht der Krankheit entschieden hat, auch in den Stand gesetzt, die Stunde des Todes anzugeben. Der dritte Paroxysm eines dreitägigen Wechselfiebers fällt aber bekanntlich in den fünften Tag der Krankheit – und gerade nur so viel Zeit bedarf ein Brief, um von ***, wo mein Cousin starb, nach Venedig zu gelangen. Setzen wir nun, dass unser Armenier einen wachsamen Korrespondenten unter dem Gefolge des Verstorbenen besitze, – dass er ein lebhaftes Interesse habe, Nachrichten von dorther zu erhalten, dass er auf mich selbst Absichten habe, die ihm der Glaube an das Wunderbare und der Schein übernatürlicher Kräfte bei mir befördern hilft, – so haben Sie einen natürlichen Aufschluss über jene Wahrsagung, die Ihnen so unbegreiflich deucht. Genug, Sie ersehen daraus die Möglichkeit, wie mir ein Dritter von einem Todesfall Nachricht geben kann, der sich in dem Augenblick, wo er ihn meldet, vierzig Meilen weit davon ereignet.«

»In der Tat, Prinz, Sie verbinden hier Dinge, die, einzeln genommen, zwar sehr natürlich lauten, aber nur durch etwas, was nicht besser ist als Zauberei, in diese Verbindung gebracht werden können.«

»Wie? Sie erschrecken also vor dem Wunderbaren weniger als vor dem *Gesuchten*, dem Ungewöhnlichen? Sobald wir dem Armenier einen wichtigen Plan, der mich entweder zum Zweck hat oder zum Mittel gebraucht, einräumen – und *müssen* wir das nicht, was wir auch immer von seiner Person urteilen? – so ist nichts unnatürlich, nichts gezwungen, was ihn auf dem kürzesten Wege zu seinem Ziele führt. Was für einen kürzern Weg gibt es aber, sich eines Menschen zu versichern, als das Kreditiv eines Wundertäters? Wer widersteht einem Manne, dem die Geister unterwürfig sind? Aber ich gebe Ihnen zu, dass meine Mutmaßung gekünstelt ist; ich gestehe, dass sie mich selbst nicht befriedigt. Ich bestehe nicht darauf, weil ich es nicht der Mühe wert halte, einen künstlichen und überlegten Entwurf zu Hülfe zu nehmen, wo man mit dem bloßen Zufall schon ausreicht.«

»Wie?« fiel ich ein, »es soll bloßer Zufall – –«

»Schwerlich etwas mehr!« fuhr der Prinz fort. »Der Armenier wusste von der Gefahr meines Cousins. Er traf uns auf dem St. Markusplatze. Die Gelegenheit lud ihn ein, eine Prophezeiung zu wagen, die, wenn sie fehlschlug, bloß ein verlornes Wort war – wenn sie eintraf, von den wichtigsten Folgen sein konnte. Der Erfolg begünstigte diesen Versuch – und jetzt erst mochte er darauf denken, das Geschenk des Ungefährs für einen zusammenhängenden Plan zu benutzen. – Die Zeit wird dieses Geheimnis aufklären oder auch nicht aufklären – aber glauben Sie mir, Freund« (indem er seine Hand auf die meinige legte und eine sehr ernsthafte Miene annahm), »ein Mensch, dem höhere Kräfte zu Gebote stehen, wird keines Gaukelspiels bedürfen, oder er wird es verachten.«

So endigte sich eine Unterredung, die ich darum ganz hieher gesetzt habe, weil sie die Schwierigkeiten zeigt, die bei dem Prinzen zu besiegen waren, und weil sie, wie ich hoffe, sein Andenken von dem Vorwurfe reinigen wird, dass er sich blind und unbesonnen in die Schlinge gestürzt habe, die eine unerhörte Teufelei ihm bereitete. Nicht alle – fährt der Graf von O** fort –, die in dem Augenblicke, wo ich dieses schreibe, vielleicht mit

Hohngelächter auf seine Schwachheit herabsehen und im stolzen Dünkel ihrer nie angefochtenen Vernunft sich für berechtigt halten, den Stab der Verdammung über ihn zu brechen, nicht alle, fürchte ich, würden diese erste Probe so männlich bestanden haben. Wenn man ihn nunmehr auch nach dieser glücklichen Vorbereitung dessenungeachtet fallen sieht; wenn man den schwarzen Anschlag, vor dessen entferntester Annäherung ihn sein guter Genius warnte, nichtsdestoweniger an ihm in Erfüllung gegangen findet, so wird man weniger über seine Torheit spotten als über die Größe des Bubenstücks erstaunen, dem eine so wohl verteidigte Vernunft erlag. Weltliche Rücksichten können an meinem Zeugnisse keinen Anteil haben; denn *er,* der es mir danken soll, ist nicht mehr. Sein schreckliches Schicksal ist geendigt; längst hat sich seine Seele am Thron der Wahrheit gereinigt, vor dem auch die meinige längst steht, wenn die Welt dieses lieset; aber – man verzeihe mir die Träne, die dem Andenken meines teuersten Freundes unfreiwillig fällt – aber zur Steuer der Gerechtigkeit schreib ich es nieder: Er war ein edler Mensch, und gewiss wär er eine Zierde des Thrones geworden, den er durch ein Verbrechen ersteigen zu wollen sich betören ließ.

Zweites Buch

Nicht lange nach diesen letztern Begebenheiten – fährt der Graf von O** zu erzählen fort – fing ich an, in dem Gemüt des Prinzen eine wichtige Veränderung zu bemerken. Bis jetzt nämlich hatte der Prinz jede strengere Prüfung seines Glaubens vermieden und sich damit begnügt, die rohen und sinnlichen Religionsbegriffe, in denen er auferzogen worden, durch die bessern Ideen, die sich ihm nachher aufdrangen, zu reinigen, ohne die Fundamente seines Glaubens zu untersuchen. Religionsgegenstände überhaupt, gestand er mir mehrmals, seien ihm jederzeit wie ein bezaubertes Schloss vorgekommen, in das man nicht ohne Grauen seinen Fuß setze, und man tue weit besser, man gehe mit ehrerbietiger Resignation daran vorüber, ohne sich der Gefahr auszusetzen, sich in seinen Labyrinthen zu verirren. Dennoch zog ihn ein entgegengesetzter Hang unwiderstehlich zu Untersuchungen hin, die damit in Verbindung standen.

Eine bigotte, knechtische Erziehung war die Quelle dieser Furcht; diese hatte seinem zarten Gehirne Schreckbilder eingedrückt, von denen er sich während seines ganzen Lebens nie ganz losmachen konnte. Religiöse Melancholie war eine Erbkrankheit in seiner Familie; die Erziehung, welche man ihm und seinen Brüdern geben ließ, war dieser Disposition angemessen, die Menschen, denen man ihn anvertraute, aus diesem Gesichtspunkte gewählt, also entweder Schwärmer oder Heuchler. Alle Lebhaftigkeit des Knaben in einem dumpfen Geisteszwange zu ersticken, war das zuverlässigste Mittel, sich der höchsten Zufriedenheit der fürstlichen Eltern zu versichern.

Diese schwarze nächtliche Gestalt hatte die ganze Jugendzeit unsers Prinzen; selbst aus seinen Spielen war die Freude verbannt. Alle seine Vorstellungen von Religion hatten etwas Fürchterliches an sich, und eben das Grauenvolle und Derbe war es, was sich seiner lebhaften Einbildungskraft zuerst bemächtigte und sich auch am längsten darin erhielt. Sein Gott war ein Schreckbild, ein strafendes Wesen; seine Gottesverehrung knechtisches Zittern oder blinde, alle Kraft und Kühnheit erstickende Ergebung. Allen seinen kindischen und jugendlichen Neigungen, denen ein derber Körper und eine blühende Gesundheit um so kraftvollere Explosionen gab, stand die Religion im Wege; mit allem, woran sein jugendliches Herz sich hängte, lag sie im Streite, er lernte sie nie als eine Wohltat, nur als eine Geißel seiner Leidenschaften kennen. So entbrannte allmählich ein stiller Groll gegen sie in seinem Herzen, welcher mit einem respektvollen Glauben und blinder Furcht in seinem Kopf und Herzen die bizarreste Mischung machte – einen Widerwillen gegen einen Herrn, vor dem er in gleichem Grade Abscheu und Ehrfurcht fühlte.

Kein Wunder, dass er die erste Gelegenheit ergriff, einem so strengen Joche zu entfliehen – aber er entlief ihm wie ein leibeigner Sklave seinem harten Herrn, der auch mitten in der Freiheit das Gefühl seiner Knechtschaft herumträgt. Eben darum, weil er dem Glauben seiner Jugend nicht mit ruhiger Wahl entsagt; weil er nicht gewartet hatte, bis seine reifere Vernunft sich gemächlich davon abgelöst hatte; weil er ihm als ein Flüchtling entsprungen war, auf den die Eigentumsrechte seines Herrn immer noch fortdauern – so musste er auch, nach noch so großen Distraktionen, immer wieder zu ihm zurückkehren. Er war mit der Kette entsprungen, und eben darum musste er der Raub eines jeden Betrügers werden, der sie entdeckte und zu gebrauchen verstand. Dass sich ein solcher fand, wird, wenn man es noch nicht erraten hat, der Verfolg dieser Geschichte ausweisen.

Die Geständnisse des Sizilianers ließen in seinem Gemüt wichtigere Folgen zurück, als dieser ganze Gegenstand wert war, und der kleine Sieg, den seine Vernunft über diese schwache Täuschung davongetragen, hatte die Zuversicht zu seiner Vernunft überhaupt merklich erhöht. Die Leichtigkeit, mit der es ihm gelungen war, *diesen* Betrug aufzulösen, schien ihn selbst überrascht zu haben. In seinem Kopfe hatten sich Wahrheit und Irrtum noch nicht so genau voneinander gesondert, dass es ihm nicht oft begegnet wäre, die Stützen der einen mit den Stützen des andern zu verwechseln; daher kam es, dass der Schlag, der seinen Glauben an Wunder stürzte, das ganze Gebäude seines religiösen Glaubens zugleich zum Wanken brachte. Es erging ihm hier wie einem unerfahrnen Menschen, der in der Freundschaft oder Liebe hintergangen worden, weil er schlecht gewählt hatte, und der nun seinen Glauben an diese Empfindungen überhaupt sinken lässt, weil er bloße Zufälligkeiten für wesentliche Eigenschaften und Kennzeichen derselben aufnimmt. Ein entlarvter Betrug machte ihm auch die Wahrheit verdächtig, weil er sich die Wahrheit unglücklicherweise durch gleich schlechte Gründe bewiesen hatte.

Dieser vermeintliche Triumph gefiel ihm umso mehr, je schwerer der Druck gewesen, wovon er ihn zu befreien schien.

Von diesem Zeitpunkt an regte sich eine Zweifelsucht in ihm, die auch das Ehrwürdigste nicht verschonte.

Es halfen mehrere Dinge zusammen, ihn in dieser Gemütslage zu erhalten und noch mehr darin zu befestigen. Die Einsamkeit, in der er bisher gelebt hatte, hörte jetzt auf und musste einer zerstreuungsvollen Lebensart Platz machen. Sein Stand war entdeckt. Aufmerksamkeiten, die er erwidern musste, Etikette, die er seinem Range schuldig war, rissen ihn unvermerkt in den Wirbel der großen Welt. Sein Stand sowohl als seine persönlichen Eigenschaften öffneten ihm die geistvollesten Zirkel in Venedig; bald sah er sich mit den hellsten Köpfen der Republik, Gelehrten sowohl als Staatsmännern, in Verbindung. Dies zwang ihn, den einförmigen, engen Kreis zu erweitern, in welchen sein Geist sich bisher eingeschlossen hatte. Er fing an, die Beschränktheit seiner Begriffe wahrzunehmen und das Bedürfnis höherer Bildung zu fühlen. Die altmodische Form seines Geistes, von so vielen Vorzügen sie auch sonst begleitet war, stand mit den gangbaren Begriffen der Gesellschaft in einem nachteiligen Kontrast, und seine Fremdheit in den bekanntesten Dingen setzte ihn zuweilen dem Lächerlichen aus; nichts fürchtete er so sehr als das Lächerliche. Das ungünstige Vorurteil, das auf seinem Geburtslande haftete, schien ihm eine Aufforderung zu sein, es in seiner Person zu widerlegen. Dazu kam noch die Sonderbarkeit in seinem Charakter, dass ihn jede Aufmerksamkeit verdross, die er seinem Stande und nicht seinem persönlichen Werte danken zu müssen glaubte. Vorzüglich empfand er diese Demütigung in Gegenwart solcher Personen, die durch ihren Geist glänzten und durch persönliche Verdienste gleichsam über ihre Geburt triumphierten. In einer solchen Gesellschaft sich als Prinz unterschieden zu sehen, war jederzeit eine tiefe Beschämung für ihn, weil er unglücklicherweise glaubte, durch diesen Namen schon von jeder Konkurrenz ausgeschlossen zu sein. Alles dieses zusammengenommen überführte ihn von der Notwendigkeit, seinem Geist die Bildung zu geben, die er bisher verabsäumt hatte, um das Jahrfünftel der witzigen und denkenden Welt einzuholen, hinter welchem er so weit zurückgeblieben war.

Er wählte dazu die modernste Lektüre, der er sich mit allem dem Ernste hingab, womit er alles, was er vornahm, zu behandeln pflegte. Aber die schlimme Hand, die bei der Wahl dieser Schriften im Spiele war, ließ ihn unglücklicherweise immer auf solche stoßen, bei denen weder seine Vernunft noch sein Herz viel gebessert waren. Und auch hier waltete sein Lieblingshang vor, der ihn immer zu allem, was nicht begriffen werden soll, mit unwiderstehlichem Reize hinzog. Nur für dasjenige, was damit in Beziehung stand, hatte er Aufmerksamkeit und Gedächtnis; seine Vernunft und sein Herz blieben leer, während sich diese Fächer seines Gehirns mit verworrenen Begriffen anfüllten. Der blendende Stil des einen riss seine Imagination dahin, indem die Spitzfindigkeiten des andern seine Vernunft verstrickten. Beiden wurde es leicht, sich einen Geist zu unterjochen, der ein Raub eines jeden war, der sich ihm mit einer gewissen Dreistigkeit aufdrang.

Eine Lektüre, die länger als ein Jahr mit Leidenschaft fortgesetzt wurde, hatte ihn beinahe mit gar keinem wohltätigen Begriffe bereichert, wohl aber seinen Kopf mit Zweifeln angefüllt, die, wie es bei diesem konsequenten Charakter unausbleiblich folgte, bald einen unglücklichen Weg zu seinem Herzen fanden. Dass ich es kurz sage – er hatte sich in dieses Labyrinth begeben als ein glaubensreicher Schwärmer, und er verließ es als Zweifler und zuletzt als ein ausgemachter Freigeist.

Unter den Zirkeln, in die man ihn zu ziehen gewusst hatte, war eine gewisse geschlossene Gesellschaft, der *Bucentauro* genannt, die unter dem äußerlichen Schein einer edeln vernünftigen Geistesfreiheit die zügelloseste Lizenz der Meinungen wie der Sitten begünstigte. Da sie unter ihren Mitgliedern viele Geistliche zählte und sogar die Namen einiger Kardinäle an ihrer Spitze trug, so wurde der Prinz umso leichter bewogen, sich darin einführen zu lassen. Gewisse gefährliche Wahrheiten der Vernunft, meinte er, könnten nirgends besser aufgehoben sein als in den Händen solcher Personen, die ihr Stand schon zur Mäßigung verpflichtete und die den Vorteil hätten, auch die Gegenpartei gehört und geprüft zu haben. Der Prinz vergaß hier, dass *Libertinage* des Geistes und der Sitten bei Personen dieses Standes eben darum weiter um sich greift, weil sie hier einen Zügel weniger findet und durch keinen Nimbus von Heiligkeit, der so oft profane Augen blendet, zurückgeschreckt wird. Und dieses war der Fall bei dem Bucentauro, dessen mehreste Mitglieder durch eine verdammliche Philosophie und durch Sitten, die einer solchen Führerin würdig waren, nicht ihren Stand allein, sondern selbst die Menschheit beschimpften.

Die Gesellschaft hatte ihre geheimen Grade, und ich will zur Ehre des Prinzen glauben, dass man ihn des innersten Heiligtums nie gewürdigt habe. Jeder, der in diese Gesellschaft eintrat, musste, wenigstens solange er ihr lebte, seinen Rang, seine Nation, seine Religionspartei, kurz alle konventionellen Unterscheidungszeichen ablegen und sich in einen gewissen Stand universeller Gleichheit begeben. Die Wahl der Mitglieder war in der Tat streng, weil nur Vorzüge des Geistes einen Weg dazu bahnten. Die Gesellschaft rühmte sich des feinsten Tons und des ausgebildetsten Geschmacks, und in diesem Rufe stand sie auch wirklich in ganz Venedig. Dieses sowohl als der Schein von Gleichheit, der darin herrschte, zog den Prinzen unwiderstehlich an. Ein geistvoller, durch feinen Witz aufgeheiterter Umgang, unterrichtende Unterhaltungen, das Beste aus der gelehrten und politischen Welt, das hier, wie in seinem Mittelpunkte, zusammenfloss, verbargen ihm lange Zeit das Gefährliche dieser Verbindung. Wie ihm nach und nach der Geist des Instituts durch die Maske hindurch sichtbarer wurde, oder man es auch müde war, länger gegen ihn auf seiner Hut zu sein, war der Rückweg gefährlich, und falsche Scham sowohl als Sorge für seine Sicherheit zwangen ihn, sein inneres Missfallen zu verbergen.

Aber schon durch die bloße Vertraulichkeit mit dieser Menschenklasse und ihren Gesinnungen, wenn sie ihn auch nicht zur Nachahmung hinrissen, ging die reine, schöne Einfalt seines

Charakters und die Zartheit seiner moralischen Gefühle verloren. Sein durch so wenig gründliche Kenntnisse unterstützter Verstand konnte ohne fremde Beihülfe die feinen Trugschlüsse nicht lösen, womit man ihn hier verstrickt hatte, und unvermerkt hatte dieses schreckliche Korrosiv alles – beinahe alles verzehrt, worauf seine Moralität ruhen sollte. Die natürlichen Stützen seiner Glückseligkeit gab er für Sophismen hinweg, die ihn im entscheidenden Augenblick verließen und ihn dadurch zwangen, sich an den ersten besten willkürlichen zu halten, die man ihm zuwarf.

Vielleicht wäre es der Hand eines Freundes gelungen, ihn noch zur rechten Zeit von diesem Abgrund zurückzuziehen – aber, außerdem dass ich mit dem Innern des Bucentauro erst lange nachher bekannt worden bin, als das Übel schon geschehen war, so hatte mich schon zu Anfang dieser Periode ein dringender Vorfall aus Venedig abgerufen. Auch Mylord Seymour, eine schätzbare Bekanntschaft des Prinzen, dessen kalter Kopf jeder Art von Täuschung widerstand und der ihm unfehlbar zu einer sichern Stütze hätte dienen können, verließ uns zu dieser Zeit, um in sein Vaterland zurückzukehren. Diejenigen, in deren Händen ich den Prinzen ließ, waren zwar redliche, aber unerfahrne und in ihrer Religion äußerst beschränkte Menschen, denen es sowohl an der Einsicht in das Übel als an Ansehen bei dem Prinzen fehlte. Seinen verfänglichen Sophismen wussten sie nichts als die Machtsprüche eines blinden ungeprüften Glaubens entgegenzusetzen, die ihn entweder aufbrachten oder belustigten; er übersah sie gar zu leicht, und sein überlegner Verstand brachte diese schlechten Verteidiger der guten Sache bald zum Schweigen. Den andern, die sich in der Folge seines Vertrauens bemächtigten, war es vielmehr darum zu tun, ihn immer tiefer darein zu versenken. Als ich im folgenden Jahre wieder nach Venedig zurückkam – wie anders fand ich da schon alles!

Der Einfluss dieser neuen Philosophie zeigte sich bald in des Prinzen Leben. Je mehr er zusehends in Venedig Glück machte und neue Freunde sich erwarb, desto mehr fing er an, bei seinen ältern Freunden zu verlieren. Mir gefiel er von Tag zu Tage weniger, auch sahen wir uns seltener, und überhaupt war er weniger zu haben. Der Strom der großen Welt hatte ihn gefasst. Nie wurde seine Schwelle leer, wenn er zu Hause war. Eine Lustbarkeit drängte die andre, ein Fest das andre, eine Glückseligkeit die andre. Er war die Schöne, um welche alles buhlte, der König und der Abgott aller Zirkel. So schwer er sich in der vorigen Stille seines beschränkten Lebens den großen Weltlauf gedacht hatte, so leicht fand er ihn nunmehr zu seinem Erstaunen. Es kam ihm alles so entgegen, alles war trefflich, was von seinen Lippen kam, und wenn er schwieg, so war es ein Raub an der Gesellschaft. Auch machte ihn dieses ihn überall verfolgende Glück, dieses allgemeine Gelingen, wirklich zu etwas *mehr,* als er in der Tat war, weil es ihm Mut und Zuversicht zu ihm selbst gab. Die erhöhte Meinung, die er dadurch von seinem eignen Wert erlangte, gab ihm Glauben an die übertriebene und beinahe abgöttische Verehrung, die man seinem Geiste widerfahren ließ, die ihm, ohne dieses vergrößerte und gewissermaßen gegründete Selbstgefühl, notwendig hätte verdächtig werden müssen. Jetzt aber war diese allgemeine Stimme nur die Bekräftigung dessen, was sein selbstzufriedener Stolz ihm im Stillen sagte – ein Tribut, der ihm, wie er glaubte, von Rechts wegen gebührte. Unfehlbar würde er dieser Schlinge entgangen sein, hätte man ihn zu Atem kommen lassen, hätte man ihm nur ruhige Muße gegönnt, seinen eignen Wert mit dem Bilde zu vergleichen, das ihm in einem so lieblichen Spiegel vorgehalten wurde. Aber seine Existenz war ein fortdauernder Zustand von Trunkenheit, von schwebendem Taumel. Je höher man ihn gestellt hatte, desto mehr hatte er zu tun, sich auf dieser Höhe zu erhalten: diese immerwährende Anspannung verzehrte ihn langsam; selbst aus seinem Schlaf war die Ruhe geflohen. Man hatte seine Blößen durchschaut und die Leidenschaft gut berechnet, die man in ihm entzündet hatte.

Bald mussten es seine redlichen Kavaliers entgelten, dass ihr Herr zum großen Kopf geworden war. Ernsthafte Empfindungen und ehrwürdige Wahrheiten, an denen sein Herz sonst mit aller Wärme gehangen, fingen nun an, Gegenstände seines Spotts zu werden. An den Wahrheiten der Religion rächte er sich für den Druck, worunter ihn Wahnbegriffe so lange gehalten hatten; aber weil eine nicht zu verfälschende Stimme seines Herzens die Taumeleien seines Kopfes bekämpfte, so war mehr Bitterkeit als fröhlicher Mut in seinem Witze. Sein Naturell fing an, sich zu ändern, Launen stellten sich ein. Die schönste Zierde seines Charakters, seine Bescheidenheit, verschwand; Schmeichler hatten sein treffliches Herz vergiftet. Die schonende Delikatesse des Umgangs, die es seine Kavaliers sonst ganz vergessen gemacht hatte, dass er ihr Herr war, machte jetzt nicht selten einem gebieterischen entscheidenden Tone Platz, der um so empfindlicher schmerzte, weil er nicht auf den äußerlichen Abstand der Geburt, worüber man sich mit leichter Mühe tröstet und den er selbst wenig achtete, sondern auf eine beleidigende Voraussetzung seiner persönlichen Erhabenheit gegründet war. Weil er zu Hause doch öfters Betrachtungen Raum gab, die ihn im Taumel der Gesellschaft nicht hatten angehen dürfen, so sahen ihn seine eigenen Leute selten anders als finster, mürrisch und unglücklich, während dass er fremde Zirkel mit einer erzwungenen Fröhlichkeit beseelte. Mit teilnehmendem Leiden sahen wir ihn auf dieser gefährlichen Bahn hinwandeln; aber in dem Tumult, durch den er geworfen wurde, hörte er die schwache Stimme der Freundschaft nicht mehr und war jetzt auch noch zu glücklich, um sie zu verstehen.

Schon in den ersten Zeiten dieser Epoche forderte mich eine wichtige Angelegenheit an den Hof meines Souveräns, die ich auch dem feurigsten Interesse der Freundschaft nicht nachsetzen durfte. Eine unsichtbare Hand, die sich mir erst lange nachher entdeckt, hatte Mittel gefunden, meine Angelegenheiten dort zu verwirren und Gerüchte von mir auszubreiten, die ich eilen musste, durch meine persönliche Gegenwart zu widerlegen. Der Abschied vom Prinzen ward mir schwer, aber ihm war er desto leichter. Schon seit geraumer Zeit waren die Bande erschlafft, die ihn an mich gekettet hatten. Aber sein Schicksal hatte meine ganze Teilnehmung erweckt; ich ließ mir deswegen von dem Baron von F*** versprechen, mich durch schriftliehe Nachrichten damit in Verbindung zu erhalten, was er auch aufs gewissenhafteste gehalten hat. Von jetzt an bin ich also auf lange Zeit kein Augenzeuge dieser Begebenheiten mehr: man erlaube mir, den Baron von F*** an meiner Statt aufzuführen und diese Lücke durch Auszüge aus seinen Briefen zu ergänzen. Ungeachtet die Vorstellungsart meines Freundes F*** nicht immer die meinige ist, so habe ich dennoch an seinen Worten nichts ändern wollen, aus denen der Leser die Wahrheit mit wenig Mühe herausfinden wird.

Baron von F*** an den Grafen von O**

Erster Brief

Mai 17**.

Dank Ihnen, sehr verehrter Freund, dass Sie mir die Erlaubnis erteilt haben, auch abwesend den vertrauten Umgang mit Ihnen fortzusetzen, der während Ihres Hierseins meine beste Freude ausmachte. Hier, das wissen Sie, ist niemand, gegen den ich es wagen dürfte, mich über gewisse Dinge herauszulassen – was Sie mir auch dagegen sagen mögen, dieses Volk ist mir verhasst. Seitdem der Prinz einer davon geworden ist, und seitdem vollends Sie uns entrissen sind, bin ich mitten in dieser volkreichen Stadt verlassen. Z*** nimmt es leichter, und die Schönen in Venedig wissen ihm die Kränkungen vergessen zu machen, die er zu Hause mit mir teilen muss. Und was hätte *er* sich auch darüber zu grämen? Er sieht und verlangt in dem Prinzen nichts als einen Herrn, den er überall findet – aber ich! Sie wissen, wie nahe ich das Wohl und Weh unsers Prinzen an meinem Herzen fühle, und wie sehr ich Ursache dazu habe. Sechzehn Jahre sinds, dass ich um seine Person lebe, dass ich nur für ihn lebe. Als ein neunjähriger Knabe kam ich in seine Dienste, und seit dieser Zeit hat mich kein Schicksal von ihm getrennt. Unter seinen Augen bin ich geworden; ein langer Umgang hat mich ihm zugebildet; alle seine großen und kleinen Abenteuer hab ich mit ihm bestanden. Ich lebe in seiner Glückseligkeit. Bis auf dieses unglückliche Jahr hab ich nur meinen Freund, meinen ältern Bruder in ihm gesehen, wie in einem heitern Sonnenschein hab ich in seinen Augen gelebt – keine Wolke trübte mein Glück; und alles dies soll mir nun in diesem unseligen Venedig zu Trümmern gehen!

Seitdem Sie von uns sind, hat sich allerlei bei uns verändert. Der Prinz von **d** ist vorige Woche mit einer zahlreichen Suite hier angelangt und hat unserm Zirkel ein neues tumultuarisches Leben gegeben. Da er und unser Prinz so nahe verwandt sind und jetzt auf einem ziemlich guten Fuß zusammen stehen, so werden sie sich während seines hiesigen Aufenthalts, der, wie ich höre, bis zum Himmelfahrtsfeste dauern soll, wenig voneinander trennen. Der Anfang ist schon bestens gemacht; seit zehen Tagen ist der Prinz kaum zu Atem gekommen. Der Prinz von **d** hat es gleich sehr hoch angefangen, und das mochte er immer, da er sich bald wieder entfernt; aber das Schlimme dabei ist, er hat unsern Prinzen damit angesteckt, weil der sich nicht wohl davon ausschließen konnte und bei dem besondern Verhältnis, das zwischen beiden Häusern obwaltet, dem bestrittenen Range des seinigen hier etwas schuldig zu sein glaubte. Dazu kommt, dass in wenigen Wochen auch unser Abschied von Venedig herannaht; wodurch er ohnehin überhoben wird, diesen außerordentlichen Aufwand in die Länge fortzuführen.

Der Prinz von **d**, wie man sagt, ist in Geschäften des ***Ordens hier, wobei er sich einbildet, eine wichtige Rolle zu spielen. Dass er von allen Bekanntschaften unsers Prinzen sogleich Besitz genommen haben werde, können Sie sich leicht einbilden. In den Bucentauro besonders ist er mit Pomp eingeführt worden, da es ihm seit einiger Zeit beliebt hat, den witzigen Kopf und den starken Geist zu spielen, wie er sich denn auch in seinen Korrespondenzen, deren er in allen Weltgegenden unterhält, nur den *Prince philosophe* nennen lässt. Ich weiß nicht, ob Sie je das Glück gehabt haben, ihn zu sehen. Ein vielversprechendes Äußere, beschäftigte Augen, eine Miene voll Kunstverständigkeit, viel Prunk von Lektüre, viel erworbene Natur (vergönnen Sie mir dieses Wort) und eine fürstliche Herablassung zu Menschengefühlen, dabei eine heroische Zuversicht auf sich selbst und eine alles niedersprechende Beredsamkeit. Wer könnte bei so glänzenden Eigenschaften einer K. H. seine Huldigung versagen? Wie indessen der stille, wortarme und gründliche Wert unsers Prinzen neben dieser schreienden Vortrefflichkeit auskommen wird, muss der Ausgang lehren.

In unsrer Einrichtung sind seit der Zeit viele und große Veränderungen geschehen. Wir haben ein neues prächtiges Haus, der neuen Prokuratie gegenüber, bezogen, weil es dem Prinzen im »Mohren« zu eng wurde. Unsre Suite hat sich um zwölf Köpfe vermehrt, Pagen, Mohren, Heiducken u. d. m. – alles geht jetzt ins Große. Sie haben während Ihres Hierseins über Aufwand geklagt – jetzt sollten Sie erst sehen!

Unsre innern Verhältnisse sind noch die alten – außer dass der Prinz, der durch Ihre Gegenwart nicht mehr in Schranken gehalten wird, wo möglich noch einsilbiger und frostiger gegen uns geworden ist, und dass wir ihn jetzt außer dem An- und Auskleiden wenig haben. Unter dem Vorwand, dass wir das Französische schlecht und das Italienische gar nicht reden, weiß er uns von seinen mehresten Gesellschaften auszuschließen, wodurch er mir für meine Person eben keine große Kränkung antut; aber ich glaube, das Wahre davon einzusehen: er schämt sich unserer – und das schmerzt mich, das haben wir nicht verdient.

Von unsern Leuten (weil Sie doch alle Kleinigkeiten wissen wollen) bedient er sich jetzt fast ganz allein des Biondello, den er, wie Sie wissen, nach Entweichung unsers Jägers in seine Dienste nahm und der ihm jetzt bei dieser neuen Lebensart ganz unentbehrlich geworden ist. Der Mensch kennt alles in Venedig, und alles weiß er zu gebrauchen. Es ist nicht anders, als wenn er tausend Augen hätte, tausend Hände in Bewegung setzen könnte. Er bewerkstellige dieses mit Hülfe der Gondoliers, sagt er. Dem Prinzen kommt er dadurch ungemein zustatten, dass er ihn vorläufig mit allen neuen Gesichtern bekannt macht, die diesem in seinen Gesellschaften vorkommen; und die geheimen Notizen, die er gibt, hat der Prinz immer richtig befunden. Dabei spricht und schreibt er das Italienische und das Französische vortrefflich, wodurch er sich auch bereits zum Sekretär des Prinzen aufgeschwungen hat. Einen Zug von uneigennütziger Treue muss ich Ihnen doch erzählen, der bei einem Menschen dieses Standes in der Tat selten ist. Neulich ließ ein angesehener Kaufmann aus Rimini bei dem Prinzen um Gehör ansuchen. Der Gegenstand war eine sonderbare Beschwerde über Biondello. Der Prokurator, sein voriger Herr, der ein wunderlicher Heiliger gewesen sein mochte, hatte mit seinen Verwandten in unversöhnlicher Feindschaft gelebt, die ihn auch, wo möglich, noch überleben sollte. Sein ganzes ausschließendes Vertrauen hatte Biondello, bei dem er alle Geheimnisse niederzulegen pflegte; dieser musste ihm noch am Todbette angeloben, sie heilig zu bewahren und zum Vorteil der Verwandten niemals Gebrauch davon zu machen; ein ansehnliches Legat sollte ihn für diese Verschwiegenheit belohnen. Als man sein Testament eröffnete und seine Papiere durchsuchte, fanden sich große Lücken und Verwirrungen, worüber Biondello allein den Aufschluss geben konnte. Dieser leugnete hartnäckig, dass er etwas wisse, ließ den Erben das sehr beträchtliche Legat und behielt seine Geheimnisse. Große Erbietungen wurden ihm von Seiten der Verwandten getan, aber alle vergeblich; endlich, um ihrem Zudringen zu entgehen, weil sie drohten, ihn rechtlich zu belangen, begab er sich bei dem Prinzen in Dienste. An diesen wandte sich nun der Haupterbe, dieser Kaufmann, und tat noch größere Erbietungen, als die schon geschehen waren, wenn Biondello seinen Sinn ändern wollte. Aber auch die Fürsprache des Prinzen war umsonst. Diesem gestand er zwar, dass ihm wirklich dergleichen Geheimnisse anvertraut wären, er leugnete auch nicht, dass der Verstorbene im Hass gegen seine Familie vielleicht zu weit gegangen sei; »aber«, setzte er hinzu, »er war mein guter Herr und mein Wohltäter, und im festen Vertrauen auf meine Redlichkeit starb er hin. Ich war der einzige Freund, den er auf der Welt verließ – umso weniger darf ich seine einzige Hoffnung hintergehen.« Zugleich ließ er merken, dass diese Eröffnungen dem Andenken seines verstorbenen Herrn nicht sehr zur Ehre gereichen dürften. Ist das nicht fein gedacht und edel? Auch können Sie leicht denken, dass der Prinz nicht sehr darauf beharrte, ihn in seiner so löblichen Gesinnung wankend zu machen. Diese seltene Treue, die er gegen seinen verstorbenen Herrn bewies, hat ihm das uneingeschränkte Vertrauen des lebenden gewonnen.

Leben Sie glücklich, liebster Freund. Wie sehne ich mich nach dem stillen Leben zurück, in welchem Sie uns hier fanden, und wofür Sie uns so angenehm entschädigten! Ich fürchte, meine guten Zeiten in Venedig sind vorbei, und Gewinn genug, wenn von dem Prinzen nicht das Nämliche wahr ist. Das Element, worin er jetzt lebt, ist dasjenige nicht, worin er in die Länge glücklich sein kann, oder eine sechzehnjährige Erfahrung müsste mich betrügen. Leben Sie wohl.

Baron von F*** an den Grafen von O**

Zweiter Brief

18. Mai.

Hätt ich doch nicht gedacht, dass unser Aufenthalt in Venedig noch zu irgendetwas gut sein würde! Er hat einem Menschen das Leben gerettet, ich bin mit ihm ausgesöhnt.

Der Prinz ließ sich neulich bei später Nacht aus dem Bucentauro nach Hause tragen, zwei Bediente, unter denen Biondello war, begleiteten ihn. Ich weiß nicht, wie es zugeht, die Sänfte, die man in der Eile aufgerafft hatte, zerbricht, und der Prinz sieht sich genötigt, den Rest des Weges zu Fuße zu machen. Biondello geht voran, der Weg führte durch einige dunkle abgelegene Straßen, und da es nicht weit mehr von Tagesanbruch war, so brannten die Lampen dunkel oder waren schon ausgegangen. Eine Viertelstunde mochte man gegangen sein, als Biondello die Entdeckung machte, dass er verirrt sei. Die Ähnlichkeit der Brücken hatte ihn getäuscht, und anstatt in St. Markus überzusetzen, befand man sich im Sestiere von Castello. Es war in einer der abgelegensten Gassen und nichts Lebendes weit und breit; man musste umkehren, um sich in einer Hauptstraße zu orientieren. Sie sind nur wenige Schritte gegangen, als nicht weit von ihnen in einer Gasse ein Mordgeschrei erschallt. Der Prinz, unbewaffnet wie er war, reißt einem Bedienten den Stock aus den Händen, und mit dem entschlossenen Mut, den Sie an ihm kennen, nach der Gegend zu, woher diese Stimme erschallte. Drei fürchterliche Kerls sind eben im Begriff, einen vierten niederzustoßen, der sich mit seinem Begleiter nur noch schwach verteidigt; der Prinz erscheint noch eben zu rechter Zeit, um den tödlichen Stich zu hindern. Sein und der Bedienten Rufen bestürzt die Mörder, die sich an einem so abgelegnen Ort auf keine Überraschung versehen hatten, dass sie nach einigen leichten Dolchstichen von ihrem Manne ablassen und die Flucht ergreifen. Halb ohnmächtig und vom Ringen erschöpft, sinkt der Verwundete in den Arm des Prinzen; sein Begleiter entdeckt diesem, dass er den Marchese von Civitella, den Neffen des Kardinals A***i, gerettet habe. Da der Marchese viel Blut verlor, so machte Biondello, so gut er konnte, in der Eile den Wundarzt, und der Prinz trug Sorge, dass er nach dem Palast seines Oheims geschafft wurde, der am nächsten gelegen war und wohin er ihn selbst begleitete. Hier verließ er ihn in der Stille und ohne sich zu erkennen gegeben zu haben.

Aber durch einen Bedienten, der Biondello erkannt hatte, ward er verraten. Gleich den folgenden Morgen erschien der Kardinal, eine alte Bekanntschaft aus dem Bucentauro. Der Besuch dauerte eine Stunde; der Kardinal war in großer Bewegung, als sie herauskamen, Tränen standen in seinen Augen, auch der Prinz war gerührt. Noch an demselben Abend wurde bei dem Kranken ein Besuch abgestattet, von dem der Wundarzt übrigens das Beste versichert. Der Mantel, in den er gehüllt war, hatte die Stöße unsicher gemacht und ihre Stärke gebrochen. Seit diesem Vorfall verstrich kein Tag, an welchem der Prinz nicht im Hause des Kardinals Besuche gegeben oder empfangen hätte, und eine starke Freundschaft fängt an, sich zwischen ihm und diesem Hause zu bilden.

Der Kardinal ist ein ehrwürdiger Sechziger, majestätisch von Ansehn, voll Heiterkeit und frischer Gesundheit. Man hält ihn für einen der reichsten Prälaten im ganzen Gebiete der Republik. Sein unermessliches Vermögen soll er noch sehr jugendlich verwalten und bei einer vernünftigen Sparsamkeit keine Weltfreude verschmähen. Dieser Neffe ist sein einziger Erbe, der aber mit seinem Oheim nicht immer im besten Vernehmen stehen soll. So wenig der Alte ein Feind des Vergnügens ist, so soll doch die Aufführung des Neffen auch die höchste Toleranz erschöpfen. Seine freien Grundsätze und seine zügellose Lebensart, unglücklicherweise durch alles unterstützt, was Laster schmücken und die Sinnlichkeit hinreißen kann, machen ihn zum Schrecken aller Väter und zum Fluch aller Ehemänner; auch diesen letzten Angriff soll er sich, wie man behauptet, durch eine Intrige zugezogen haben, die er mit der Gemahlin des **schen Gesandten angesponnen hatte; anderer schlimmen Händel nicht zu gedenken, woraus ihn das Ansehen und das Geld des Kardinals nur mit Mühe hat retten können. Dieses abgerechnet, wäre Letzterer der beneidetste Mann in ganz Italien, weil er alles besitzt, was das Leben wünschenswürdig machen kann. Mit diesem einzigen Familienleiden nimmt das Glück alle seine Gaben zurück und vergällt ihm den Genuss seines Vermögens durch die immerwährende Furcht, keinen Erben dazu zu finden.

Alle diese Nachrichten habe ich von Biondello. In diesem Menschen hat der Prinz einen wahren Schatz erhalten. Mit jedem Tage macht er sich unentbehrlicher, mit jedem Tage entdecken wir irgendein neues Talent an ihm. Neulich hatte sich der Prinz erhitzt und konnte nicht einschlafen. Das Nachtlicht ward ausgelöscht, und kein Klingeln konnte den Kammerdiener erwecken, der außer dem Hause seinen Liebschaften nachgegangen war. Der Prinz entschließt sich also, selbst aufzustehen, um einen seiner Leute zu errufen. Er ist noch nicht weit gegangen, als ihm von ferne eine liebliche Musik entgegenschallt. Er geht wie bezaubert dem Schall nach und findet Biondello auf seinem Zimmer auf der Flöte blasend, seine Kameraden um ihn her. Er will seinen Augen, seinen Ohren nicht trauen und befiehlt ihm, fortzufahren. Mit einer bewundernswürdigen Leichtigkeit extemporiert dieser nun dasselbe schmelzende Adagio mit den glücklichsten Variationen und allen Feinheiten eines Virtuosen. Der Prinz, der ein Kenner ist, wie Sie wissen, behauptet, dass er sich getrost in der besten Kapelle hören lassen dürfte.

»Ich muss diesen Menschen entlassen«, sagte er mir den Morgen darauf; »ich bin unvermögend, ihn nach Verdienst zu belohnen.« Biondello, der diese Worte aufgefangen hatte, trat herzu. »Gnädigster Herr«, sagte er, »wenn Sie das tun, so rauben Sie mir meine beste Belohnung.«

»Du bist zu etwas Besserm bestimmt, als zu dienen«, sagte mein Herr. »Ich darf dir nicht vor deinem Glücke sein.«

»Dringen Sie mir doch kein anderes Glück auf, gnädigster Herr, als das ich mir selbst gewählt habe.«

»Und ein solches Talent zu vernachlässigen – Nein! Ich darf es nicht zugeben.«

»So erlauben Sie mir, gnädigster Herr, dass ich es zuweilen in Ihrer Gegenwart übe.«

Und dazu wurden auch sogleich die Anstalten getroffen. Biondello erhielt ein Zimmer zunächst am Schlafgemach seines Herrn, wo er ihn mit Musik in den Schlummer wiegen und mit Musik daraus erwecken kann. Seinen Gehalt wollte der Prinz verdoppeln, welches er aber verbat, mit der Erklärung: der Prinz möchte ihm erlauben, diese zugedachte Gnade als ein Kapital bei ihm zu deponieren, welches er vielleicht in kurzer Zeit nötig haben würde zu erheben. Der Prinz erwartet nunmehr, dass er nächstens kommen werde, um etwas zu bitten; und was es auch sein möge, es ist ihm zum Voraus gewährt. Leben Sie wohl, liebster Freund. Ich erwarte mit Ungeduld Nachrichten aus K***n.

Baron von F*** an den Grafen von O**

Dritter Brief

4. Junius.

Der Marchese von Civitella, der von seinen Wunden nun ganz wiederhergestellt ist, hat sich vorige Woche durch seinen Onkel, den Kardinal, bei dem Prinzen einführen lassen, und seit diesem Tage folgt er ihm wie sein Schatten. Von diesem Marchese hat mir Biondello doch nicht die Wahrheit gesagt, wenigstens hat er sie weit übertrieben. Ein sehr liebenswürdiger Mensch von Ansehn und unwiderstehlich im Umgang. Es ist nicht möglich, ihm gram zu sein; der erste Anblick hat mich erobert. Denken Sie sich die bezauberndste Figur, mit Würde und Anmut getragen, ein Gesicht voll Geist und Seele, eine offne einladende Miene, einen einschmeichelnden Ton der Stimme, die fließendste Beredsamkeit, die blühendste Jugend mit allen Grazien der feinsten Erziehung vereinigt. Er hat gar nichts von dem geringschätzigen Stolz, von der feierlichen Steifheit, die uns an den übrigen Nobili so unerträglich fällt. Alles an ihm atmet jugendliche Frohherzigkeit, Wohlwollen, Wärme des Gefühls. Seine Ausschweifungen muss man mir weit übertrieben haben, nie sah ich ein vollkommneres, schöneres Bild der Gesundheit. Wenn er wirklich so schlimm ist, als mir Biondello sagt, so ist es eine Sirene, der kein Mensch widerstehen kann.

Gegen mich war er gleich sehr offen. Er gestand mir mit der angenehmsten Treuherzigkeit, dass er bei seinem Onkel, dem Kardinal, nicht am besten angeschrieben stehe und es auch wohl verdient haben möge. Er sei aber ernstlich entschlossen, sich zu bessern, und das Verdienst davon würde ganz dem Prinzen zufallen. Zugleich hoffe er, durch diesen mit seinem Onkel wieder ausgesöhnt zu werden, weil der Prinz alles über den Kardinal vermöge. Es habe ihm bis jetzt nur an einem Freunde und Führer gefehlt, und beides hoffe er sich in dem Prinzen zu erwerben.

Der Prinz bedient sich auch aller Rechte eines Führers gegen ihn und behandelt ihn mit der Wachsamkeit und Strenge eines

Mentors. Aber eben dieses Verhältnis gibt auch ihm gewisse Rechte an den Prinzen, die er sehr gut geltend zu machen weiß. Er kommt ihm nicht mehr von der Seite, er ist bei allen Partien, an denen der Prinz teilnimmt; für den Bucentauro ist er – und das ist sein Glück! bis jetzt nur zu jung gewesen. Überall, wo er sich mit dem Prinzen einfindet, entführt er diesen der Gesellschaft, durch die feine Art, womit er ihn zu beschäftigen und auf sich zu ziehen weiß. Niemand, sagen sie, habe ihn bändigen können, und der Prinz verdiene eine Legende, wenn ihm dieses Riesenwerk gelänge. Ich fürchte aber sehr, das Blatt möchte sich vielmehr wenden und der Führer bei seinem Zögling in die Schule gehen, wozu sich auch bereits alle Umstände anzulassen scheinen.

Der Prinz von **d** ist nun abgereist, und zwar zu unserm allerseitigen Vergnügen, auch meinen Herrn nicht ausgenommen. Was ich vorausgesagt habe, liebster O**, ist auch richtig eingetroffen. Bei so entgegengesetzten Charakteren, bei so unvermeidlichen Kollisionen konnte dieses gute Vernehmen auf die Dauer nicht bestehen. Der Prinz von **d** war nicht lange in Venedig, so entstand ein bedenkliches *Schisma* in der spirituellen Welt, das unsern Prinzen in Gefahr setzte, die Hälfte seiner bisherigen Bewunderer zu verlieren. Wo er sich nur sehen ließ, fand er diesen Nebenbuhler in seinem Wege, der gerade die gehörige Dosis kleiner List und selbstgefälliger Eitelkeit besaß, um jeden noch so kleinen Vorteil geltend zu machen, den ihm der Prinz über sich gab. Weil ihm zugleich alle kleinliche Kunstgriffe zu Gebote standen, deren Gebrauch dem Prinzen ein edles Selbstgefühl untersagte, so konnte es nicht fehlen, dass er nicht in kurzer Zeit die Schwachköpfe auf seiner Seite hatte und an der Spitze eine Partie prangte, die seiner würdig war[1]. Das Vernünftigste

1 Das harte Urteil, welches sich der Baron von F*** hier und in einigen Stellen des ersten Briefs über einen geistreichen Prinzen erlaubt, wird jeder, der das Glück hat, diesen Prinzen näher zu kennen, mit mir übertrieben finden und es dem eingenommenen Kopfe dieses jugendlichen Beurteilers zugute halten

*Anm. des Grafen von O**.*

wäre freilich wohl gewesen, mit einem Gegner dieser Art sich in gar keinen Wettkampf einzulassen, und einige Monate früher wäre dies gewiss die Partie gewesen, welche der Prinz ergriffen hätte. Jetzt aber war er schon zu weit in den Strom gerissen, um das Ufer so schnell wieder erreichen zu können. Diese Nichtigkeiten hatten, wenn auch nur durch die Umstände, einen gewissen Wert bei ihm erlangt, und hätte er sie auch wirklich verachtet, so erlaubte ihm sein Stolz nicht, ihnen in einem Zeitpunkte zu entsagen, wo sein Nachgeben weniger für einen freiwilligen Entschluss als für ein Geständnis seiner Niederlage würde gegolten haben. Das unselige Hin- und Widerbringen schneidender Reden von beiden Seiten kam dazu, und der Geist von Rivalität, der seine Anhänger erhitzte, hatte auch ihn ergriffen. Um also seine Eroberungen zu bewahren, um sich auf dem schlüpfrigen Platze zu erhalten, den ihm die Meinung der Welt angewiesen hatte, glaubte er die Gelegenheiten häufen zu müssen, wo er glänzen und verbinden konnte, und dies konnte nur durch einen fürstlichen Aufwand erreicht werden; daher ewige Feste und Gelage, kostbare Kortzerte, Präsente und hohes Spiel. Und weil sich diese seltsame Raserei bald auch der beiderseitigen Suite und Dienerschaft mitteilte, die, wie Sie wissen, über den Artikel der Ehre noch weit wachsamer zu halten pflegt als ihre Herrschaft, so musste er dem guten Willen seiner Leute durch seine Freigebigkeit zu Hülfe kommen. Eine ganze lange Kette von Armseligkeiten, alles unvermeidliche Folgen einer einzigen ziemlich verzeihlichen Schwachheit, von der sich der Prinz in einem unglücklichen Augenblick überschleichen ließ!

Den Nebenbuhler sind wir zwar nun los, aber was er verdorben hat, ist nicht so leicht wiedergutzumachen. Des Prinzen Schatulle ist erschöpft; was er durch eine weise Ökonomie seit Jahren erspart hat, ist dahin; wir müssen eilen, aus Venedig zu kommen, wenn er sich nicht in Schulden stürzen soll, wovor er sich bis jetzt auf das sorgfältigste gehütet hat. Die Abreise ist auch fest beschlossen, sobald nur erst frische Wechsel da sind.

Möchte indes aller dieser Aufwand gemacht sein, wenn mein

Herr nur eine einzige Freude dabei gewonnen hätte! Aber nie war er weniger glücklich als jetzt! Er fühlt, dass er nicht ist, was er sonst war – er sucht sich selbst – er ist unzufrieden mit sich selbst und stürzt sich in neue Zerstreuungen, um den Folgen der alten zu entfliehen. Eine neue Bekanntschaft folgt auf die andre, die ihn immer tiefer hineinreißt. Ich sehe nicht, wie das noch werden soll. Wir müssen fort – hier ist keine andre Rettung – wir müssen fort aus Venedig.

Aber, liebster Freund, noch immer keine Zeile von Ihnen! Wie muss ich dieses lange hartnäckige Schweigen mir erklären?

Baron von F*** an den Grafen von O**

Vierter Brief

12. Junius.

Haben Sie Dank, liebster Freund, für das Zeichen Ihres Andenkens, das mir der junge B***hl von Ihnen überbrachte. Aber was sprechen Sie darin von Briefen, die ich erhalten haben soll? Ich habe keinen Brief von Ihnen erhalten, nicht eine Zeile. Welchen weiten Umweg müssen die genommen haben! Künftig, liebster O**, wenn Sie mich mit Briefen beehren, senden Sie solche über Trient und unter der Adresse meines Herrn.

Endlich haben wir den Schritt doch tun müssen, liebster Freund, den wir bis jetzt so glücklich vermieden haben. Die Wechsel sind ausgeblieben, jetzt in diesem dringendsten Bedürfnis zum ersten Mal ausgeblieben, und wir waren in die Notwendigkeit gesetzt, unsre Zuflucht zu einem Wucherer zu nehmen, weil der Prinz das Geheimnis gern etwas teurer bezahlt. Das Schlimmste an diesem unangenehmen Vorfall ist, dass er unsre Abreise verzögert.

Bei dieser Gelegenheit kam es zu einigen Erläuterungen zwischen mir und dem Prinzen. Das ganze Geschäft war durch Biondellos Hände gegangen, und der Ebräer war da, eh ich etwas davon ahndete. Den Prinzen zu dieser Extremität gebracht zu sehen, presste mir das Herz und machte alle Erinnerungen der Vergangenheit, alle Schrecken für die Zukunft in mir lebendig, dass ich freilich etwas grämlich und düster ausgesehen haben mochte, als der Wucherer hinaus war. Der Prinz, den der vorhergehende Auftritt ohnehin sehr reizbar gemacht hatte, ging mit Unmut im Zimmer auf und nieder, die Rollen lagen noch auf dem Tische, ich stand am Fenster und beschäftigte mich, die Scheiben in der Prokuratie zu zählen, es war eine lange Stille; endlich brach er los.

»F***!« fing er an: »Ich kann keine finstern Gesichter um mich leiden.«

Ich schwieg.

»Warum antworten Sie mir nicht? Seh ich nicht, dass es Ihnen das Herz abdrücken will, Ihren Verdruss auszugießen? Und ich will haben, dass Sie reden. Sie dürften sonst wunder glauben, was für weise Dinge Sie verschweigen.«

»Wenn ich finster bin, gnädigster Herr«, sagte ich, »so ist es nur, weil ich Sie nicht heiter sehe.«

»Ich weiß«, fuhr er fort, »dass ich Ihnen nicht recht bin – schon seit geraumer Zeit – dass alle meine Schritte missbilligt werden – dass – Was schreibt der Graf von O**?«

»Der Graf von O** hat mir nichts geschrieben.«

»Nichts? Was wollen Sie es leugnen? Sie haben Herzensergießungen zusammen – Sie und der Graf! Ich weiß es recht gut. Aber gestehen Sie mirs immer. Ich werde mich nicht in Ihre Geheimnisse eindringen.«

»Der Graf von O**«, sagte ich, »hat mir von drei Briefen, die ich ihm schrieb, noch den ersten zu beantworten.«

»Ich habe Unrecht getan«, fuhr er fort. »Nicht wahr?« (eine Rolle ergreifend) – »Ich hätte das nicht tun sollen?«

»Ich sehe wohl ein, dass dies *notwendig* war.«

»Ich hätte mich nicht in die Notwendigkeit setzen sollen?«

Ich schwieg.

»Freilich! Ich hätte mich mit meinen Wünschen nie über *das* hinauswagen sollen und darüber zum Greis werden, wie ich zum Mann geworden bin! Weil ich aus der traurigen Einförmigkeit meines bisherigen Lebens einmal herausgehe und herumschaue, ob sich nicht irgend anderswo eine Quelle des Genusses für mich öffnet – weil ich –«

»Wenn es ein Versuch war, gnädigster Herr, dann hab ich nichts mehr zu sagen – dann sind die Erfahrungen, die er Ihnen verschafft haben wird, mit noch dreimal so viel nicht zu teuer erkauft. Es tat mir weh, ich gesteh es, dass die Meinung der Welt über eine Frage, *wie* Sie glücklich sein sollen, zu entscheiden haben sollte.«

»Wohl Ihnen, dass Sie sie verachten können, die Meinung der Welt! Ich bin ihr Geschöpf, ich muss ihr Sklave sein. Was sind wir anders als Meinung? Alles an uns Fürsten ist Meinung. Die Meinung ist unsre Amme und Erzieherin in der Kindheit, unsre Gesetzgeberin und Geliebte in männlichen Jahren, unsre Krücke im Alter. Nehmen Sie uns, was wir von der Meinung haben, und der Schlechteste aus den übrigen Klassen ist besser daran als wir; denn sein Schicksal hat ihm doch zu einer Philosophie verholfen, welche ihn über dieses Schicksal tröstet. Ein Fürst, der die Meinung verlacht, hebt sich selbst auf, wie der Priester, der das Dasein eines Gottes leugnet.«

»Und dennoch, gnädigster Prinz –«

»Ich weiß, was Sie sagen wollen. Ich kann den Kreis überschreiten, den meine Geburt um mich gezogen hat – aber kann ich auch alle Wahnbegriffe aus meinem Gedächtnis herausreißen, die Erziehung und frühe Gewohnheit darein gepflanzt und hunderttausend Schwachköpfe unter euch immer fester und fester darin gegründet haben? Jeder will doch gern *ganz* sein, was er *ist,* und unsre Existenz ist nun einmal, *glücklich scheinen.* Weil wir es nicht *sein* können auf eure Weise, sollen wir es darum gar nicht sein? Wenn wir die Freude aus ihrem reinen Quell unmittelbar nicht mehr schöpfen dürfen, sollen wir uns auch nicht mit einem künstlichen Genuss hintergehen, nicht von eben der Hand, die uns beraubte, eine schwache Entschädigung empfangen dürfen?«

»Sonst fanden Sie *diese* in Ihrem Herzen.«

»Wenn ich sie nun nicht mehr darin finde? – O wie kommen wir darauf? Warum mussten Sie diese Erinnerungen in mir aufwecken? – Wenn ich nun eben zu diesem Sinnentumult meine Zuflucht nahm, um eine innere Stimme zu betäuben, die das Unglück meines Lebens macht – um diese grübelnde Vernunft zur Ruhe zu bringen, die wie eine schneidende Sichel in meinem Gehirn hin- und herfährt und mit jeder neuen Forschung einen neuen Zweig meiner Glückseligkeit zerschneidet?«

»Mein bester Prinz!« – Er war aufgestanden und ging im Zimmer herum, in ungewöhnlicher Bewegung.

»Wenn alles vor mir und hinter mir versinkt – die Vergangenheit im traurigen Einerlei wie ein Reich der Versteinerung hinter mir liegt – wenn die Zukunft mir nichts bietet – wenn ich meines Daseins ganzen Kreis im schmalen Raume der Gegenwart beschlossen sehe – wer verargt es mir, dass ich dieses magre Geschenk der Zeit – den Augenblick – feurig und unersättlich wie einen Freund, den ich zum letzten Male sehe, in meine Arme schließe?«

»Gnädigster Herr, sonst glaubten Sie an ein bleibenderes Gut –«

»O machen Sie, dass mir das Wolkenbild halte, und ich will meine glühenden Arme darum schlagen. Was für Freude kann es mir geben, Erscheinungen zu beglücken, die morgen dahin sein werden wie ich? – Ist nicht alles Flucht um mich herum? Alles stößt sich und drängt seinen Nachbar weg, aus dem Quell des Daseins einen Tropfen eilend zu trinken und lechzend davonzugehen. Jetzt in dem Augenblicke, wo ich meiner Kraft mich freue, ist schon ein werdendes Leben an meine Zerstörung angewiesen. Zeigen Sie mir etwas, das dauert, so will ich tugendhaft sein.«

»Was hat denn die wohltätigen Empfindungen verdrängt, die einst der Genuss und die Richtschnur Ihres Lebens waren? Saaten für die Zukunft zu pflanzen, einer hohen ewigen Ordnung zu dienen –«

»Zukunft! Ewige Ordnung! – Nehmen wir hinweg, was der

Mensch aus seiner eigenen Brust genommen und seiner eingebildeten Gottheit als Zweck, der Natur als Gesetz untergeschoben hat – was bleibt uns dann übrig? – Was mir vorherging und was mir folgen wird, sehe ich als zwei schwarze und undurchdringliche Decken an, die an beiden Grenzen des menschlichen Lebens herunterhangen und welche noch kein Lebender aufgezogen hat. Schon viele hundert Generationen stehen mit der Fackel davor und raten, was etwa dahinter sein möchte. Viele sehen ihren eigenen Schatten, die Gestalten ihrer Leidenschaft, vergrößert auf der Decke der Zukunft sich bewegen und fahren schaudernd vor ihrem eigenen Bilde zusammen. Dichter, Philosophen und Staatenstifter haben sie mit ihren Träumen bemalt, lachender oder finstrer, wie der Himmel über ihnen trüber oder heiterer war; und von weitem täuschte die Perspektive. Auch manche Gaukler nützten diese allgemeine Neugier und setzten durch seltsame Vermummungen die gespannten Phantasien in Erstaunen. Eine tiefe Stille herrscht hinter dieser Decke, keiner, der einmal dahinter ist, antwortet hinter ihr hervor; alles, was man hörte, war ein hohler Widerschall der Frage, als ob man in eine Gruft gerufen hätte. Hinter diese Decke müssen alle, und mit Schaudern fassen sie sie an, ungewiss, wer wohl dahinter stehe und sie in Empfang nehmen werde; *quid sit id, quod tantum perituri vident.* Freilich gab es auch Ungläubige darunter, die behaupteten, dass diese Decke die Menschen nur narre und dass man nichts beobachtet hätte, weil auch nichts dahinter sei; aber um sie zu überweisen, schickte man sie eilig dahinter.«

»Ein rascher Schluss war es immer, wenn sie keinen bessern Grund hatten, als weil sie nichts sahen.«

»Sehen Sie nun, lieber Freund, ich bescheide mich gern, nicht hinter diese Decke blicken zu wollen – und das Weiseste wird doch wohl sein, mich von aller Neugier zu entwöhnen. Aber indem ich diesen unüberschreitbaren Kreis um mich ziehe und mein ganzes Sein in die Schranken der Gegenwart einschließe, wird mir dieser kleine Fleck desto wichtiger, den ich schon über eiteln Eroberungsgedanken zu vernachlässigen in Gefahr war.

Das, was Sie den Zweck meines Daseins nennen, geht mich jetzt nichts mehr an. Ich kann mich ihm nicht entziehen, ich kann ihm nicht nachhelfen; ich weiß aber und glaube fest, dass ich einen solchen Zweck erfüllen muss und erfülle. Ich bin einem Boten gleich, der einen versiegelten Brief an den Ort seiner Bestimmung trägt. Was er enthält, kann ihm einerlei sein – er hat nichts als sein Botenlohn dabei zu verdienen.«

»O wie arm lassen Sie mich stehn!«

»Aber wohin haben wir uns verirret?« rief jetzt der Prinz aus, indem er lächelnd auf den Tisch sah, wo die Rollen lagen. »Und doch nicht so sehr verirret!« setzte er hinzu – »denn vielleicht werden Sie mich jetzt in dieser neuen Lebensart wieder finden. Auch ich konnte mich nicht so schnell von dem eingebildeten Reichtum entwöhnen, die Stützen meiner Moralität und meiner Glückseligkeit nicht so schnell von dem lieblichen Traume ablösen, mit welchem alles, was bis jetzt in mir gelebt hatte, so fest verschlungen war. Ich sehnte mich nach dem Leichtsinne, der das Dasein der mehresten Menschen um mich her erträglich macht. Alles, was mich mir selbst entführte, war mir willkommen. Soll ich es Ihnen gestehn? Ich wünschte zu *sinken,* um diese Quelle meines Leidens auch mit der Kraft dazu zu zerstören.«

Hier unterbrach uns ein Besuch – Künftig werde ich Sie von einer Neuigkeit unterhalten, die Sie wohl schwerlich auf ein Gespräch wie das heutige erwarten dürften. Leben Sie wohl.

Baron von F*** an den Grafen von O**

Fünfter Brief

1. Julius.

Da unser Abschied von Venedig nunmehr mit starken Schritten herannahet, so sollte diese Woche noch dazu angewandt werden, alles Sehenswürdige an Gemälden und Gebäuden noch nachzuholen, was man bei einem langen Aufenthalt immer verschiebt. Besonders hatte man uns mit vieler Bewunderung von der Hochzeit zu Kana des Paul Veronese gesprochen, die auf der Insel St.

Georg in einem dortigen Benediktinerkloster zu sehen ist. Erwarten Sie von mir keine Beschreibung dieses außerordentlichen Kunstwerks, das mir im Ganzen zwar einen sehr überraschenden, aber nicht sehr genussreichen Anblick gegeben hat. Wir hätten so viele Stunden als Minuten gebraucht, um eine Komposition von hundertundzwanzig Figuren zu umfassen, die über dreißig Fuß in der Breite hat. Welches menschliche Auge kann ein so zusammengesetztes Ganze erreichen und die ganze Schönheit, die der Künstler darin verschwendet hat, in *einem* Eindruck genießen! Schade ist es indessen, dass ein Werk von diesem Gehalte, das an einem öffentlichen Orte glänzen und von jedermann genossen werden sollte, keine bessere Bestimmung hat, als eine Anzahl Mönche in ihrem Refektorium zu vergnügen. Auch die Kirche dieses Klosters verdient nicht weniger gesehen zu werden. Sie ist eine der schönsten in dieser Stadt.

Gegen Abend ließen wir uns in die Giudecca überfahren, um dort in den reizenden Gärten einen schönen Abend zu verleben. Die Gesellschaft, die nicht sehr groß war, zerstreute sich bald, und mich zog Civitella, der schon den ganzen Tag über Gelegenheit gesucht hatte, mich zu sprechen, mit sich in eine Boskage.

»Sie sind der Freund des Prinzen«, fing er an, »vor dem er keine Geheimnisse zu haben pflegt, wie ich von sehr guter Hand weiß. Als ich heute in sein Hotel trat, kam ein Mann heraus, dessen Gewerbe mir bekannt ist – und auf des Prinzen Stirne standen Wolken, als ich zu ihm hereintrat.« – Ich wollte ihn unterbrechen – »Sie können es nicht leugnen«, fuhr er fort, »ich kannte meinen Mann, ich hab ihn sehr gut ins Herz gefasst – Und wär es möglich? Der Prinz hätte Freunde in Venedig, Freunde, die *ihm* mit Blut und Leben verpflichtet sind, und sollte dahin gebracht sein, in einem dringenden Falle sich solcher Kreaturen zu bedienen? Seien Sie aufrichtig, Baron! – Ist der Prinz in Verlegenheit? – Sie bemühen sich umsonst, es zu verbergen. Was ich von Ihnen nicht erfahre, ist mir bei meinem Manne gewiss, dem jedes Geheimnis feil ist.«

»Herr Marchese –«

»Verzeihen Sie. Ich muss indiskret scheinen, um nicht ein Undankbarer zu werden. Dem Prinzen dank ich Leben und, was mir weit über das Leben geht, einen vernünftigen Gebrauch des Lebens. Ich sollte den Prinzen Schritte tun sehen, die ihm kosten, die unter seiner Würde sind; es stände in meiner Macht, sie ihm zu ersparen, und ich sollte mich leidend dabei verhalten?«

»Der Prinz ist nicht in Verlegenheit«, sagte ich. »Einige Wechsel, die wir über Trient erwarteten, sind uns unvermutet ausgeblieben. Zufällig ohne Zweifel – oder weil man, in Ungewissheit wegen seiner Abreise, noch eine nähere Weisung von ihm erwartete. Dies ist nun geschehen, und bis dahin –«

Er schüttelte den Kopf. »Verkennen Sie meine Absicht nicht«, sagte er. »Es kann hier nicht davon die Rede sein, meine Verbindlichkeit gegen den Prinzen dadurch zu vermindern – würden alle Reichtümer meines Onkels dazu hinreichen? Die Rede ist davon, ihm einen einzigen unangenehmen Augenblick zu ersparen. Mein Oheim besitzt ein großes Vermögen, worüber ich so gut als über mein Eigentum disponieren kann. Ein glücklicher Zufall führt mir den einzigen möglichen Fall entgegen, dass dem Prinzen von allem, was in meiner Gewalt stehet, etwas nützlich werden kann. Ich weiß«, fuhr er fort, »was die Delikatesse dem Prinzen auflegt – aber sie ist auch gegenseitig – und es wäre großmütig von dem Prinzen gehandelt, mir diese kleine Genugtuung zu gönnen, geschäh es auch nur zum Scheine – um mir die Last von Verbindlichkeit, die mich niederdrückt, weniger fühlbar zu machen.«

Er ließ nicht nach, bis ich ihm versprochen hatte, mein Möglichstes dabei zu tun; ich kannte den Prinzen und hoffte darum wenig. Alle Bedingungen wollte er sich von dem Letztern gefallen lassen, wiewohl er gestand, dass es ihn empfindlich kränken würde, wenn ihn der Prinz auf dem Fuß eines Fremden behandelte.

Wir hatten uns in der Hitze des Gesprächs weit von der übrigen Gesellschaft verloren und waren eben auf dem Rückweg, als Z*** uns entgegenkam.

»Ich suche den Prinzen bei Ihnen – ist er nicht hier? –«

»Eben wollen wir zu ihm. Wir vermuteten, ihn bei der übrigen Gesellschaft zu finden –«

»Die Gesellschaft ist beisammen, aber er ist nirgends anzutreffen. Ich weiß gar nicht, wie er uns aus den Augen gekommen ist.«

Hier erinnerte sich Civitella, dass ihm vielleicht eingefallen sein könnte, die anstoßende Kirche zu besuchen, auf die er ihn kurz vorher sehr aufmerksam gemacht hatte. Wir machten uns sogleich auf den Weg, ihn dort aufzusuchen. Schon von weitem entdeckten wir Biondello, der am Eingang der Kirche wartete. Als wir näher kamen, trat der Prinz etwas hastig aus einer Seitentüre; sein Gesicht glühte, seine Augen suchten Biondello, den er herbeirief. Er schien ihm etwas sehr angelegentlich zu befehlen, wobei er immer die Augen auf die Türe richtete, die offen geblieben war. Biondello eilte schnell von ihm in die Kirche – der Prinz, ohne uns gewahr zu werden, drückte sich an uns vorbei, durch die Menge, und eilte zur Gesellschaft zurück, wo er noch vor uns anlangte.

Es wurde beschlossen, in einem offenen Pavillon dieses Gartens das Souper einzunehmen, wozu der Marchese ohne unser Wissen ein kleines Konzert veranstaltet hatte, das ganz auserlesen war. Besonders ließ sich eine junge Sängerin dabei hören, die uns alle durch ihre liebliche Stimme wie durch ihre reizende Figur entzückte. Auf den Prinzen schien nichts Eindruck zu machen; er sprach wenig und antwortete zerstreut, seine Augen waren unruhig nach der Gegend gekehrt, woher Biondello kommen musste; eine große Bewegung schien in seinem Innern vorzugehen. Civitella fragte, wie ihm die Kirche gefallen hätte; er wusste nichts davon zu sagen. Man sprach von einigen vorzüglichen Gemälden, die sie merkwürdig machten; er hatte keine Gemälde gesehen. Wir merkten, dass unsere Fragen ihn belästigten, und schwiegen. Eine Stunde verging nach der andern, und Biondello kam noch immer nicht. Des Prinzen Ungeduld stieg aufs höchste; er hob die Tafel frühzeitig auf und ging in einer abgelegenen Allee ganz allein mit starken Schritten auf und nieder. Niemand begriff, was ihm begegnet sein mochte. Ich wagte es nicht, ihn um die Ursache einer so seltsamen Veränderung zu befragen; es ist schon lange, dass ich mir die vorigen Vertraulichkeiten nicht mehr bei ihm herausnehme. Mit desto mehr Ungeduld erwartete ich Biondellos Zurückkunft, der mir dieses Rätsel aufklären sollte.

Es war nach zehn Uhr, als der wiederkam. Die Nachrichten, die er dem Prinzen mitbrachte, trugen nichts dazu bei, diesen gesprächiger zu machen. Missmutig trat er zur Gesellschaft, die Gondel wurde bestellt, und bald darauf fuhren wir nach Hause.

Den ganzen Abend konnte ich keine Gelegenheit finden, Biondello zu sprechen; ich musste mich also mit meiner unbefriedigten Neugierde schlafen legen. Der Prinz hatte uns frühzeitig entlassen; aber tausend Gedanken, die mir durch den Kopf gingen, erhielten mich munter. Lange hört ich ihn über meinem Schlafzimmer auf- und niedergehen; endlich überwältigte mich der Schlaf. Spät nach Mitternacht erweckte mich eine Stimme – eine Hand fuhr über mein Gesicht; wie ich aufsah, war es der Prinz, der, ein Licht in der Hand, vor meinem Bette stand. Er könne nicht einschlafen, sagte er und bat mich, ihm die Nacht verkürzen zu helfen. Ich wollte mich in meine Kleider werfen – er befahl mir zu bleiben, und setzte sich zu mir vor das Bette.

»Es ist mir heute etwas vorgekommen«, fing er an, »davon der Eindruck aus meinem Gemüte nie mehr verlöschen wird. Ich ging von Ihnen, wie Sie wissen, in die ***Kirche, worauf mich Civitella neugierig gemacht, und die schon von ferne meine Augen auf sich gezogen hatte. Weil weder Sie noch er mir gleich zur Hand waren, so machte ich die wenigen Schritte allein; Biondello ließ ich am Eingange auf mich warten. Die Kirche war ganz leer – eine schaurigkühle Dunkelheit umfing mich, als ich aus dem schwülen, blendenden Tageslicht hineintrat. Ich sah mich einsam in dem weiten Gewölbe, worin eine feierliche Grabstille herrschte. Ich stellte mich in die Mitte des Doms und überließ mich der ganzen Fülle dieses Eindrucks; allmählich traten die großen Verhältnisse dieses majestätischen Baues meinen Augen bemerkbarer hervor, ich verlor mich in ernster ergetzender Betrachtung. Die Abendglocke tönte über mir, ihr Ton verhallte sanft in diesem Gewölbe wie in meiner Seele. Einige Altarstücke hatten von weitem meine Aufmerksamkeit erweckt; ich trat näher, sie zu betrachten; unvermerkt hatte ich diese ganze Seite der Kirche bis zum entgegenstehenden Ende durchwandert. Hier lenkt man um einen Pfeiler einige Treppen hinauf in eine Nebenkapelle, worin mehrere kleinere Altäre und Statuen von Heiligen in Nischen angebracht stehen. Wie ich in die Kapelle zur Rechten hineintrete – höre ich nahe an mir ein zartes Wispern, wie wenn jemand leise spricht – ich wende mich nach dem Tone, und – zwei Schritte von mir fällt mir eine weibliche Gestalt in die Augen – – Nein! ich kann sie nicht nachschildern, diese Gestalt! – Schrecken war meine erste Empfindung, die aber bald dem süßesten Hinstaunen Platz machte.«

»Und diese Gestalt, gnädigster Herr – wissen Sie auch gewiss, dass sie etwas Lebendiges war, etwas Wirkliches, kein bloßes Gemälde, kein Gesicht Ihrer Phantasie?«

»Hören Sie weiter – Es war eine Dame – Nein! Ich hatte bis auf diesen Augenblick dies Geschlecht nie gesehen! – Alles war düster ringsherum, nur durch ein einziges Fenster fiel der untergehende Tag in die Kapelle, die Sonne war nirgends mehr als auf dieser Gestalt. Mit unaussprechlicher Anmut – halb knieend, halb liegend – war sie vor einem Altar hingegossen – der gewagteste, lieblichste, gelungenste Umriss, einzig und unnachahmlich, die schönste Linie in der Natur. Schwarz war ihr Gewand, das sich spannend um den reizendsten Leib, um die niedlichsten Arme schloss und in weiten Falten, wie eine spanische Robe, um sie breitete; ihr langes, lichtblondes Haar, in zwei breite Flechten geschlungen, die durch ihre Schwere losgegangen und unter dem Schleier hervorgedrungen waren, floss in reizender Unordnung weit über den Rücken hinab – eine Hand lag an dem Kruzifixe, und sanft hinsinkend ruhte sie auf der andern. Aber wo finde ich Worte, Ihnen das himmlisch schöne Angesicht zu beschreiben, wo eine Engelseele, wie auf ihrem Thronensitz, die ganze Fülle ihrer Reize ausbreitete? Die Abendsonne spielte darauf, und ihr luftiges Gold schien es mit einer künstlichen Glorie zu umgeben. Können Sie sich die Madonna unsers Florentiners zurückrufen? – Hier war sie ganz, ganz bis auf die unregelmäßigen Eigenheiten, die ich an jenem Bilde so anziehend, so unwiderstehlich fand.«

Mit der Madonna, von der der Prinz hier spricht, verhält es sich so. Kurz nachdem Sie abgereiset waren, lernte er einen florentinischen Maler hier kennen, der nach Venedig berufen worden war, um für eine Kirche, deren ich mich nicht mehr entsinne, ein Altarblatt zu malen. Er hatte drei andere Gemälde mitgebracht, die er für die Galerie im Cornarischen Palaste bestimmt hatte. Die Gemälde waren eine Madonna, eine Heloise und eine fast ganz unbekleidete Venus – alle drei von ausnehmender Schönheit und am Werte einander so gleich, dass es beinahe unmöglich war, sich für eines von den dreien ausschließend zu entscheiden. Nur der Prinz blieb nicht einen Augenblick unschlüssig; man hatte sie kaum vor ihm ausgestellt, als das Madonnastück seine ganze Aufmerksamkeit an sich zog; in den beiden übrigen wurde das Genie des Künstlers bewundert, bei diesem vergaß er den Künstler und seine Kunst, um ganz im Anschauen seines Werks zu leben. Er war ganz wunderbar davon gerührt; er konnte sich von dem Stücke kaum losreißen. Der Künstler, dem man wohl ansah, dass er das Urteil des Prinzen im Herzen bekräftigte, hatte den Eigensinn, die drei Stücke nicht trennen zu wollen, und forderte 1500 Zechinen für alle. Die Hälfte bot ihm der Prinz für dieses einzige an – der Künstler bestand auf seiner Bedingung, und wer weiß, was noch geschehen wäre, wenn sich nicht ein entschlossener Käufer gefunden hätte. Zwei Stunden darauf waren alle drei Stücke weg; wir haben sie nicht mehr gesehen. Dieses Gemälde kam dem Prinzen jetzt in Erinnerung.

»Ich stand«, fuhr er fort, »ich stand in ihrem Anblick verloren. Sie bemerkte mich nicht, sie ließ sich durch meine Dazwischenkunft nicht stören, so ganz war sie in ihrer Andacht vertieft. Sie betete zu ihrer Gottheit, und ich betete zu ihr – Ja, ich betete sie an – Alle diese Bilder der Heiligen, diese Altäre, diese brennenden Kerzen hatten mich nicht daran erinnert; jetzt zum ersten Mal ergriff michs, als ob ich in einem Heiligtum wäre. Soll ich es Ihnen gestehen? Ich glaubte in diesem Augenblick felsenfest an den, den ihre schöne Hand umfasst hielt. Ich las ja seine Antwort in ihren Augen. Dank ihrer reizenden Andacht! Sie machte mir ihn wirklich – ich folgte ihr nach durch alle seine Himmel.

Sie stand auf, und jetzt erst kam ich wieder zu mir selbst. Mit schüchterner Verwirrung wich ich auf die Seite, das Geräusch, das ich machte, entdeckte mich ihr. Die unvermutete Nähe eines Mannes musste sie überraschen, meine Dreistigkeit konnte sie beleidigen; keines von beiden war in dem Blicke, womit sie mich ansah. Ruhe, unaussprechliche Ruhe war darin, und ein gütiges Lächeln spielte um ihre Wangen. Sie kam aus ihrem Himmel – und ich war das erste glückliche Geschöpf, das sich ihrem Wohlwollen anbot. Sie schwebte noch auf der letzten Sprosse des Gebets – sie hatte die Erde noch nicht berührt.

In einer andern Ecke der Kapelle regte es sich nun auch. Eine ältliche Dame war es, die dicht hinter mir von einem Kirchstuhle aufstand. Ich hatte sie bis jetzt nicht wahrgenommen. Sie war nur wenige Schritte von mir, sie hatte alle meine Bewegungen gesehen. Dies bestürzte mich – ich schlug die Augen zu Boden, und man rauschte an mir vorüber.

Ich sahe sie den langen Kirchgang hinuntergehen. Die schöne Gestalt ist aufgerichtet – Welche liebliche Majestät! Welcher Adel im Gange! Das vorige Wesen ist es nicht mehr – neue Grazien – eine ganz neue Erscheinung. Langsam gehen sie hinab. Ich folge von weitem und schüchtern, ungewiss, ob ich es wagen soll, sie einzuholen? ob ich es nicht soll? – Wird sie mir keinen Blick mehr schenken? Schenkte sie mir einen Blick, da sie an mir vorüberging und ich die Augen nicht zu ihr aufschlagen konnte? – O wie marterte mich dieser Zweifel!

Sie stehen stille, und ich – kann keinen Fuß von der Stelle setzen. Die ältliche Dame, ihre Mutter, oder was sie ihr sonst war, bemerkt die Unordnung in den schönen Haaren und ist geschäftig, sie zu verbessern, indem sie ihr den Sonnenschirm zu halten gibt. O wie viel Unordnung wünschte ich diesen Haaren, wie viel Ungeschicklichkeit diesen Händen!

Die Toilette ist gemacht, und man nähert sich der Türe. Ich beschleunige meine Schritte – Eine Hälfte der Gestalt verschwindet – und wieder eine – nur noch der Schatten ihres zurückfliegenden Kleides – Sie ist weg – Nein, sie kommt wieder. Eine Blume entfiel ihr, sie bückt sich nieder, sie aufzuheben – sie sieht noch einmal zurück und – nach mir? – Wen sonst kann ihr Auge in diesen toten Mauern suchen? Also war ich ihr kein fremdes Wesen mehr – auch mich hat sie zurückgelassen, wie ihre Blume – Lieber F***, ich schäme mich, es Ihnen zu sagen, wie kindisch ich diesen Blick auslegte, der – vielleicht nicht einmal mein war!«

Über das Letzte glaubte ich den Prinzen beruhigen zu können.

»Sonderbar«, fuhr der Prinz nach einem tiefen Stillschweigen fort, »kann man etwas nie gekannt, nie vermisst haben und einige Augenblicke später nur in diesem einzigen leben? Kann ein einziger Moment den Menschen in zwei so ungleichartige Wesen zer trennen? Es wäre mir ebenso unmöglich, zu den Freuden und Wünschen des gestrigen Morgens als zu den Spielen meiner Kindheit zurückzukehren, seit ich *das* sah, seitdem dieses Bild hier wohnet – dieses lebendige, mächtige Gefühl in mir: Du kannst nichts mehr lieben als *das,* und in dieser Welt wird nichts anders mehr auf dich wirken.«

»Denken Sie nach, gnädigster Herr, in welcher reizbaren Stimmung Sie waren, als diese Erscheinung Sie überraschte, und wie vieles zusammenkam, Ihre Einbildungskraft zu spannen. Aus dem hellen blendenden Tageslicht, aus dem Gewühle der Straße plötzlich in diese stille Dunkelheit versetzt – ganz den Empfindungen hingegeben, die, wie Sie selbst gestehen, die Stille, die Majestät dieses Orts in Ihnen rege machte – durch Betrachtung schöner Kunstwerke für Schönheit überhaupt empfänglicher gemacht – zugleich allein und einsam Ihrer Meinung nach – und nun auf einmal – in der Nähe – von einer Mädchengestalt überrascht, wo Sie sich keines Zeugen versahen – von einer Schönheit, wie ich Ihnen gerne zugebe, die durch eine vorteilhafte Beleuchtung, eine glückliche Stellung, einen Ausdruck begeisterter Andacht noch mehr erhoben ward – was war natürlicher, als dass Ihre entzündete Phantasie sich etwas Idealisches, etwas überirdisch Vollkommenes daraus zusammensetzte?«

»Kann die Phantasie etwas geben, was sie nie empfangen hat? – und im ganzen Gebiete meiner Darstellung ist nichts, was ich mit diesem Bilde zusammenstellen könnte. Ganz und unverändert, wie im Augenblicke des Schauens, liegt es in meiner Erinnerung; ich habe nichts als dieses Bild – aber Sie könnten mir eine Welt dafür bieten!«

»Gnädigster Prinz, das ist Liebe.«

»Muss es denn notwendig ein Name sein, unter welchem ich glücklich bin? Liebe! – Erniedrigen Sie meine Empfindung nicht mit einem Namen, den tausend schwache Seelen missbrauchen! Welcher andere hat gefühlt, was ich fühle? Ein solches Wesen war noch nicht vorhanden, wie kann der Name früher da sein als die Empfindung? Es ist ein neues, einziges Gefühl, neu entstanden mit diesem neuen einzigen Wesen, und für dieses Wesen nur möglich! – Liebe! Vor der Liebe bin ich sicher!«

»Sie verschickten Biondello – ohne Zweifel, um die Spur Ihrer Unbekannten zu verfolgen, um Erkundigungen von ihr einzuziehen? Was für Nachrichten brachte er Ihnen zurück?«

»Biondello hat nichts entdeckt – so viel als gar nichts. Er fand sie noch an der Kirchtüre. Ein bejahrter, anständig gekleideter Mann, der eher einem hiesigen Bürger als einem Bedienten gleich sah, erschien, sie nach der Gondel zu begleiten. Eine Anzahl Armer stellte sich in Reihen, wie sie vorüberging, und verließ sie mit sehr vergnügter Miene. Bei dieser Gelegenheit, sagt Biondello, wurde eine Hand sichtbar, woran einige kostbare Steine blitzten. Mit ihrer Begleiterin sprach sie einiges, das Biondello nicht verstand; er behauptet, es sei Griechisch gewesen. Da sie eine ziemliche Strecke nach dem Kanal zu gehen hatten, so fing schon etwas Volk an, sich zu sammeln; das Außerordentliche des Anblicks brachte alle Vorübergehende zum Stehen. Niemand kannte sie – Aber die Schönheit ist eine geborne Königin. Alles machte ihr ehrerbietig Platz. Sie ließ einen schwarzen Schleier über das Gesicht fallen, der das halbe Gewand bedeckte, und eilte in die Gondel. Längs dem ganzen Kanal der Giudecca behielt Biondello das Fahrzeug im Gesicht, aber es weiter zu verfolgen, hinderte ihn das Gedränge.«

»Aber den Gondolier hat er sich doch gemerkt, um diesen wenigstens wiederzuerkennen?«

»Den Gondolier getraut er sich ausfündig zu machen; doch ist es keiner von denen, mit denen er Verkehr hat. Die Armen, die er ausfragte, konnten ihm weiter keinen Bescheid geben, als dass Signora sich schon seit einigen Wochen und immer sonnabends hier zeige und noch allemal ein Goldstück unter sie verteilt habe. Es war ein holländischer Dukaten, den er eingewechselt und mir überbracht hat.«

»Eine Griechin also, und von Stande, wie es scheint, von Vermögen wenigstens, und wohltätig. Das wäre fürs erste genug, gnädigster Herr – genug und fast zu viel! Aber eine Griechin und in einer katholischen Kirche!«

»Warum nicht! Sie kann ihren Glauben verlassen haben. Überdies – etwas Geheimnisvolles ist es immer. – Warum die Woche nur einmal? Warum nur sonnabends in dieser Kirche, wo diese gewöhnlich verlassen sein soll, wie mir Biondello sagt? – Spätestens der kommende Sonnabend muss dies entscheiden. Aber bis dahin, lieber Freund, helfen Sie mir, diese Kluft von Zeit überspringen! Aber umsonst! Tage und Stunden gehen ihren gelassenen Schritt, und mein Verlangen hat Flügel.«

»Und wenn dieser Tag nun erscheint – was dann, gnädigster Herr? Was soll dann geschehen?«

»Was geschehen soll? – Ich werde sie sehen. Ich werde ihren Aufenthalt erforschen. Ich werde erfahren, wer sie ist. – Wer sie ist? – Was kann mich dieses bekümmern? Was *ich sah,* machte mich glücklich, also weiß ich ja schon alles, was mich glücklich machen kann!«

»Und unsere Abreise aus Venedig, die auf den Anfang kommenden Monats festgesetzt ist?«

»Konnte ich im Voraus wissen, dass Venedig noch einen solchen Schatz für mich einschließe? – Sie fragen mich aus meinem gestrigen Leben. Ich sage Ihnen, dass ich nur von heute an bin und sein will.«

Jetzt glaubte ich, die Gelegenheit gefunden zu haben, dem Marchese Wort zu halten. Ich machte dem Prinzen begreiflich, dass sein längeres Bleiben in Venedig mit dem geschwächten Zustande seiner Kasse durchaus nicht bestehen könne, und dass, im Fall er seinen Aufenthalt über den zugestandenen Termin verlängerte, auch von seinem Hofe nicht sehr auf Unterstützung würde zu rechnen sein. Bei dieser Gelegenheit erfuhr ich, was mir bis jetzt ein Geheimnis gewesen, dass ihm von seiner Schwester, der regierenden *** von ***, ausschließend vor seinen übrigen Brüdern und heimlich, ansehnliche Zuschüsse bezahlt werden, die sie gerne bereit sei zu verdoppeln, wenn sein Hof ihn im Stiche ließe. Diese Schwester, eine fromme Schwärmerin, wie Sie wissen, glaubt die großen Ersparnisse, die sie bei einem sehr eingeschränkten Hofe macht, nirgends besser aufgehoben als bei einem Bruder, dessen weise Wohltätigkeit sie kennt und den sie enthusiastisch verehrt. Ich wusste zwar schon längst, dass zwischen beiden ein sehr genaues Verhältnis stattfindet, auch viele Briefe gewechselt werden; aber weil sich der bisherige Aufwand des Prinzen aus den bekannten Quellen hinlänglich bestreiten ließ, so war ich auf diese verborgene Hülfsquelle nie gefallen. Es ist also klar, dass der Prinz Ausgaben gehabt hat, die mir ein Geheimnis waren und es noch jetzt sind; und wenn ich aus seinem übrigen Charakter schließen darf, so sind es gewiss keine andere, als die ihm zur Ehre gereichen. Und ich konnte mir einbilden, ihn ergründet zu haben? – Umso weniger glaubte ich nach dieser Entdeckung anstehen zu dürfen, ihm das Anerbieten des Marchese zu offenbaren – welches zu meiner nicht geringen Verwunderung ohne alle Schwierigkeit angenommen wurde. Er gab mir Vollmacht, diese Sache mit dem Marchese auf die Art, welche ich für die beste hielt, abzutun und dann sogleich mit dem Wucherer aufzuheben. An seine Schwester sollte unverzüglich geschrieben werden.

Es war Morgen, als wir auseinandergingen. So unangenehm mir dieser Vorfall aus mehr als einer Ursache ist und sein muss, so ist doch das Allerverdrüßlichste daran, dass er unsern Aufenthalt in Venedig zu verlängern droht. Von dieser anfangenden Leidenschaft erwarte ich viel mehr Gutes als Schlimmes. Sie ist vielleicht das kräftigste Mittel, den Prinzen von seinen metaphysischen Träumereien wieder zur ordinären Menschheit herabzuziehen: sie wird, hoffe ich, die gewöhnliche Krise haben und, wie eine künstliche Krankheit, auch die alte mit sich hinwegnehmen.

Leben Sie wohl, liebster Freund. Ich habe Ihnen alles dies nach frischer Tat hingeschrieben. Die Post geht sogleich; Sie werden diesen Brief mit dem vorhergehenden an *einem* Tage erhalten.

Baron von F*** an den Grafen von O**

Sechster Brief

20. Julius.

Dieser Civitella ist doch der dienstfertigste Mensch von der Welt. Der Prinz hatte mich neulich kaum verlassen, als schon ein Billet von dem Marchese erschien, worin mir die Sache aufs dringendste empfohlen wurde. Ich schickte ihm sogleich eine Verschreibung in des Prinzen Namen auf 6000 Zechinen; in weniger als einer halben Stunde folgte sie zurück nebst der doppelten Summe, in Wechseln sowohl als barem Gelde. In diese Erhöhung der Summe willigte endlich auch der Prinz; die Verschreibung aber, die nur auf sechs Wochen gestellt war, musste angenommen werden.

Diese ganze Woche ging in Erkundigungen nach der geheimnisvollen Griechin hin. Biondello setzte alle seine Maschinen in Bewegung, bis jetzt aber war alles vergeblich. Den Gondolier machte er zwar ausfündig; aus diesem war aber nichts weiter herauszubringen, als dass er beide Damen auf der Insel Murano ausgesetzt habe, wo zwei Sänften auf sie gewartet hätten, in die sie gestiegen seien. Er machte sie zu Engländerinnen, weil sie eine fremde Sprache gesprochen und ihn mit Gold bezahlt hätten. Auch ihren Begleiter kenne er nicht; er komme ihm vor wie ein Spiegelfabrikant aus Murano. Nun wussten wir wenigstens, dass wir sie nicht in der Giudecca zu suchen hätten und dass sie aller Wahrscheinlichkeit nach auf der Insel Murano zu Hause sei; aber das Unglück war, dass die Beschreibung, welche der Prinz von ihr machte, schlechterdings nicht dazu taugte, sie einem Dritten kenntlich zu machen. Gerade die leidenschaftliche Aufmerksamkeit, womit er ihren Anblick gleichsam verschlang, hatte ihn gehindert, sie zu *sehen*; für alles das, worauf andere Menschen ihr Augenmerk vorzüglich würden gerichtet haben, war er ganz blind gewesen; nach seiner Schilderung war man eher versucht, sie im Ariost oder Tasso als auf einer venezianischen Insel zu suchen. Außerdem musste diese Nachfrage mit größter Vorsicht geschehen, um kein anstößiges Aufsehen zu erregen. Weil Biondello außer dem Prinzen der Einzige war, der sie, durch den Schleier wenigstens, gesehen hatte und also wieder erkennen konnte, so suchte er, wo möglich an allen Orten, wo sie vermutet werden konnte, zu gleicher Zeit zu sein; das Leben des armen Menschen war diese ganze Woche über nichts als ein beständiges Rennen durch alle Straßen von Venedig. In der griechischen Kirche besonders wurde keine Nachforschung gespart, aber alles mit gleich schlechtem Erfolge; und der Prinz, dessen Ungeduld mit jeder fehlgeschlagenen Erwartung stieg, musste sich endlich doch noch auf den nächsten Sonnabend vertrösten.

Seine Unruhe war schrecklich. Nichts zerstreute ihn, nichts vermochte ihn zu fesseln. Sein ganzes Wesen war in fieberischer Bewegung, für alle Gesellschaft war er verloren, und das Übel wuchs in der Einsamkeit. Nun wurde er gerade nie mehr von Besuchen belagert als eben in dieser Woche. Sein naher Abschied war angekündigt, alles drängte sich herbei. Man musste diese Menschen beschäftigen, um ihre argwöhnische Aufmerksamkeit von ihm abzuziehen; man musste *ihn* beschäftigen, um seinen

Geist zu zerstreuen. In diesem Bedrängnis verfiel Civitella auf das Spiel, und um die Menge wenigstens zu entfernen, sollte hoch gespielt werden. Zugleich hoffte er, bei dem Prinzen einen vorübergehenden Geschmack an dem Spiele zu erwecken, der diesen romanhaften Schwung seiner Leidenschaften bald ersticken, und den man immer in der Gewalt haben würde, ihm wieder zu benehmen. »Die Karten«, sagte Civitella, »haben mich vor mancher Torheit bewahrt, die ich im Begriff war zu begehen, manche wiedergutgemacht, die schon begangen war. Die Ruhe, die Vernunft, um die mich ein Paar schöne Augen brachten, habe ich oft am Pharotisch wiedergefunden, und nie hatten die Weiber mehr Gewalt über mich, als wenn mirs an Geld gebrach, um zu spielen.«

Ich lasse dahingestellt sein, inwieweit Civitella recht hatte – aber das Mittel, worauf wir gefallen waren, fing bald an, noch gefährlicher zu werden als das Übel, dem es abhelfen sollte. Der Prinz, der dem Spiel nur allein durch hohes Wagen einen flüchtigen Reiz zu geben wusste, fand bald keine Grenzen mehr darin. Er war einmal aus seiner Ordnung. Alles, was er tat, nahm eine leidenschaftliche Gestalt an; alles geschah mit der ungeduldigen Heftigkeit, die jetzt in ihm herrschte. Sie kennen seine Gleichgültigkeit gegen das Geld; hier wurde sie zur gänzlichen Unempfindlichkeit. Goldstücke zerrannen wie Wassertropfen in seinen Händen. Er verlor fast ununterbrochen, weil er ganz und gar ohne Aufmerksamkeit spielte. Er verlor ungeheure Summen, weil er wie ein verzweifelter Spieler wagte. – Liebster O**, mit Herzklopfen schreib ich es nieder – in vier Tagen waren die zwölftausend Zechinen – und noch darüber verloren.

Machen Sie mir keine Vorwürfe. Ich klage mich selbst genug an. Aber konnt ich es hindern? Hörte mich der Prinz? Konnte ich etwas anders, als ihm Vorstellung tun? Ich tat, was in meinem Vermögen stand. Ich kann mich nicht schuldig finden.

Auch Civitella verlor beträchtlich; ich gewann gegen sechshundert Zechinen. Das beispiellose Unglück des Prinzen machte Aufsehen; umso weniger konnte er jetzt das Spiel verlassen. Civitella, dem man die Freude ansieht, ihn zu verbinden, streckte ihm sogleich die Summe vor. Die Lücke ist zugestopft; aber der Prinz ist dem Marchese 24 000 Zechinen schuldig. O wie sehne ich mich nach dem Spargelde der frommen Schwester! – Sind alle Fürsten so, liebster Freund? Der Prinz beträgt sich nicht anders, als wenn er dem Marchese noch eine große Ehre erwiesen hätte, und dieser – spielt seine Rolle wenigstens gut.

Civitella suchte mich damit zu beruhigen, dass gerade diese Übertreibung, dieses außerordentliche Unglück das kräftigste Mittel sei, den Prinzen wieder zur Vernunft zu bringen. Mit dem Gelde habe es keine Not. Er selbst fühle diese Lücke gar nicht und stehe dem Prinzen jeden Augenblick mit noch dreimal so viel zu Diensten. Auch der Kardinal gab mir die Versicherung, dass die Gesinnung seines Neffen aufrichtig sei und dass er selbst bereit stehe, für ihn zu gewähren.

Das Traurigste war, dass diese ungeheuern Aufopferungen ihre Wirkung nicht einmal erreichten. Man sollte meinen, der Prinz habe wenigstens mit Teilnehmung gespielt. Nichts weniger. Seine Gedanken waren weit weg, und die Leidenschaft, die wir unterdrücken wollten, schien von seinem Unglück im Spiele nur mehr Nahrung zu erhalten. Wenn ein entscheidender Streich geschehen sollte und alles sich voll Erwartung um seinen Spieltisch herum drängte, suchten seine Augen Biondello, um ihm die Neuigkeit, die er etwa mitbrächte, von dem Angesicht zu stehlen. Biondello brachte immer nichts – und das Blatt verlor immer.

Das Geld kam übrigens in sehr bedürftige Hände. Einige Exzellenza, die, wie die böse Welt ihnen nachsagt, ihr frugales Mittagsmahl in der Senatormütze selbst von dem Markte nach Hause tragen, traten als Bettler in unser Haus und verließen es als wohlhabende Leute. Civitella zeigte sie mir. »Sehen Sie«, sagte er, »wie vielen armen Teufeln es zugutekommt, dass es einem gescheuten Kopf einfällt, nicht bei sich selbst zu sein! Aber das gefällt mir. Das ist fürstlich und königlich! Ein großer Mensch muss auch in seinen Verirrungen noch Glückliche machen und wie ein übertretender Strom die benachbarten Felder befruchten.«

Civitella denkt brav und edel – aber der Prinz ist ihm 24000 Zechinen schuldig!

Der so sehnlich erwartete Sonnabend erschien endlich, und mein Herr ließ sich nicht abhalten, sich gleich nach Mittag in der ***Kirche einzufinden. Der Platz wurde in eben der Kapelle genommen, wo er seine Unbekannte das erste Mal gesehen hatte, doch so, dass er ihr nicht sogleich in die Augen fallen konnte. Biondello hatte Befehl, an der Kirchtüre Wache zu stehen und dort mit dem Begleiter der Dame Bekanntschaft anzuknüpfen. Ich hatte auf mich genommen, als ein unverdächtiger Vorübergehender bei der Rückfahrt in derselben Gondel Platz zu nehmen, um die Spur der Unbekannten weiter zu verfolgen, wenn das Übrige misslingen sollte. An demselben Orte, wo sie sich nach des Gondoliers Aussage das vorige Mal hatte aussetzen lassen, wurden zwei Sänften gemietet; zum Überfluss hieß der Prinz noch den Kammerjunker von Z*** in einer besondern Gondel nachfolgen. Der Prinz selbst wollte ganz ihrem Anblick leben und, wenn es anginge, sein Glück in der Kirche versuchen. Civitella blieb ganz weg, weil er bei dem Frauenzimmer in Venedig in zu üblem Rufe steht, um durch seine Einmischung die Dame nicht misstrauisch zu machen. Sie sehen, liebster Graf, dass es an unsern Anstalten nicht lag, wenn die schöne Unbekannte uns entging.

Nie sind wohl in einer Kirche wärmere Wünsche getan worden als in dieser, und nie wurden sie grausamer getäuscht. Bis nach Sonnenuntergang harrte der Prinz aus, von jedem Geräusche, das seiner Kapelle nahe kam, von jedem Knarren der Kirchtüre in Erwartung gesetzt – sieben volle Stunden – und keine Griechin. Ich sage Ihnen nichts von seiner Gemütslage. Sie wissen, was eine fehlgeschlagene Hoffnung ist – und eine Hoffnung, von der man sieben Tage und sieben Nächte fast einzig gelebt hat.

Baron von F*** an den Grafen von O**

Siebenter Brief

Julius.

Die geheimnisvolle Unbekannte des Prinzen erinnerte den Marchese Civitella an eine romantische Erscheinung, die ihm selbst vor einiger Zeit vorgekommen war, und um den Prinzen zu zerstreuen, ließ er sich bereit finden, sie uns mitzuteilen. Ich erzähle sie Ihnen mit seinen eignen Worten. Aber der muntre Geist, womit er alles, was er spricht, zu beleben weiß, geht freilich in meinem Vortrage verloren.

»Voriges Frühjahr«, erzählte Civitella, »hatte ich das Unglück, den spanischen Ambassadeur gegen mich aufzubringen, der in seinem siebenzigsten Jahr die Torheit begangen hatte, eine achtzehnjährige Römerin für sich allein heiraten zu wollen. Seine Rache verfolgte mich, und meine Freunde rieten mir an, mich durch eine zeitige Flucht den Wirkungen derselben zu entziehen, bis mich entweder die Hand der Natur oder eine gütliche Beilegung von diesem gefährlichen Feind befreit haben würden. Weil es mir aber doch zu schwer fiel, Venedig ganz zu entsagen, so nahm ich meinen Aufenthalt in einem entlegenen Quartier von *Murano,* wo ich unter einem fremden Namen ein einsames Haus bewohnte, den Tag über mich verborgen hielt und die Nacht meinen Freunden und dem Vergnügen lebte.

Meine Fenster wiesen auf einen Garten, der von der Abendseite an die Ringmauer eines Klosters stieß, gegen Morgen aber wie eine kleine Halbinsel in die Laguna hineinlag. Der Garten hatte die reizendste Anlage, ward aber wenig besucht. Des Morgens, wenn mich meine Freunde verließen, hatte ich die Gewohnheit, ehe ich mich schlafen legte, noch einige Augenblicke am Fenster zuzubringen, die Sonne über dem Golf aufsteigen zu sehen und ihr dann gute Nacht zu sagen. Wenn Sie sich diese Lust noch nicht gemacht haben, gnädigster Prinz, so empfehle ich Ihnen diesen Standort, den ausgesuchtesten vielleicht in ganz Venedig, diese herrliche Erscheinung zu genießen. Eine purpurne

Nacht liegt über der Tiefe, und ein goldener Rauch verkündigt sie von fern am Saum der Laguna. Erwartungsvoll ruhen Himmel und Meer. Zwei Winke, so steht sie da, ganz und vollkommen, und alle Wellen brennen – es ist ein entzückendes Schauspiel!

Eines Morgens, als ich mich nach Gewohnheit der Lust dieses Anblicks überlasse, entdecke ich auf einmal, dass ich nicht der einzige Zeuge desselben bin. Ich glaube, Menschenstimmen im Garten zu vernehmen, und als ich mich nach dem Schall wende, nehme ich eine Gondel wahr, die an der Wasserseite landet. Wenige Augenblicke, so sehe ich Menschen im Garten hervorkommen und mit langsamen Schritten, Spaziergehenden gleich, die Allee heraufwandeln. Ich erkenne, dass es eine Mannsperson und ein Frauenzimmer ist, die einen kleinen Neger bei sich haben. Das Frauenzimmer ist weiß gekleidet, und ein Brillant spielt an ihrem Finger; mehr lässt mich die Dämmerung noch nicht unterscheiden.

Meine Neugier wird rege. Ganz gewiss ein Rendezvous und ein liebendes Paar – aber an diesem Ort und zu einer so ganz ungewöhnlichen Stunde! – denn kaum war es drei Uhr, und alles lag noch in trübe Dämmerung verschleiert. Der Einfall schien mir neu und zu einem Roman die Anlage gemacht. Ich wollte das Ende erwarten.

In den Laubgewölben des Gartens verlier ich sie bald aus dem Gesicht, und es wird lange, bis sie wieder erscheinen. Ein angenehmer Gesang erfüllt unterdessen die Gegend. Er kam von dem Gondolier, der sich auf diese Weise die Zeit in seiner Gondel verkürzte und dem von einem Kameraden aus der Nachbarschaft geantwortet wurde. Es waren Stanzen aus dem Tasso; Zeit und Ort stimmten harmonisch dazu, und die Melodie verklang lieblich in der allgemeinen Stille.

Mittlerweile war der Tag angebrochen, und die Gegenstände ließen sich deutlicher erkennen. Ich suche meine Leute. Hand in Hand gehen sie jetzt eine breite Allee hinauf und bleiben öfters stehen, aber sie haben den Rücken gegen mich gekehrt, und ihr

Weg entfernt sie von meiner Wohnung. Der Anstand ihres Ganges lässt mich auf einen vornehmen Stand, und ein edler engelschöner Wuchs auf eine ungewöhnliche Schönheit schließen. Sie sprachen wenig, wie mir schien, die Dame jedoch mehr als ihr Begleiter. An dem Schauspiel des Sonnenaufgangs, das sich jetzt eben in höchster Pracht über ihnen verbreitete, schienen sie gar keinen Anteil zu nehmen.

Indem ich meinen Tubus herbeihole und richte, um mir diese sonderbare Erscheinung so nahe zu bringen als möglich, verschwinden sie plötzlich wieder in einem Seitenweg, und eine lange Zeit vergeht, ehe ich sie wieder erblicke. Die Sonne ist nun ganz aufgegangen, sie kommen dicht unter mir vor und sehen mir gerade entgegen. – – – Welche himmlische Gestalt erblicke ich! – War es das Spiel meiner Einbildung, war es die Magie der Beleuchtung? Ich glaubte, ein überirdisches Wesen zu sehen, und mein Auge floh zurück, geschlagen von dem blendenden Licht. – So viel Anmut bei so viel Majestät! So viel Geist und Adel bei so viel blühender Jugend! – Umsonst versuch ich, es Ihnen zu beschreiben. Ich kannte keine Schönheit vor diesem Augenblick.

Das Interesse des Gesprächs verweilt sie in meiner Nähe, und ich habe volle Muße, mich in dem wundervollen Anblick zu verlieren. Kaum aber sind meine Blicke auf ihren Begleiter gefallen, so ist selbst diese Schönheit nicht mehr imstande, sie zurückzurufen. Er schien mir ein Mann zu sein in seinen besten Jahren, etwas hager und von großer edler Statur – aber von keiner Menschenstirne strahlte mir noch so viel Geist, so viel Hohes, so viel Göttliches entgegen. Ich selbst, obgleich vor aller Entdeckung gesichert, vermochte es nicht, dem durchbohrenden Blick standzuhalten, der unter den finstern Augenbraunen blitzewerfend hervorschoss. Um seine Augen lag eine stille rührende Traurigkeit, und ein Zug des Wohlwollens um die Lippen milderte den trüben Ernst, der das ganze Gesicht überschattete. Aber ein gewisser Schnitt des Gesichts, der nicht europäisch war, verbunden mit einer Kleidung, die aus den verschiedensten Trachten, aber mit einem Geschmacke, den niemand ihm nachahmen wird, kühn und glücklich gewählt war, gaben ihm eine Miene von Sonderbarkeit, die den außerordentlichen Eindruck seines ganzen Wesens nicht wenig erhöhte. Etwas Irres in seinem Blicke konnte einen Schwärmer vermuten lassen, aber Gebärden und äußrer Anstand verkündigten einen Mann, den die Welt ausgebildet hat.«

Z***, der, wie Sie wissen, alles heraussagen muss, was er denkt, konnte hier nicht länger an sich halten. »Unser Armenier!« rief er aus. »Unser ganzer Armenier, niemand anders!«

»Was für ein Armenier, wenn man fragen darf?« sagte Civitella.

»Hat man Ihnen die Farce noch nicht erzählt?« sagte der Prinz. »Aber keine Unterbrechung! Ich fange an, mich für Ihren Mann zu interessieren. Fahren Sie fort in Ihrer Erzählung.«

»Etwas Unbegreifliches war in seinem Betragen. Seine Blicke ruhten mit Bedeutung, mit Leidenschaft auf ihr, wenn sie wegsah, und sie fielen zu Boden, wenn sie auf die ihrigen trafen. Ist dieser Mensch von Sinnen? dachte ich. Eine Ewigkeit wollt ich stehen und nichts anders betrachten.

Das Gebüsche raubte sie mir wieder. Ich wartete lange, lange, sie wieder hervorkommen zu sehen, aber vergebens. Aus einem andern Fenster endlich entdeck ich sie aufs neue.

Vor einem Bassin standen sie, in einer gewissen Entfernung voneinander, beide in tiefes Schweigen verloren. Sie mochten schon ziemlich lange in dieser Stellung gestanden haben. Ihr offnes seelenvolles Auge ruhte forschend auf ihm und schien jeden aufkeimenden Gedanken von seiner Stirne zu nehmen. Er, als ob er nicht Mut genug in sich fühlte, es aus der ersten Hand zu empfangen, suchte verstohlen *ihr* Bild in der spiegelnden Flut, oder blickte starr auf den Delphin, der das Wasser in das Becken spritzte. Wer weiß, wie lange dieses stumme Spiel noch gedauert haben würde, wenn die Dame es hätte aushalten können? Mit der liebenswürdigsten Holdseligkeit ging das schöne Geschöpf auf ihn zu, fasste, den Arm um seinen Nacken flechtend, eine seiner Hände und führte sie zum Munde. Gelassen ließ der kalte Mensch es geschehen, und ihre Liebkosung blieb unerwidert.

Aber es war etwas an diesem Auftritt, was mich rührte. Der Mann war es, was mich rührte. Ein heftiger Affekt schien in seiner Brust zu arbeiten, eine unwiderstehliche Gewalt ihn zu ihr hinzuziehen, ein verborgener Arm ihn zurückzureißen. Still, aber schmerzhaft war dieser Kampf; und die Gefahr so schön an seiner Seite. Nein, dachte ich, er unternimmt zu viel. Er wird, er muss unterliegen.

Auf einen heimlichen Wink von ihm verschwindet der kleine Neger. Ich erwarte nun einen Auftritt von empfindsamer Art, eine knieende Abbitte, eine mit tausend Küssen besiegelte Versöhnung. Nichts von dem allen. Der unbegreifliche Mensch nimmt aus einem Portefeuille ein versiegeltes Paket und gibt es in die Hände der Dame. Trauer überzieht ihr Gesicht, da sie es ansieht, und eine Träne schimmert in ihrem Auge.

Nach einem kurzen Stillschweigen brechen sie auf. Aus einer Seitenallee tritt eine bejahrte Dame zu ihnen, die sich die ganze Zeit über entfernt gehalten hatte und die ich jetzt erst entdecke. Langsam gehen sie hinab, beide Frauenzimmer in Gespräch miteinander, währenddessen er die Gelegenheit wahrnimmt, unvermerkt hinter ihnen zurückzubleiben. Unschlüssig und mit starrem Blick nach ihr hingewendet, steht er und geht und steht wieder. Auf einmal ist er weg im Gebüsche.

Vorn sieht man sich endlich um. Man scheint unruhig, ihn nicht mehr zu finden, und steht stille, wie es scheint, ihn zu erwarten. Er kommt nicht. Die Blicke irren ängstlich umher, die Schritte verdoppeln sich. Meine Augen helfen den ganzen Garten durchsuchen. Er bleibt aus. Er ist nirgends.

Auf einmal hör ich am Kanal etwas rauschen, und eine Gondel stößt vom Ufer. Er ists, und mit Mühe enthalt ich mich, es ihr zuzuschreien. Jetzt also wars am Tage – Es war eine Abschiedsszene.

Sie schien zu *ahnden,* was ich *wusste.* Schneller, als die andre ihr folgen kann, eilt sie nach dem Ufer. Zu spät. Pfeilschnell fliegt die Gondel dahin, und nur ein weißes Tuch flattert noch fern in den Lüften. Bald darauf seh ich auch die Frauenzimmer überfahren.

Als ich von einem kurzen Schlummer erwachte, musste ich über meine Verblendung lachen. Meine Phantasie hatte diese Begebenheit im Traum fortgesetzt, und nun wurde mir auch die Wahrheit zum Traume. Ein Mädchen, reizend wie eine Houri, die vor Tagesanbruch in einem abgelegenen Garten vor meinem Fenster mit ihrem Liebhaber lustwandelt, ein Liebhaber, der von einer solchen Stunde keinen bessern Gebrauch zu machen weiß, dies schien mir eine Komposition zu sein, welche höchstens die Phantasie eines Träumenden wagen und entschuldigen konnte. Aber der Traum war zu schön gewesen, um ihn nicht so oft als möglich zu erneuern, und auch der Garten war mir jetzt lieber geworden, seitdem ihn meine Phantasie mit so reizenden Gestalten bevölkert hatte. Einige unfreundliche Tage, die auf diesen Morgen folgten, verscheuchten mich von dem Fenster, aber der erste heitre Abend zog mich unwillkürlich dahin. Urteilen Sie von meinem Erstaunen, als mir nach kurzem Suchen das weiße Gewand meiner Unbekannten entgegenschimmerte. Sie war es selbst. Sie war wirklich. Ich hatte nicht bloß geträumt.

Die vorige Matrone war bei ihr, die einen kleinen Knaben führte; sie selbst aber ging in sich gekehrt und seitwärts. Alle Plätze wurden besucht, die ihr noch vom vorigen Male her durch ihren Begleiter merkwürdig waren. Besonders lange verweilte sie an dem Bassin, und ihr starr hingeheftetes Auge schien das geliebte Bild vergebens zu suchen.

Hatte mich diese hohe Schönheit das erste Mal hingerissen, so wirkte sie heute mit einer sanftern Gewalt auf mich, die nicht weniger stark war. Ich hatte jetzt vollkommene Freiheit, das himmlische Bild zu betrachten; das Erstaunen des ersten Anblicks machte unvermerkt einer süßen Empfindung Platz. Die Glorie um sie verschwindet, und ich sehe in ihr nichts mehr als das schönste aller Weiber, das meine Sinne in Glut setzt. In diesem Augenblick ist es beschlossen. Sie muss mein sein.

Indem ich bei mir selbst überlege, ob ich hinuntergehe und

mich ihr nähere, oder, eh ich dieses wage, erst Erkundigungen von ihr einziehe, öffnet sich eine kleine Pforte an der Klostermauer, und ein Karmelitermönch tritt aus derselben. Auf das Geräusch, das er macht, verlässt die Dame ihren Platz, und ich sehe sie mit lebhaften Schritten auf ihn zugehen. Er zieht ein Papier aus dem Busen, wornach sie begierig hascht, und eine lebhafte Freude scheint in ihr Angesicht zu fliegen.

In eben diesem Augenblick treibt mich mein gewöhnlicher Abendbesuch von dem Fenster. Ich vermeide es sorgfältig, weil ich keinem andern diese Eroberung gönne. Eine ganze Stunde muss ich in dieser peinlichen Ungeduld aushalten, bis es mir endlich gelingt, diese Überlästigen zu entfernen. Ich eile an mein Fenster zurück, aber verschwunden ist alles!

Der Garten ist ganz leer, als ich hinuntergehe. Kein Fahrzeug mehr im Kanal. Nirgends eine Spur von Menschen. Ich weiß weder, aus welcher Gegend sie kam, noch wohin sie gegangen ist. Indem ich, die Augen aller Orten herum gewandt, vor mich hinwandle, schimmert mir von fern etwas Weißes im Sand entgegen. Wie ich hinzutrete, ist es ein Papier, in Form eines Briefs geschlagen. Was konnte es anders sein als der Brief, den der Karmeliter ihr überbracht hatte? ›Glücklicher Fund‹, rief ich aus. ›Dieser Brief wird mir das ganze Geheimnis aufschließen, er wird mich zum Herrn ihres Schicksals machen.‹

Der Brief war mit einer Sphinx gesiegelt, ohne Überschrift und in Chiffern verfasst; dies schreckte mich aber nicht ab, weil ich mich auf das Dechiffrieren verstehe. Ich kopiere ihn geschwind, denn es war zu erwarten, dass sie ihn bald vermissen und zurückkommen würde, ihn zu suchen. Fand sie ihn nicht mehr, so musste ihr dies ein Beweis sein, dass der Garten von mehrern Menschen besucht würde, und diese Entdeckung konnte sie leicht auf immer daraus verscheuchen. Was konnte meiner Hoffnung Schlimmers begegnen?

Was ich vermutet hatte, geschah. Ich war mit meiner Kopie kaum zu Ende, so erschien sie wieder mit ihrer vorigen Begleiterin, beide ängstlich suchend. Ich befestige den Brief an einem

Schiefer, den ich vom Dache los mache, und lasse ihn an einen Ort herabfallen, an dem sie vorbei muss. Ihre schöne Freude, als sie ihn findet, belohnt mich für meine Großmut. Mit scharfem prüfendem Blick, als wollte sie die unheilige Hand daran ausspähen, die ihn berührt haben konnte, musterte sie ihn von allen Seiten; aber die zufriedene Miene, mit der sie ihn einsteckte, bewies, dass sie ganz ohne Arges war. Sie ging, und ein zurückfallender Blick ihres Auges nahm einen dankbaren Abschied von den Schutzgöttern des Gartens, die das Geheimnis ihres Herzens so treu gehütet hatten.

Jetzt eilte ich, den Brief zu entziffern. Ich versuchte es mit mehrern Sprachen; endlich gelang es mir mit der englischen. Sein Inhalt war mir so merkwürdig, dass ich ihn auswendig behalten habe.« –

Ich werde unterbrochen. Den Schluss ein andermal.

Baron von F*** an den Grafen von O**

Achter Brief

August.

Nein, liebster Freund. Sie tun dem guten Biondello Unrecht. Gewiss, Sie hegen einen falschen Verdacht. Ich gebe Ihnen alle Italiener preis, aber dieser ist ehrlich.

Sie finden es sonderbar, dass ein Mensch von so glänzenden Talenten und einer so exemplarischen Aufführung sich zum Dienen herabsetze, wenn er nicht geheime Absichten dabei habe; und daraus ziehen Sie den Schluss, dass diese Absichten verdächtig sein müssen. Wie? Ist es denn so etwas Neues, dass ein Mensch von Kopf und Verdiensten sich einem Fürsten gefällig zu machen sucht, der es in der Gewalt hat, sein Glück zu machen? Ist es etwa entehrend, ihm zu dienen? Lässt Biondello nicht deutlich genug merken, dass seine Anhänglichkeit an den Prinzen persönlich sei? Er hat ihm ja gestanden, dass er eine Bitte an ihn auf dem Herzen habe. Diese Bitte wird uns ohne Zweifel das ganze Geheimnis erklären. Geheime Absichten mag er immer haben; aber können diese nicht unschuldig sein?

Es befremdet Sie, dass dieser Biondello in den ersten Monaten, und das waren die, in denen Sie uns Ihre Gegenwart noch schenkten, alle die großen Talente, die er jetzt an den Tag kommen lasse, verborgen gehalten und durch gar nichts die Aufmerksamkeit auf sich gezogen habe. Das ist wahr; aber wo hätte er damals die Gelegenheit gehabt, sich auszuzeichnen? Der Prinz bedurfte seiner ja noch nicht, und seine übrigen Talente musste der Zufall uns entdecken.

Aber er hat uns ganz kürzlich einen Beweis seiner Ergebenheit und Redlichkeit gegeben, der alle Ihre Zweifel zu Boden schlagen wird. Man beobachtet den Prinzen. Man sucht geheime Erkundigungen von seiner Lebensart, von seinen Bekanntschaften und Verhältnissen einzuziehen. Ich weiß nicht, wer diese Neugierde hat. Aber hören Sie an.

Es ist hier in St. Georg ein öffentliches Haus, wo Biondello öfters aus- und eingeht; er mag da etwas Liebes haben, ich weiß es nicht. Vor einigen Tagen ist er auch da; er findet eine Gesellschaft beisammen, Advokaten und Offizianten der Regierung, lustige Brüder und Bekannte von sich. Man verwundert sich, man ist erfreut, ihn wiederzusehen. Die alte Bekanntschaft wird erneuert, jeder erzählt seine Geschichte bis auf diesen Augenblick, Biondello soll auch die seinige zum Besten geben. Er tut es in wenig Worten. Man wünscht ihm Glück zu seinem neuen Etablissement, man hat von der glänzenden Lebensart des Prinzen von *** schon erzählen hören, von seiner Freigebigkeit gegen Leute besonders, die ein Geheimnis zu bewahren wissen; seine Verbindung mit dem Kardinal A***i ist weltbekannt, er liebt das Spiel, u. s. w. Biondello stutzt. – Man scherzt mit ihm, dass er den Geheimnisvollen mache, man wisse doch, dass er der Geschäftsträger des Prinzen von *** sei; die beiden Advokaten nehmen ihn in die Mitte; die Flasche leert sich fleißig – man nötigt ihn zu trinken; er entschuldigt sich, weil er keinen Wein vertrage, trinkt aber doch, um sich zum Schein zu betrinken.

»Ja«, sagte endlich der eine Advokat, »Biondello versteht sein Handwerk; aber ausgelernt hat er noch nicht, er ist nur ein Halber.«

»Was fehlt mir noch?« fragte Biondello.

»Er versteht die Kunst«, sagte der andere, »ein Geheimnis bei sich zu behalten, aber die andere noch nicht, es mit Vorteil wieder loszuwerden.«

»Sollte sich ein Käufer dazu finden?« fragte Biondello.

Die übrigen Gäste zogen sich hier aus dem Zimmer, er blieb tête à tête mit seinen beiden Leuten, die nun mit der Sprache herausgingen. Dass ich es kurz mache, er sollte ihnen über den Umgang des Prinzen mit dem Kardinal und seinem Neffen Aufschlüsse verschaffen, ihnen die Quelle angeben, woraus der Prinz Geld schöpfe, und ihnen die Briefe, die an den Grafen von O** geschrieben würden, in die Hände spielen. Biondello beschied sie auf ein andermal; aber wer sie angestellt habe, konnte er nicht aus ihnen herausbringen. Nach den glänzenden Anerbietungen, die ihm gemacht wurden, zu schließen, musste die Nachfrage von einem sehr reichen Manne herrühren.

Gestern Abend entdeckte er meinem Herrn den ganzen Vorfall. Dieser war anfangs willens, die Unterhändler kurz und gut beim Kopf nehmen zu lassen; aber Biondello machte Einwendungen. Auf freien Fuß würde man sie doch wieder stellen müssen, und dann habe er seinen ganzen Kredit unter dieser Klasse, vielleicht sein Leben selbst in Gefahr gesetzt. Alle dieses Volk hange unter sich zusammen, alle stehen für einen; er wolle lieber den hohen Rat in Venedig zum Feinde haben, als unter ihnen für einen Verräter verschrieen werden; er würde dem Prinzen auch nicht mehr nützlich sein können, wenn er das Vertrauen dieser Volksklasse verloren hätte.

Wir haben hin und her geraten, von wem dies wohl kommen möchte. Wer ist in Venedig, dem daran liegen kann, zu wissen, was mein Herr einnimmt und ausgibt, was er mit dem Kardinal A***i zu tun hat und was ich Ihnen schreibe? Sollte es gar noch ein Vermächtnis von dem Prinzen von **d** sein? Oder regt sich etwa der Armenier wieder?

Baron von F*** an den Grafen von O**

Neunter Brief

August.

Der Prinz schwimmt in Wonne und Liebe. Er hat seine Griechin wieder. Hören Sie, wie dies zugegangen ist.

Ein Fremder, der über Chiozza gekommen war und von der schönen Lage dieser Stadt am Golf viel zu erzählen wusste, machte den Prinzen neugierig, sie zu sehen. Gestern wurde dies ausgeführt, und um allen Zwang und Aufwand zu vermeiden, sollte niemand ihn begleiten als Z*** und ich nebst Biondello, und mein Herr wollte unbekannt bleiben. Wir fanden ein Fahrzeug, das eben dahin abging, und mieteten uns darauf ein. Die Gesellschaft war sehr gemischt, aber unbedeutend, und die Hinreise hatte nichts Merkwürdiges.

Chiozza ist auf eingerammten Pfählen gebaut, wie Venedig, und soll gegen vierzigtausend Einwohner zählen. Adel findet man wenig, aber bei jedem Tritte stößt man auf Fischer oder Matrosen. Wer eine Perücke und einen Mantel trägt, heißt ein Reicher; Mütze und Überschlag sind das Zeichen eines Armen. Die Lage der Stadt ist schön, doch darf man Venedig nicht gesehen haben.

Wir verweilten uns nicht lange. Der Patron, der noch mehr Passagiers hatte, musste zeitig wieder in Venedig sein, und den Prinzen fesselte nichts in Chiozza. Alles hatte seinen Platz schon im Schiffe genommen, als wir ankamen. Weil sich die Gesellschaft auf der Herfahrt so beschwerlich gemacht hatte, so nahmen wir diesmal ein Zimmer für uns allein. Der Prinz erkundigte sich, wer noch mehr da sei? Ein Dominikaner, war die Antwort, und einige Damen, die retour nach Venedig gingen. Mein Herr war nicht neugierig, sie zu sehen, und nahm sogleich sein Zimmer ein.

Die Griechin war der Gegenstand unsers Gesprächs auf der Herfahrt gewesen, und sie war es auch auf der Rückfahrt. Der Prinz wiederholte sich ihre Erscheinung in der Kirche mit Feuer; Plane wurden gemacht und verworfen; die Zeit verstrich wie ein

Augenblick; ehe wir es uns versahen, lag Venedig vor uns. Einige von den Passagiers stiegen aus, der Dominikaner war unter diesen. Der Patron ging zu den Damen, die, wie wir jetzt erst erfuhren, nur durch ein dünnes Brett von uns geschieden waren, und fragte sie, wo er anlegen sollte. »Auf der Insel Murano«, war die Antwort, und das Haus wurde genannt. – »Insel Murano!« rief der Prinz, und ein Schauer der Ahndung schien durch seine Seele zu fliegen. Eh ich ihm antworten konnte, stürzte Biondello herein. »Wissen Sie auch, in welcher Gesellschaft wir reisen?« – Der Prinz sprang auf – »Sie ist hier! Sie selbst!« fuhr Biondello fort. »Ich komme eben von ihrem Begleiter.«

Der Prinz drang hinaus. Das Zimmer ward ihm zu enge, die ganze Welt wär es ihm in diesem Augenblick gewesen. Tausend Empfindungen stürmten in ihm, seine Knie zitterten, Röte und Blässe wechselten in seinem Gesichte. Ich zitterte erwartungsvoll mit ihm. Ich kann Ihnen diesen Zustand nicht beschreiben.

In Murano ward angehalten. Der Prinz sprang ans Ufer. Sie kam. Ich las im Gesicht des Prinzen, dass sie's war. Ihr Anblick ließ mir keinen Zweifel übrig. Eine schönere Gestalt hab ich nie gesehen; alle Beschreibungen des Prinzen waren unter der Wirklichkeit geblieben. Eine glühende Röte überzog ihr Gesicht, als die den Prinzen ansichtig wurde. Sie hatte unser ganzes Gespräch hören müssen, sie konnte auch nicht zweifeln, dass sie der Gegenstand desselben gewesen sei. Mit einem bedeutenden Blicke sah sie ihre Begleiterin an, als wollte sie sagen: das ist er! und mit Verwirrung schlug sie ihre Augen nieder. Ein schmales Brett ward vom Schiff an das Ufer gelegt, über welches sie zu gehen hatte. Sie schien ängstlich, es zu betreten – aber weniger, wie mir vorkam, weil sie auszugleiten fürchtete, als weil sie es ohne fremde Hülfe nicht konnte und der Prinz schon den Arm ausstreckte, ihr beizustehen. Die Not siegte über diese Bedenklichkeit. Sie nahm seine Hand an und war am Ufer. Die heftige Gemütsbewegung, in der der Prinz war, machte ihn unhöflich; die andere Dame, die auf den nämlichen Dienst wartete, vergaß er – was hätte er in diesem Augenblick nicht vergessen? Ich erwies ihr endlich diesen Dienst, und dies brachte mich um das Vorspiel einer Unterredung, die sich zwischen meinem Herrn und der Dame angefangen hatte.

Er hielt noch immer ihre Hand in der seinigen – aus Zerstreuung, denke ich, und ohne dass er es selbst wusste.

»Es ist nicht das erste Mal, Signora, dass – – dass – –« Er konnte es nicht heraussagen.

»Ich sollte mich erinnern«, lispelte sie –

»In der ***Kirche«, sagte er –

»In der ***Kirche war es«, sagte sie –

»Und konnte ich mir heute vermuten – – Ihnen so nahe –«

Hier zog sie ihre Hand leise aus der seinigen – Er verwirrte sich augenscheinlich. Biondello, der indes mit dem Bedienten gesprochen hatte, kam ihm zu Hülfe.

»Signor«, fing er an, »die Damen haben Sänften hieher bestellt; aber wir sind früher zurückgekommen, als sie sichs vermuteten. Es ist hier ein Garten in der Nähe, wo Sie so lange eintreten können, um dem Gedränge auszuweichen.«

Der Vorschlag ward angenommen, und Sie können denken, mit welcher Bereitwilligkeit von Seiten des Prinzen. Man blieb in dem Garten, bis es Abend wurde. Es gelang uns, Z*** und mir, die Matrone zu beschäftigen, dass der Prinz sich mit der jungen Dame ungestört unterhalten konnte. Dass er diese Augenblicke gut zu benutzen gewusst habe, können Sie daraus abnehmen, dass er die Erlaubnis empfangen hat, sie zu besuchen. Eben jetzt, da ich Ihnen schreibe, ist er dort. Wenn er zurückkommt, werde ich mehr erfahren.

Gestern, als wir nach Hause kamen, fanden wir auch die erwarteten Wechsel von unserm Hofe, aber von einem Briefe begleitet, der meinen Herrn sehr in Flammen setzte. Man ruft ihn zurück, und in einem Tone, wie er ihn gar nicht gewohnt ist. Er hat sogleich in einem ähnlichen geantwortet und wird bleiben. Die Wechsel sind eben hinreichend, um die Zinsen von dem Kapitale zu bezahlen, das er schuldig ist. Einer Antwort von seiner Schwester sehen wir mit Verlangen entgegen.

Baron von F*** an den Grafen von O**

Zehnter Brief

September.

Der Prinz ist mit seinem Hofe zerfallen, alle unsere Ressourcen von daher abgeschnitten.

Die sechs Wochen, nach deren Verfluss mein Herr den Marchese bezahlen sollte, waren schon um einige Tage verstrichen, und noch keine Wechsel weder von seinem Cousin, von dem er aufs neue und aufs dringendste Vorschuss verlangt hatte, noch von seiner Schwester. Sie können wohl denken, dass Civitella nicht mahnte; ein desto treueres Gedächtnis aber hatte der Prinz. Gestern Mittag kam eine Antwort vom regierenden Hofe.

Wir hatten kurz vorher einen neuen Kontrakt unsers Hotels wegen abgeschlossen, und der Prinz hatte sein längeres Bleiben schon öffentlich deklariert. Ohne ein Wort zu sagen, gab mir mein Herr den Brief. Seine Augen funkelten, ich las den Inhalt schon auf seiner Stirne.

Können Sie sich vorstellen, lieber O**? Man ist in *** von allen hiesigen Verhältnissen meines Herrn unterrichtet, und die Verleumdung hat ein abscheuliches Gewebe von Lügen daraus gesponnen. Man habe missfällig vernommen, heißt es unter andern, dass der Prinz seit einiger Zeit angefangen habe, seinen vorigen Charakter zu verleugnen und ein Betragen anzunehmen, das seiner bisherigen lobenswürdigen Art zu denken ganz entgegengesetzt sei. Man wisse, dass er sich dem Frauenzimmer und dem Spiel aufs ausschweifendste ergebe, sich in Schulden stürze, Visionärs und Geisterbannern sein Ohr leihe, mit katholischen Prälaten in verdächtigen Verhältnissen stehe und einen Hofstaat führe, der seinen Rang sowohl als seine Einkünfte überschreite. Es heiße sogar, dass er im Begriff stehe, dieses höchst anstößige Betragen durch eine Apostasie zur römischen Kirche vollkommen zu machen. Um sich von der letztern Beschuldigung zu reinigen, erwarte man von ihm eine ungesäumte Zurückkunft. Ein Bankier in Venedig, dem er den Etat seiner

Schulden übergeben solle, habe Anweisung, *sogleich nach seiner Abreise* seine Gläubiger zu befriedigen; denn unter diesen Umständen finde man nicht für gut, das Geld in seine Hände zu geben.

Was für Beschuldigungen und in welchem Tone! Ich nahm den Brief, durchlas ihn noch einmal, ich wollte etwas darin aufsuchen, das ihn mildern könnte; ich fand nichts, es war mir ganz unbegreiflich.

Z*** erinnerte mich jetzt an die geheime Nachfrage, die vor einiger Zeit an Biondello ergangen war. Die Zeit, der Inhalt, alle Umstände kamen überein. Wir hatten sie fälschlich dem Armenier zugeschrieben. Jetzt wars am Tage, von wem sie herrührte. Apostasie! – Aber wessen Interesse kann es sein, meinen Herrn so abscheulich und so platt zu verleumden? Ich fürchte, es ist ein Stückchen von dem Prinzen von **d**, der es durchsetzen will, unsern Herrn aus Venedig zu entfernen.

Dieser schwieg noch immer, die Augen starr vor sich hingeworfen. Sein Stillschweigen ängstigte mich. Ich warf mich zu seinen Füßen. »Um Gottes willen, gnädigster Prinz«, rief ich aus, »beschließen Sie nichts Gewaltsames. Sie sollen, Sie werden die vollständigste Genugtuung haben. Überlassen *Sie mir* diese Sache. Senden Sie mich hin. Es ist unter Ihrer Würde, sich gegen solche Beschuldigungen zu verantworten; aber *mir* erlauben *Sie*, es zu tun. Der Verleumder muss genannt und dem *** die Augen geöffnet werden.«

In dieser Lage fand uns Civitella, der sich mit Erstaunen nach der Ursache unserer Bestürzung erkundigte. Z*** und ich schwiegen. Der Prinz aber, der zwischen ihm und uns schon lange keinen Unterschied mehr zu machen gewohnt ist, auch noch in zu heftiger Wallung war, um in diesem Augenblick der Klugheit Gehör zu geben, befahl uns, ihm den Brief mitzuteilen. Ich wollte zögern, aber der Prinz riss ihn mir aus der Hand und gab ihn selbst dem Marchese.

»Ich bin Ihr Schuldner, Herr Marchese«, fing der Prinz an, nachdem dieser den Brief mit Erstaunen durchlesen hatte, »aber lassen Sie sich das keine Unruhe machen. Geben Sie mir nur noch zwanzig Tage Frist, und Sie sollen befriedigt werden.«

»Gnädigster Prinz«, rief Civitella heftig bewegt, »verdien ich dieses?«

»Sie haben mich nicht erinnern wollen; ich erkenne Ihre Delikatesse und danke Ihnen. In zwanzig Tagen, wie gesagt, sollen Sie völlig befriedigt werden.«

»Was ist das?« fragte Civitella mich voll Bestürzung. »Wie hängt dies zusammen? Ich fass es nicht.«

Wir erklärten ihm, was wir wussten. Er kam außer sich. Der Prinz, sagte er, müsse auf Genugtuung dringen; die Beleidigung sei unerhört. Unterdessen beschwöre er ihn, sich seines ganzen Vermögens und Kredits unumschränkt zu bedienen.

Der Marchese hatte uns verlassen und der Prinz noch immer kein Wort gesprochen. Er ging mit starken Schritten im Zimmer auf und nieder; etwas Außerordentliches arbeitete in ihm. Endlich stand er still und murmelte vor sich zwischen den Zähnen: »Wünschen Sie sich Glück – sagte er – Um neun Uhr ist er gestorben.«

Wir sahen ihn erschrocken an.

»Wünschen Sie sich Glück«, fuhr er fort; »Glück – Ich soll mir Glück wünschen – Sagte er nicht so? Was wollte er damit sagen?«

»Wie kommen Sie jetzt darauf?« rief ich. »Was soll das hier?«

»Ich habe damals nicht verstanden, was der Mensch wollte. Jetzt verstehe ich ihn. – O es ist unerträglich hart, einen Herrn über sich haben!«

»Mein teuerster Prinz!«

»Der es uns fühlen lassen kann! – Ha! Es muss süß sein!«

Er hielt wieder inne. Seine Miene erschreckte mich. Ich hatte sie nie an ihm gesehen.

»Der Elendeste unter dem Volk«, fing er wieder an, »oder der nächste Prinz am Throne! Das ist ganz dasselbe. Es gibt nur *einen* Unterschied unter den Menschen – Gehorchen oder Herrschen!«

Er sah noch einmal in den Brief.

»Sie haben den Menschen gesehen«, fuhr er fort, »der sich unterstehen darf, mir dieses zu schreiben. Würden Sie ihn auf der Straße grüßen, wenn ihn das Schicksal nicht zu Ihrem Herrn gemacht hätte? Bei Gott! Es ist etwas Großes um eine Krone!«

In diesem Ton ging es weiter, und es fielen Reden, die ich keinem Brief anvertrauen darf. Aber bei dieser Gelegenheit entdeckte mir der Prinz einen Umstand, der mich in nicht geringes Erstaunen und Schrecken setzte und der die gefährlichsten Folgen haben kann. Über die Familienverhältnisse am ***Hofe sind wir bisher in einem großen Irrtum gewesen.

Der Prinz beantwortete den Brief auf der Stelle, so sehr ich mich dagegen setzte, und die Art, wie er es getan hat, lässt keine gütliche Beilegung mehr hoffen.

Sie werden nun auch begierig sein, liebster O**, von der Griechin endlich etwas Positives zu erfahren; aber eben dies ist es, worüber ich Ihnen noch immer keinen befriedigenden Aufschluss geben kann. Aus dem Prinzen ist nichts herauszubringen, weil er in das Geheimnis gezogen ist und sich, wie ich vermute, hat verpflichten müssen, es zu bewahren. Dass sie aber die Griechin *nicht* ist, für die wir sie hielten, ist heraus. Sie ist eine Deutsche und von der edelsten Abkunft. Ein gewisses Gerücht, dem ich auf die Spur gekommen bin, gibt ihr eine sehr hohe Mutter und macht sie zu der Frucht einer unglücklichen Liebe, wovon in Europa viel gesprochen worden ist. Heimliche Nachstellungen von mächtiger Hand haben sie, laut dieser Sage, gezwungen, in Venedig Schutz zu suchen, und eben diese sind auch die Ursache ihrer Verborgenheit, die es dem Prinzen unmöglich gemacht hat, ihren Aufenthalt zu erforschen. Die Ehrerbietung, womit der Prinz von ihr spricht, und gewisse Rücksichten, die er gegen sie beobachtet, scheinen dieser Vermutung Kraft zu geben.

Er ist mit einer fürchterlichen Leidenschaft an sie gebunden, die mit jedem Tage wächst. In der ersten Zeit wurden die Besuche sparsam zugestanden; doch schon in der zweiten Woche verkürzte man die Trennungen, und jetzt vergeht kein Tag, wo der

Prinz nicht dort wäre. Ganze Abende verschwinden, ohne dass wir ihn zu Gesicht bekommen, und ist er auch nicht in ihrer Gesellschaft, so ist *sie* es doch allein, was ihn beschäftigt. Sein ganzes Wesen scheint verwandelt. Er geht wie ein Träumender umher, und nichts von allem, was ihn sonst interessiert hatte, kann ihm jetzt nur eine flüchtige Aufmerksamkeit abgewinnen.

Wohin wird das noch kommen, liebster Freund? Ich zittre für die Zukunft. Der Bruch mit seinem Hofe hat meinen Herrn in eine erniedrigende Abhängigkeit von einem einzigen Menschen, von dem Marchese Civitella, gesetzt. Dieser ist jetzt Herr unsrer Geheimnisse, unsers ganzen Schicksals. Wird er immer so edel denken, als er sich uns jetzo noch zeigt? Wird dieses gute Vernehmen auf die Dauer bestehen, und ist es wohlgetan, einem Menschen, auch dem vortrefflichsten, so viel Wichtigkeit und Macht einzuräumen?

An die Schwester des Prinzen ist ein neuer Brief abgegangen. Den Erfolg hoffe ich Ihnen in meinem nächsten Briefe melden zu können.

Der Graf von O** zur Fortsetzung

Aber dieser nächste Brief blieb aus. Drei ganze Monate vergingen ehe ich Nachricht aus Venedig erhielt – eine Unterbrechung, deren Ursache sich in der Folge nur zu sehr aufklärte. Alle Briefe meines Freundes an mich waren zurückbehalten und unterdrückt worden. Man urteile von meiner Bestürzung, als ich endlich im Dezember dieses Jahrs folgendes Schreiben erhielt, das bloß ein glücklicher Zufall (weil Biondello, der es zu bestellen hatte, plötzlich krank wurde) in meine Hände brachte.

»Sie schreiben nicht. Sie antworten nicht – Kommen Sie – o kommen Sie auf Flügeln der Freundschaft. Unsre Hoffnung ist dahin. Lesen Sie diesen Einschluss. Alle unsre Hoffnung ist dahin.

Die Wunde des Marchese soll tödlich sein. Der Kardinal brütet Rache, und seine Meuchelmörder suchen den Prinzen. Mein

Herr – o mein unglücklicher Herr! – Ist es dahin gekommen? Unwürdiges, entsetzliches Schicksal! Wie Nichtswürdige müssen wir uns vor Mördern und Räubern verbergen.

Ich schreibe Ihnen aus dem ***Kloster, wo der Prinz eine Zuflucht gefunden hat. Eben ruht er auf einem harten Lager neben mir und schläft – ach den Schlummer der tödlichsten Erschöpfung, der ihn nur zu neuem Gefühl seiner Leiden stärken wird. Die zehn Tage, dass sie krank war, kam kein Schlaf in seine Augen. Ich war bei der Leichenöffnung. Man fand Spuren von Vergiftung. Heute wird man sie begraben.

Ach liebster O**, mein Herz ist zerrissen. Ich habe einen Auftritt erlebt, der nie aus meinem Gedächtnis verlöschen wird. Ich stand vor ihrem Sterbebette. Wie eine Heilige schied sie dahin, und ihre letzte sterbende Beredsamkeit erschöpfte sich, ihren Geliebten auf den Weg zu leiten, den sie zum Himmel wandelte – Alle unsere Standhaftigkeit war erschüttert, der Prinz allein stand fest, und ob er gleich ihren Tod dreifach mit erlitt, so behielt er doch Stärke des Geistes genug, der frommen Schwärmerin ihre letzte Bitte zu verweigern.«

In diesem Brief lag folgender Einschluss:

*An den Prinzen von *** von seiner Schwester.*

»Die allein seligmachende Kirche, die an dem Prinzen von *** eine so glänzende Eroberung gemacht hat, wird es ihm auch nicht an Mitteln fehlen lassen, die Lebensart fortzusetzen, der sie diese Eroberung verdankt. Ich habe Tränen und Gebet für einen Verirrten, aber keine Wohltaten mehr für einen Unwürdigen.

*Henriette ***.*«

Ich nahm sogleich Post, reiste Tag und Nacht, und in der dritten Woche war ich in Venedig. Meine Eilfertigkeit nützte mir nichts mehr. Ich war gekommen, einem Unglücklichen Trost und Hülfe zu bringen; ich fand einen Glücklichen, der meines schwachen Beistandes nicht mehr benötigt war. F*** lag krank und war nicht zu sprechen, als ich anlangte; folgendes Billet überbrachte man mir von seiner Hand. »Reisen Sie zurück, liebster O**, wo Sie hergekommen sind. Der Prinz bedarf Ihrer nicht mehr, auch nicht meiner. Seine Schulden sind bezahlt, der Kardinal versöhnt, der Marchese wieder hergestellt. Erinnern Sie sich des Armeniers, der uns voriges Jahr so zu verwirren wusste? In *seinen* Armen finden Sie den Prinzen, der seit fünf Tagen – die erste Messe hörte.«

Ich drängte mich nichtsdestoweniger zum Prinzen, ward aber abgewiesen. An dem Bette meines Freundes erfuhr ich endlich die unerhörte Geschichte.

Ende des ersten Teils

[Das philosophische Gespräch aus dem Geisterseher]

»Wenn alles vor mir und hinter mir versinkt – die Vergangenheit im traurigen Einerlei wie ein Reich der Versteinerung hinter mir liegt – wenn die Zukunft mir nichts bietet – wenn ich meines Daseins ganzen Kreis im schmalen Raume der *Gegenwart* beschlossen sehe – wer verargt es mir, dass ich dieses magre Geschenk der Zeit, feurig und unersättlich wie ein Freund, den ich zum letzten Male sehe, in meine Arme schließe? Wenn ich mit diesem flüchtigen Gute zu wuchern eile, wie der achtzigjährige Greis mit seiner Tiare? – O ich hab ihn schätzen lernen den Augenblick! Der Augenblick ist unsre Mutter, und wie eine Mutter lasst uns ihn lieben!«

›Gnädigster Herr, sonst glaubten Sie an ein bleibenderes Gut –‹

»O machen Sie, dass mir das Wolkenbild halte, und ich will meine glühenden Arme darum schlagen. Was für Freude kann es mir geben, Erscheinungen zu beglücken, die morgen dahin sein werden wie ich? – Ist nicht alles Flucht um mich herum? Alles stößt sich und drängt seinen Nachbar weg, aus dem Quell des Daseins einen Tropfen eilends zu trinken und lechzend davonzugehn. Jetzt in dem Augenblick, wo ich meiner Kraft mich freue, ist schon ein werdendes Leben an meine Verwesung angewiesen. Zeigen Sie mir ein Wesen, das dauert, so will ich tugendhaft sein.«

›Was hat denn die wohltätigen Empfindungen verdrängt, die einst der Genuss und die Richtschnur Ihres Lebens waren? Saaten für die Zukunft zu pflanzen, einer hohen, ewigen Ordnung zu dienen –‹

»Dienen! Dienen gewiss, so gewiss als der unbedeutendste Mauerstein der Symmetrie des Palastes, die auf ihm ruhet! Aber auch als ein mitbefragtes, mitgenießendes Wesen? Lieblicher, gutherziger Wahn des Menschen! deine Kräfte willst du ihr widmen? Kannst du sie ihr denn weigern? Was du bist und was du besitzest, bist du ja nur, besitzest du nur für sie. Hast du gegeben, was du geben kannst, und was du allein ihr geben konntest, so bist du auch nicht mehr, deine Gebrechlichkeit spricht dir das Urteil, und sie ist es auch, die es vollziehet. Aber wer ist denn diese Natur, diese Ordnung, wider welche ich klage? Immerhin! Möchte sie, wie der Griechen Saturn, ihre eigenen Kinder verzehren, *wäre* sie selbst nur, überlebte sie auch nur die vergangne Sekunde! – Ein unermesslicher Baum steht sie da im unermesslichen Raume. Die Weisheit und die Tugend ganzer Generationen rinnen wie Säfte in seinen Röhren, Jahrtausende und die Nationen, die darin Geräusch machten, fallen wie welke Blüten, wie verdorrte Blätter von seinen Zweigen, die er mit innrer unvergänglicher Zeugungskraft aus dem Stamme treibt. Kannst du von ihr verlangen, was sie selbst nicht besitzet? Du eine Furche, die der Wind in die Meeresfläche bläst, deines Daseins Spur darin zu sichern verlangen?«

›Diese trostlose Behauptung widerlegt schon die Weltgeschichte. Die Namen Lykurg, Sokrates, Aristides haben ihre Werke überdauert.‹

»Und der nützliche Mann, der den Pflug zusammensetzte – wie hieß der? Trauen sie einer Belohnerin, die nicht *gerecht* ist? Sie leben in der Geschichte, wie Mumien in Balsam, um mit ihrer Geschichte etwas später zu vergehen.«

›Und dieser Trieb zur ewigen Fortdauer? Kann oder darf ihre Notwendigkeit *verschwenden*? Durfte in der Kraft *etwas* sein, dem nichts in der Wirkung entspräche?‹

»O in dieser Wirkung eben liegt alles. Verschwenden? Steigt nicht auch der Wasserstrahl in der Kaskade mit einer Kraft in die Höhe, die ihn durch einen unendlichen Raum schleudern könnte? Aber schon im ersten Moment seines Aufsprunges zieht die Schwerkraft an ihm, drücken tausend Luftsäulen auf ihn, die ihn, früher oder später, in einem höhern oder niedrigern Bogen zur mütterlichen Erde zurücktreiben? Um so *spät* zu fallen, musste er mit dieser üppigen Kraft aufsteigen – gerade eine elastische Kraft, wie der Trieb zur Unsterblichkeit, gehörte dazu, wenn sich die Menschenerscheinung gegen die herandrückende Notwendigkeit Raum machen sollte. Ich gebe mich überwunden, liebster Freund, wenn Sie mir dartun, dass dieser Trieb zur Unsterblichkeit im Menschen nicht ebenso vollkommen mit dem zeitlichen Zweck seines Daseins aufgehe, als seine sinnlichsten Triebe. Freilich verführt uns unser Stolz, Kräfte, die wir nur *für*, nur *durch* die Notwendigkeit haben, gegen sie selbst anzuwenden, aber hätten wir wohl diesen Stolz, wenn sie nicht auch von *ihm* Vorteile zöge? Wäre sie ein vernünftiges Wesen, sie müsste sich unsrer Philosophien ohngefähr ebenso freuen, wie sich ein weiser Feldherr an dem Mutwillen seiner kriegerischen Jugend ergötzet, der ihm Helden im Gefechte verspricht.«

›Der Gedanke diente nur der Bewegung? Das Ganze wäre tot und die Teile lebten? Der Zweck wäre so *gemein* und die Mittel so *edel*?‹

»*Zweck* überhaupt hätten wir nie sagen sollen. Um in Ihre Vorstellungsart einzutreten, entlehne ich diesen Begriff von der moralischen Welt, weil wir hier gewohnt sind, die Folgen einer Handlung ihren Zweck zu nennen. In der Seele selbst geht zwar der Zweck dem Mittel voran; wenn ihre innern Wirkungen aber in äußre übergehen, so kehrt sich diese Ordnung um, und das Mittel verhält sich zu dem Zwecke wie die Ursache zu ihrer Wirkung. In diesem letzten Sinne durfte ich mich uneigentlich dieses Ausdrucks bedienen, der aber auf unsere jetzige Untersuchung keinen störenden Einfluss haben darf. Setzen Sie statt Mittel und Zweck Ursache und Wirkung – wo bleibt der Unterschied von *gemein* und *edel*? Was kann an der Ursache edel sein, als dass sie ihre Wirkung erfüllet? Edel und gemein bezeichnen nur das Verhältnis, in welchem ein Gegenstand gegen ein *gewisses Prinzipium in unserer Seele* stehet – es ist also ein Begriff, der nur innerhalb unsrer Seele, nicht außerhalb derselben anzuwenden ist. Sehen Sie aber, wie Sie schon als erwiesen annehmen, was wir erst durch unsre Schlüsse herausbringen sollen? Warum anders nennen Sie den *Gedanken* im Gegensatz von der *Bewegung* edel, als weil Sie das denkende Wesen schon als den Mittelpunkt voraussetzen, dem Sie die Folgenreihe der Dinge unterordnen? Treten Sie in *meine* Gedankenreihe, so wird diese Rangordnung verschwinden, der Gedanke ist Wirkung und Ursache der Bewegung und ein Glied der Notwendigkeit, wie der Pulsschlag, der ihn begleitet.«

›Nimmermehr werden Sie diesen paradoxen, unnatürlichen Satz durchsetzen. Beinahe überall können wir mit unserm Verstande den Zweck der physischen Natur bis in den Menschen verfolgen. Wo sehen wir sie auch nur einmal diese Ordnung umkehren und den Zweck des Menschen der physischen Welt unterwerfen? Und wie wollen Sie diese *auswärtige* Bestimmung mit dem Glückseligkeitstriebe vereinigen, der alle seine Bestrebungen *einwärts* gegen ihn selbst richtet?‹

»Lassen Sie uns doch versuchen. Um mich kürzer zu fassen, muss ich mich wieder Ihrer Sprache bedienen. Setzen wir also, dass moralische Erscheinungen nötig waren, wie Licht und Schall nötig waren, so mussten Wesen vorhanden sein, die diesem besondern Geschäfte zugebildet waren, so wie Äther und Luft gerade so und nicht anders beschaffen sein mussten, um derjenigen Anzahl von Schwingungen fähig zu sein, die uns die Vorstellung von Farbe und Wohlklang geben. Es mussten also Wesen existieren, die sich selbst in Bewegung setzen, weil die moralische Erscheinung auf der Freiheit beruhet; was also bei Luft und Äther, bei dem Mineral und der Pflanze die ursprüngliche Form leistet, musste hier von einem *innern* Prinzipium erhalten werden, gegen welches sich die Beweggründe oder die bewegenden Kräfte dieses Wesens ohngefähr ebenso verhielten, als die bewegenden Kräfte der Pflanze gegen den beständigen Typus ihres Baues. Wie sie das bloß organische Wesen durch eine unveränderliche Mechanik lenkt, so musste sie das denkendempfindende Wesen durch Schmerz und Vergnügen bewegen.«

›Ganz richtig.‹

»Wir sehen sie also in der moralischen Welt ihre bisherige Ordnung verlassen, ja sogar mit sich selbst in einen anscheinenden Streit geraten. In jedem moralischen Wesen legt sie ein neues Zentrum an, einen Staat im Staate, gleichsam als hätte sie ihren allgemeinen Zweck ganz aus den Augen verloren. Gegen dieses Zentrum müssen sich alle Tätigkeiten dieses Wesens mit einem Zwange neigen, wie sie ihn in der physischen Welt durch die Schwerkraft ausübt. Dieses Wesen ist auf die Art in sich selbst gegründet, ein wahres und wirkliches Ganze, durch diesen Fall zu seinem Zentrum dazu gebildet, ebenso wie der Planet der Erde durch die Schwerkraft zur Kugel ward, und als Kugel fortdauret. Bis hieher scheint sie sich selbst ganz vergessen zu haben.

Aber wir haben gehört, dass dieses Wesen nur vorhanden ist, um die moralischen Erscheinungen hervorzubringen, deren sie bedurfte; die Freiheit dieses Wesens, oder sein Vermögen, sich selbst zu bewegen, musste also dem Zweck unterworfen werden, zu welchem sie es bestimmte. Wollte sie also über die Wirkungen Meister bleiben, die es leistete, so musste sie sich des Prinzipiums bemächtigen, wornach sich das moralische Wesen beweget. Was konnte sie daher anders tun, als *ihren* Zweck mit diesem Wesen an das Prinzipium anschließen, wodurch es regiert wird, oder mit andern Worten, seine zweckmäßige Tätigkeit zur notwendigen Bedingung seiner Glückseligkeit machen?«

›Das begreif ich.‹

»Erfüllt also das moralische Wesen die Bedingungen seiner Glückseligkeit, so tritt es ebendadurch wieder in den Plan der Natur ein, dem es durch diesen abgesonderten Plan entzogen zu sein schien, ebenso wie der Erdkörper durch den Fall seiner Teile zu ihrem Zentrum fähig gemacht wird, die Ekliptik zu beschreiben. Durch Schmerz und Vergnügen erfährt also das moralische Wesen jedes Mal nur die Verhältnisse seines gegenwärtigen Zustandes zu dem Zustande seiner höchsten Vollkommenheit, welcher einerlei ist mit dem Zwecke der Natur. Diesen Weiser hat und bedarf das organische Wesen nicht, weil es sich durch sich selbst dem Zustand seiner Vollkommenheit weder nähern noch von ihm entfernen kann. Jenes also hat vor diesem den Genuss seiner Vollkommenheit, d.i. Glückseligkeit, voraus, mit dieser aber auch die Warnung, wenn es davon abweicht, oder das Leiden. Hätte eine elastische Kugel das Bewusstsein ihres Zustandes, so würde der Fingerdruck, der ihr eine flache Form aufdringt, sie schmerzen, so würde sie mit einem Gefühle von Wollust zu ihrer schönsten Rundung zurückkehren.«

›Ihre elastische Kraft dient ihr statt jenes Gefühles.‹

»Aber ebenso wenig Ähnlichkeit die schnelle Bewegung, die wir Feuer nennen, mit der Empfindung des Brennens oder die kubische Form eines Salzes mit seinem bittern Geschmacke hat, ebenso wenig Ähnlichkeit hat das Gefühl, das wir Glückseligkeit nennen, mit dem Zustand unsrer innern Vollkommenheit, den es begleitet, oder mit dem Zweck der Natur, dem es dienet. Beide, möchte man sagen, seien durch eine ebenso willkürliche Koexistenz mit einander verbunden, wie der Lorbeerkranz mit einem Siege, wie ein Brandmal mit einer ehrlosen Handlung.«

›So scheint es.‹

»Der Mensch also brauchte kein *Mitwisser* des Zwecks zu sein, den die Natur durch ihn ausführt. Mochte er immerhin von keinem andern Prinzipium wissen, als dem, wodurch *er* in seiner kleinen Welt sich regiert, mochte er sogar im lieblichen, selbstgefälligen Wahn die Verhältnisse dieser seiner kleinen Welt der großen Natur als Gesetze unterlegen – dadurch dass er seiner Struktur dienet, sind ihre Zwecke mit ihm gesichert.«

›Und kann etwas vortrefflicher sein, als dass alle Teile des großen Ganzen nur dadurch den Zweck der Natur befördern, dass sie ihrem eignen getreu bleiben, dass sie nicht zu der Harmonie beitragen *wollen* dürfen, sondern dass sie es *müssen.* Diese Vorstellung ist so schön, so hinreißend, dass man schon dadurch allein bewogen wird –‹

»sie einem Geiste zu gönnen, wollen Sie sagen? weil der selbstsüchtige Mensch seinem Geschlechte gern alles Gute und Schöne zutragen möchte, weil er den Schöpfer so gern in seiner Familie haben möchte. Geben Sie dem Kristalle das Vermögen der Vorstellung, sein höchster Weltplan wird Kristallisation, seine Gottheit die schönste Form von Kristall sein. Und musste dies nicht so sein? Hielt nicht jede einzelne Wasserkugel so getreu und fest an ihrem Mittelpunkte, so würde sich nie ein Weltmeer bewegt haben.«

›Aber wissen Sie auch, gnädigster Prinz, dass Sie bisher nur gegen sich selbst bewiesen haben? Wenn es wahr ist, wie Sie sagen, dass der Mensch nicht aus seinem Mittelpunkte weichen kann, woher Ihre eigene Anmaßung, den Gang der Natur zu bestimmen? Wie können Sie es dann unternehmen, die Regel festsetzen zu wollen, nach der sie handelt?‹

»Nichts weniger. Ich bestimme nichts, ich nehme ja nur hinweg, was die Menschen mit *ihr* verwechselt haben, was sie aus ihrer eignen Brust genommen und durch prahlerische Titel aufgeschmünkt haben. Was mir vorherging und was mir folgen wird, sehe ich als zwei schwarze undurchdringliche Decken an, die an beiden Grenzen des menschlichen Lebens herunterhängen und welche noch kein Lebender aufgezogen hat. Schon viele hundert Generationen stehen mit der Fackel davor und raten und raten, was etwa dahinter sein möchte. Viele sehen ihren eigenen Schatten, die Gestalten ihrer Leidenschaft, vergrößert auf der Decke der Zukunft sich bewegen und fahren schaudernd vor ihrem eigenen Bilde zusammen. Dichter, Philosophen und Staatenstifter haben sie mit ihren Träumen bemalt, lachender oder finstrer, wie der Himmel über ihnen trüber oder heiterer war; und von weitem täuschte die Perspektive. Auch manche Gaukler nutzten diese allgemeine Neugier und setzten durch seltsame Vermummungen die gespannten Phantasien in Erstaunen. Eine tiefe Stille herrscht hinter dieser Decke, keiner, der einmal dahinter ist, antwortet hinter ihr hervor; alles was man hörte, war ein hohler Widerhall der Frage, als ob man in eine Gruft gerufen hätte. Hinter diese Decke müssen alle, und mit Schaudern fassen sie sie an, ungewiss, wer wohl dahinter stehe und sie in Empfang nehmen werde; quid sit id, quod tantum morituri vident. Freilich gab es auch Ungläubige darunter, die behaupteten, dass diese Decke die Menschen nur narre, und dass man nichts beobachtet hätte, weil auch nichts dahinter sei; aber um sie zu überweisen, schickte man sie eilig dahinter.«

›Ein rascher Schluss war es immer, wenn sie keinen bessern Grund hatten, als weil sie nichts sahen.‹

»Sehen Sie nun, lieber Freund, ich bescheide mich gern, nicht hinter diese Decke blicken zu wollen – und das Weiseste wird doch wohl sein, mich von aller Neugier zu entwöhnen. Aber indem ich diesen unüberschreitbaren Kreis um mich ziehe und mein ganzes Sein in die Schranken der Gegenwart einschließe, wird mir dieser kleine Fleck desto wichtiger, den ich schon über eiteln Eroberungsgedanken zu vernachlässigen in Gefahr war. Das, was Sie den Zweck meines Daseins nennen, geht mich jetzt nichts mehr an. Ich kann mich ihm nicht entziehen, ich kann ihm nichts nachhelfen, ich weiß aber und glaube fest, dass ich einen solchen Zweck erfüllen muss und erfülle. Aber das Mittel, das ihre Natur erwählt hat, um ihren Zweck mit mir zu erfüllen, ist mir desto heiliger – es ist alles, was mein ist, meine Moralität nämlich, meine Glückseligkeit. Alles Übrige werde ich niemals erfahren. Ich bin einem Boten gleich, der einen versiegelten Brief an den Ort seiner Bestimmung trägt. Was er enthält, kann ihm einerlei sein – er hat nichts als sein Botenlohn dabei zu verdienen.«

Ich konnte das Gespräch noch nicht abgebrochen sehen.

›Gnädigster Prinz‹, fing ich von neuem an, ›hab ich Sie auch recht verstanden? Der letzte Zweck des Menschen ist nicht *im* Menschen, sondern außer ihm? Er ist nur um seiner Folgen willen vorhanden.‹

»Lassen Sie uns diesen Ausdruck vermeiden, der uns irreführt. Sagen Sie, er ist da, weil die Ursachen seines Daseins da waren und weil seine Wirkungen existieren, oder, welches ebenso viel sagt, weil die Ursachen, die ihm vorhergingen, eine Wirkung haben mussten, und die Wirkungen, die er hervorbringt, eine Ursache haben müssen.«

›Wenn ich ihm also einen Wert beilegen will, so kann ich diesen nur nach der Menge und Wichtigkeit der Wirkungen abwägen, deren Ursache er ist?‹

»Nach der *Menge* seiner Wirkungen. Wichtig nennen wir eine

Wirkung bloß, weil sie eine größre Menge von Wirkungen nach sich ziehet. Der Mensch hat keinen andern Wert als seine Wirkungen.«

›Derjenige Mensch also, in welchem der Grund mehrerer Wirkungen enthalten ist, wäre der vortrefflichere Mensch?‹

»Unwidersprechlich.«

›Wie? So ist zwischen dem Guten und Schlimmen kein Unterschied mehr! So ist die moralische Schönheit verloren!‹

»Das fürcht ich nicht. Wäre das, so wollte ich sogleich gegen Sie verloren geben. Das Gefühl des moralischen Unterschiedes ist mir eine weit wichtigere Instanz als meine Vernunft – und nur alsdann fing ich an, an die Letztere zu glauben, da ich sie mit jenem unvertilgbarem Gefühle übereinstimmend fand. Ihre Moralität bedarf einer Stütze, die meinige ruht auf ihrer eigenen Achse.«

›Lehrt uns nicht die Erfahrung, dass oft die wichtigsten Rollen durch die mittelmäßigsten Spieler gespielt werden, dass die Natur die heilsamsten Revolutionen durch die schädlichsten Subjekte vollbringt? Ein Mahomed, ein Attila, ein Aurangzeb sind so wirksame Diener des Universums, als Gewitter, Erdbeben, Vulkane kostbare Werkzeuge der physischen Natur. Ein Despot auf dem Thron, der jede Stunde seiner Regierung mit Blut und Elend bezeichnet, wäre also ein weit würdigeres Glied ihrer Schöpfung, als der Feldbauer in seinen Ländern, weil er ein wirksameres ist – ja was das Traurigste ist, er wäre eben durch *das* vortrefflicher, was ihn zum Gegenstande unsers Abscheues macht, durch die größre Summe seiner Taten, die alle fluchwürdig sind – er hätte in eben dem Grade einen größern Anspruch auf den Namen eines vortrefflichen Menschen, als er unter die Menschheit herabsinkt. Laster und Tugend –‹

»Sehen Sie«, rief der Prinz mit Verdrusse, »wie Sie sich von der Oberfläche hintergehen lassen, und wie leicht Sie mir gewonnen geben! Wie können Sie behaupten, dass ein *verwüstendes* Leben ein *tätiges* Leben sei? Der Despot ist das unnützlichste Geschöpf in seinen Staaten, weil er durch Furcht und Sorge die tätigsten

Kräfte bindet und die schöpferische Freude erstickt. Sein ganzes Dasein ist eine fürchterliche Negative; und wenn er gar an das edelste, heiligste Leben greift und die Freiheit des Denkens zerstöret – hunderttausend tätige Menschen ersetzen in einem Jahrhunderte nicht, was *ein* Hildebrand, *ein* Philipp von Spanien in wenig Jahren verwüsteten. Wie können Sie diese Geschöpfe und Schöpfer der Verwesung durch Vergleichung mit jenen wohltätigen Werkzeugen des Lebens und der Fruchtbarkeit ehren!«

›Ich gestehe die Schwäche meines Einwurfs – aber setzen wir anstatt eines Philipps einen Peter den Großen auf den Thron, so können Sie doch nicht leugnen, dass dieser in seiner Monarchie wirksamer sei, als der Privatmann bei dem nämlichen Maß von Kräften und aller Tätigkeit, deren er fähig ist. Das Glück ist es also doch, was nach Ihrem Systeme die Grade der Vortrefflichkeit bestimmt, weil es die Gelegenheiten zum Wirken verteilet!‹

»Der Thron wäre also nach Ihrer Meinung vorzugsweise eine solche Gelegenheit? Sagen Sie mir doch – wenn der König regieret, was tut der Philosoph in seinen Reichen?«

›Er denkt.‹

»Und was tut der König, wenn er regieret?«

›Er denkt.‹

»Und wenn der wachsame Philosoph schläft, was tut der wachsame König?«

›Er schläft.‹

»Nehmen Sie zwei brennende Kerzen, eine davon stehe in einer Bauerstube, die andre soll in einem prächtigen Saale einer fröhlichen Gesellschaft leuchten. Was werden sie beide?«

›Sie werden leuchten. Aber eben das spricht für mich – Beide Kerzen, nehmen wir an, brennen gleich lang und gleich helle, und verwechselte man ihre Bestimmung, so würde niemand einen Unterschied merken. Warum soll die eine darum vortrefflicher sein, weil der Zufall sie begünstigte, in einem glänzenden Saal Pracht und Schönheit zu zeigen, warum soll die andre schlechter sein, weil der Zufall sie dazu verdammte, in einer Bauernhütte

Armut und Kummer sichtbar zu machen? Und doch folgte dies notwendig aus Ihrer Behauptung?‹

»Beide sind gleich vortrefflich, aber beide haben auch *gleich viel* geleistet?«

›Wie ist das möglich? Da die in dem weiten Saale so viel mehr Licht ausgegossen hat als die andre? Da sie so viel mehr Vergnügen verbreitet hat als die andre?‹

»Erwägen Sie nur, dass hier nur von der ersten Wirkung die Rede ist, nicht von der ganzen Kette. Nur die nächstfolgende Wirkung gehört der nächstvorhergegangenen Ursache; nur so viele Teile der Lichtmaterie, als sie unmittelbar berührte, setzte die brennende Kerze in Schwung. Und was sollte nun die eine vor der andern voraushaben? Können Sie aus einem jeden Zentralpunkt nicht gleich viel Strahlen ziehen? Ebenso viel aus Ihrem Augensterne als aus dem Mittelpunkt der Erde? Entwöhnen Sie sich doch, die großen Massen, die der Verstand nur als solche Ganze zusammenfasst, in der wirklichen Welt auch als solche existierende Ganze vorauszusetzen. Der Feuerfunke, der in ein Pulvermagazin fällt, einen Turm in die Luft sprengt und hundert Häuser verschüttet, hat darum doch nur ein einziges Körnchen gezündet.«

›Sehr gut, aber –‹

»Wenden wir dieses auf moralische Handlungen an. Wir gehen spazieren, und zwei Bettler sollen uns begegnen. Ich gebe dem einen ein Stück Geld, Sie dem andern ein Gleiches; der meinige betrinkt sich von dem Gelde und begeht in diesem Zustande eine Mordtat, der Ihrige kauft einem sterbenden Vater eine Stärkung und fristet ihm damit das Leben. Ich hätte also durch eben die Handlung, wodurch *Sie* Leben gaben, Leben geraubet – Nichts weniger. Die Wirkung meiner Tat hört mit ihrer Unmittelbarkeit, so wie die Ihrige, auf, *meine* Wirkung zu sein.«

›Wenn aber mein Verstand diese Folgenreihe übersiehet und nur diese Übersicht mich zu der Tat bestimmt – wenn ich dem Bettler dieses Geld gab, um einem sterbenden Vater das Leben damit zu fristen, so sind doch alle diese Folgen mein, wenn sie so eintreffen, wie ich sie mir dachte.‹

»Nichts weniger. Vergessen Sie nur nie, dass *eine* Ursache nur *eine* Wirkung haben kann. Die ganze Wirkung, die Sie hervorbrachten, war, das Geldstück aus Ihrer Hand in die Hand des Bettlers zu bringen. Dies ist von dieser ganzen langen Kette von Wirkungen die einzige, die auf Ihre Rechnung kommt. Die Arznei wirkte als Arznei u.s.f. – Sie scheinen verwundert. Sie glauben, dass ich Paradoxe behaupte, ein einziges Wort könnte uns vielleicht miteinander verständigen, aber wir wollen es lieber durch unsre Schlüsse finden.«

›Aus dem Bisherigen, sehe ich wohl, folgt, dass eine gute Tat an ihrer schlimmen Wirkung nicht schuld ist und eine schlimme Tat nicht an ihrer vortrefflichen. Aber zugleich folgt auch daraus, dass weder die gute an ihrer guten Wirkung, noch die schlimme an ihrer schlimmen schuld ist, und dass also beide in ihren Wirkungen ganz gleich sind. – Sie müssten denn die seltenen Fälle ausnehmen wollen, wo die unmittelbare Wirkung zugleich auch die abgezweckte ist.‹

»Eine solche unmittelbare gibt es gar nicht, denn zwischen jede Wirkung, die der Mensch außer sich hervorbringt, und deren innre Ursache oder den Willen, wird sich eine Reihe gleichgültiger einschieben, wenn es auch nichts als Muskularbewegung wäre. Sagen Sie also dreist, dass beide in ihren Wirkungen durchaus moralisch einerlei, d.i. gleichgültig sind. – Und wer wird dieses leugnen wollen? Der Dolchstich, der das Leben eines Heinrichs IV. und eines Domitians endigt, sind beide ganz die nämliche Handlung.«

›Recht, aber die Motive –‹

»Die Motive also bestimmen die moralische Handlung. Und woraus bestehen die Motive?«

›Aus Vorstellungen.‹

»Und was nennen Sie Vorstellungen?«

›Innre Handlungen oder Tätigkeiten des denkenden Wesens, die äußern Tätigkeiten korrespondieren.‹

»Eine moralische Handlung ist also eine Folge innrer Tätigkeiten, welche äußern Veränderungen korrespondieren?«

›Ganz richtig.‹

»Wenn ich also sage, die Begebenheit ABC ist eine moralische Handlung, so heißt dies soviel als, der Reihe äußrer Veränderungen, welche diese Begebenheit ABC ausmachen, ist eine Reihe innrer Veränderungen abc vorhergegangen?«

›So ist es.‹

»Die Handlungen abc waren also bereits beschlossen, als die Handlungen ABC anfingen.«

›Notwendig.‹

»Wenn also ABC auch nicht angefangen hätte, so wäre abc darum nicht weniger gewesen. War nun die Moralität in abc enthalten, so blieb sie auch, wenn wir ABC ganz vertilgen.«

›Ich verstehe Sie, gnädigster Herr – und so wäre dasjenige, was ich für das erste Glied in der Kette gehalten, das letzte darin gewesen. Als ich dem Bettler das Geld gab, war meine moralische Handlung schon ganz vorbei, schon ihr ganzer Wert oder Unwert entschieden.‹

»So mein ichs. Trafen die Folgen ein, wie Sie sie dachten, d. i. folgte ABC auf abc, so war es nichts weiter als eine *gelungene* gute Handlung. In diesem äußern Strome hat der Mensch nichts mehr zu sagen, ihm gehört nichts als seine eigene Seele. Sie sehen daraus aufs neue, dass der Monarch nichts dem Privatmanne voraus hat, denn auch er ist so wenig Herr jenes Stromes als dieser; auch bei ihm ist das ganze Gebiet seiner Wirksamkeit bloß innerhalb seiner eigenen Seele.«

›Aber dadurch wird nichts verändert, gnädigster Herr; denn auch die böse Handlung hat ihre Motive wie die gute, d. i. ihre innern Tätigkeiten, und nur um dieser Motive willen nennen wir sie ja böse. Setzen Sie also den Zweck und den Wert des Menschen in die Summe seiner Tätigkeiten, so sehe ich immer noch nicht, wie Sie die Moralität aus seinem Zwecke herausbringen, und meine vorigen Einwürfe kehren zurück.‹

»Lassen Sie uns hören. *Schlimm* oder *gut,* sind wir übereingekommen, seien Prädikate, die eine Handlung erst in der Seele erlange.«

›Das ist erwiesen.‹

»Lassen wir also zwischen die äußere Welt und das denkende Wesen eine Scheidewand fallen, so erscheint uns die nämliche Handlung außerhalb derselben gleichgültig, innerhalb derselben nennen wir sie schlimm oder gut.«

›Richtig.‹

»Moralität ist also eine Beziehung, die nur innerhalb der Seele, außer ihr nie gedacht werden kann, so wie z. B. die Ehre eine Beziehung ist, die dem Menschen nur innerhalb der bürgerlichen Gesellschaft zukommen kann.«

›Ganz recht.‹

»Sobald wir uns eine Handlung als in der Seele vorhanden denken, so erscheint sie uns als die Bürgerin einer ganz andern Welt, und nach ganz andern Gesetzen müssen wir sie richten. Sie gehört einem eigenen Ganzen zu, das seinen Mittelpunkt in sich selbst hat, aus welchem alles fließt, was es gibt, gegen welchen alles strömt, was es empfänget. Dieser Mittelpunkt oder dieses Prinzipium ist, wie wir vorhin übereingekommen sind, nichts anders als der inwohnende Trieb, alle seine Kräfte zum Wirken zu bringen, oder, was ebenso viel sagt, zur höchsten Kundmachung seiner Existenz zu gelangen. In diesen Zustand setzen wir die Vollkommenheit des moralischen Wesens, so wie wir eine Uhr vollkommen nennen, wenn alle Teile, woraus der Künstler sie zusammensetzte, der Wirkung entsprechen, um derentwillen er sie zusammensetzte, wie wir ein musikalisches Instrument vollkommen nennen, wenn alle Teile desselben an seiner höchsten Wirkung den höchsten Anteil nehmen, dessen sie fähig und um dessentwillen sie vereinigt sind. Das Verhältnis nun, in welchem die Tätigkeiten des moralischen Wesens zu diesem Prinzipium stehen, bezeichnen wir mit dem Namen der *Moralität*; und eine Handlung ist moralisch gut oder moralisch böse, je nachdem sie sich jenem nähert oder von ihm entfernet, es befördert oder hindert. Sind wir darüber einig?«

›Vollkommen.‹

»Da nun jenes Prinzipium kein andres ist als die vollständigste

Tätigkeit aller Kräfte im Menschen, so ist eine gute Handlung, wobei mehr Kräfte tätig waren, eine schlimme, wobei weniger tätig waren?«

›Hier, gnädigster Herr, lassen Sie uns innehalten. Diesem nach käme eine kleine Wohltat, die ich reiche, in der moralischen Rangordnung sehr tief unter das jahrlange Komplott der Bartholomäusnacht zu stehen, oder die Verschwörung des Cueva gegen Venedig.‹

Der Prinz verlor hier die Geduld. »Wann werd ich Ihnen doch begreiflich machen können«, fing er an, »dass die Natur kein Ganzes kenne? Stellen Sie zusammen, was zusammen gehört. War jenes Komplott *eine* Handlung, oder nicht vielmehr eine Kette von hunderttausenden? – und von hunderttausend *mangelhaften,* gegen welche Ihre kleine Wohltat noch immer im Vorteile stehet. Der Trieb der Menschenliebe schlief bei allen, der bei der Ihrigen tätig war. Aber wir kommen ab. Wo blieb ich?«

›Eine gute Handlung sei, wobei mehr Kräfte tätig waren, und umgekehrt.‹

»Und dadurch also, dass weniger Kräfte bei ihr tätig waren, wird eine schlimme Handlung schlimm, und so umgekehrt?«

›Ganz begreiflich.‹

»Bei einer schlimmen Handlung wird also nur *verneinet,* was bei einer guten *bejahet* wird?«

›So ists.‹

»Ich kann also nicht sagen, es gehörte ein böses Herz dazu, diese Tat zu begehen, so wenig als ich sagen kann, es gehörte ein Kind und nicht ein Mann dazu, diesen Stein aufzuheben?«

›Sehr wahr. Ich sollte vielmehr sagen, es musste so viel gutes Herz fehlen, um diese Tat zu begehen.‹

»Laster ist also nur die Abwesenheit von Tugend, Torheit die Abwesenheit von Verstand, ein Begriff ohngefähr wie Schatten oder Stille?«

›Ganz richtig.‹

»So wenig also, als man logisch-richtig sagen kann, es ist

Leere, Stille, Finsternis vorhanden, so wenig gibt es ein Laster im Menschen und überhaupt also in der ganzen moralischen Welt?«

›Das ist einleuchtend.‹

»Wenn es also kein Laster im Menschen gibt, so ist alles, was in ihm tätig ist, Tugend, d.i. es ist gut, ebenso wie alles tönt, was nicht still ist, alles Licht hat, was nicht im Schatten steht?«

›Das folgt.‹

»Jede Handlung also, die der Mensch begeht, ist also dadurch, dass es eine Handlung ist, etwas Gutes?«

›Nach allem Vorhergegangenen.‹

»Und wenn wir eine schlimme Handlung von einem Menschen sehen, so ist diese Handlung gerade das einzige Gute, was wir in diesem Augenblick an ihm bemerken.«

›Das klingt sonderbar.‹

»Lassen Sie uns ein Gleichnis zu Hülfe nehmen. Warum nennen wir einen trüben, neblichten Wintertag einen traurigen Anblick? Ist es darum, weil wir eine Schneelandschaft an sich selbst widrig finden? Nichts weniger, könnte man sie in den Sommer verpflanzen, sie würde seine Schönheit erheben. Wir nennen ihn traurig, weil dieser Schnee und dieser Nebelduft nicht da sein könnten, wenn eine Sonne geschienen hätte, sie zu zerteilen, weil sie mit den ungleich größern Reizen des Sommers unvereinbar sind. Der Winter ist uns also ein Übel, nicht weil ihm alle Genüsse mangeln, sondern weil er größere ausschließt.«

›Vollkommen anschaulich.‹

»Ebenso mit moralischen Wesen. Wir verachten einen Menschen, der aus dem Treffen fliehet und dem Tode dadurch entgeht, nicht, weil uns der wirksame Trieb der Selbsterhaltung missfiele, sondern weil er diesem Triebe weniger würde nachgegeben haben, wenn er die herrliche Eigenschaft des *Mutes* besessen hätte. Ich kann die Herzhaftigkeit, die List des Räubers bewundern, der mich bestiehlt, aber ihn selbst nenne ich lasterhaft, weil ihm die ungleich schönere Eigenschaft der *Gerechtigkeit* mangelt. So kann mich eine Unternehmung in Erstaunen setzen, die der Ausbruch einer jahrlang verhaltenen tätigen Rachsucht ist, aber ich nenne sie verabscheuungswürdig, weil sie mir einen Menschen zeigt, der ganze Jahre leben konnte, ohne seinen Mitmenschen zu lieben. Ich schreite mit Unwillen über ein Schlachtfeld hinweg, nicht weil so viele Leben hier verwesen – Pest und Erdbeben hätten noch mehr tun können, ohne mich gegen sich aufzubringen – auch nicht weil ich die Kraft, die Kunst, den Heldenmut nicht vortrefflich fände, die diese Krieger zu Boden streckten – sondern weil mir dieser Anblick so viele tausend Menschen ins Gedächtnis bringt, denen die Menschlichkeit fehlte.«

›Vortrefflich.‹

»Dasselbe gilt von den *Graden* der Moralität. Eine sehr künstliche, sehr fein ersonnene, mit Beharrlichkeit verfolgte, mit Mut ausgeführte Bosheit hat etwas Glänzendes an sich, das schwache Seelen oft zur Nachahmung reizt, weil man so viele große und schöne Kräfte in ihrer ganzen Fülle dabei wirksam findet. Und doch nennen wir diese Handlung schlimmer als eine ähnliche bei einem geringeren Maß von Geist, und strafen sie strenger, weil sie uns jenen Mangel der Gerechtigkeit in ihrer größern Motivenreihe häufiger erkennen lässt. Wird sie vollends noch an einem Wohltäter verübet, so empört sie darum unser ganzes Gefühl, weil die Gelegenheiten, den Trieb der Liebe in Bewegung zu setzen, in diesem Falle häufiger waren, und wir also die Entdeckung, dass dieser Trieb unwirksam geblieben, häufiger dabei wiederholen.«

›Klar und einleuchtend.‹

»Auf unsre Frage zurückzukommen. Sie geben mir also zu, dass es nicht die Tätigkeiten der Kräfte sind, die das Laster zum Laster machen, sondern ihre Untätigkeit.«

›Vollkommen.‹

»Die Motive sind aber solche Tätigkeiten; es ist also unrichtig geredet, eine Handlung ihrer Motive wegen lasterhaft zu nennen. Nichts weniger! Ihre Motive sind das einzige *Gute*, das sie hat, sie ist nur böse um derjenigen willen, die ihr mangeln.«

›Unwidersprechlich.‹

»Aber wir hätten diesen Beweis noch kürzer führen können. Würde der Lasterhafte aus diesen Motiven handeln, wenn sie ihm nicht einen Genuss gewährten? *Genuss* allein ist es, was moralische Wesen in Bewegung setzt; und nur das Gute, wissen wir ja, kann Genuss gewähren.«

›Ich bin befriedigt. Aus dem Bisherigen folgt unwidersprechlich, dass z. B. ein Mensch von hellem Geist und wohlwollendem Herzen nur darum ein besserer Mensch ist als ein andrer von ebenso viel Geist und einem minder wohltätigen Herzen, weil er sich dem Maximum innrer Tätigkeit mehr nähert. Aber eine andre Bedenklichkeit steigt in mir auf. Geben Sie einem Menschen die Eigenschaften des Verstandes, des Muts, der Tapferkeit u. s. f. in einem vorzüglich hohen Grade, und lassen Sie ihm nur die einzige Eigenschaft, die wir gutes Herz nennen, mangeln – werden Sie ihn einem andern vorziehen, der jene Eigenschaften in einem niedrigem Grade, dies Letztere aber in seinem größten Umfang besitzet? Unstreitig ist jener ein weit tätigerer Mensch als dieser, und da nach Ihnen die Tätigkeit der Kräfte den moralischen Preis bestimmet, so würde also Ihr Urteil für ihn ausfallen, und mit dem gewöhnlichen Urteil der Menschen in einem Widerspruche sich befinden.‹

»Es würde ohnfehlbar sehr übereinstimmend damit sein. Ein Mensch, dessen Verstandeskräfte in einem hohen Grade tätig sind, wird ebenso gewiss auch ein vortreffliches Herz besitzen, als er das, was er an sich selbst liebet, an einem andern nicht hassen kann. Wenn die Erfahrung dagegen zu streiten scheint, so hat man entweder zu freigebig von seinem Verstande, oder von moralischer Güte zu eingeschränkt geurteilt. Ein großer Geist mit einem empfindenden Herzen steht in der Ordnung der Wesen ebenso hoch über dem geistreichen Bösewicht, als der Dummkopf mit einem weichen, man sagt besser, *weichlichen* Herzen unter diesem stehet.«

›Aber ein Schwärmer und einer von der heftigen Art ist doch offenbar ein tätigeres Wesen als ein Alltagsmensch mit phlegmatischem Blut und beschränkten Sinnen?‹

»Bei einem noch so phlegmatischen, beschränkten Alltagsmenschen kommt doch jede Kraft zum Wirken, weil keine von der andern verdrängt wird. Er ist ein Mensch in gesundem Schlafe; der Schwärmer ist einem Phrenetischrasenden gleich, der sich in wütenden Konvulsionen wirft, wenn die Lebenskraft bereits in den äußersten Arterien aufhört. – Haben Sie noch eine Einwendung?«

›Ich bin *mit* Ihnen überzeugt, dass die Moralität des Menschen in dem Mehr oder Weniger seiner innern Tätigkeit enthalten ist.‹

»Erinnern Sie sich nun«, fuhr der Prinz fort, »dass wir diese ganze Untersuchung im geschlossenen Bezirk der menschlichen Seele angestellt haben, dass wir sie von der äußern Reihe der Dinge durch eine Scheidewand getrennt, und innerhalb dieses nie überschrittenen Kreises den ganzen Bau der Moralität aufgeführt haben. Wir haben zugleich gefunden, dass seine Glückseligkeit vollkommen mit seiner moralischen Vortrefflichkeit aufgehe, dass ihm also für die Letztere ebenso wenig etwas zu fordern bleibe, dass ihm auf eine erst zu erreichende Vollkommenheit ebenso wenig ein Genuss voraus zugeteilt werden könne, als dass eine Rose, die heute blühet, erst im folgenden Jahre dadurch schön sei, als dass ein Missgriff auf dem Klavier erst in das nächstkommende Spiel seinen Misslaut einmischen kann. Es wäre ebenso denkbar, dass der Glanz der Sonne in den heutigen Mittag und ihre Wärme in den folgenden fiele, als dass die Vortrefflichkeit des Menschen in diese Welt und seine Glückseligkeit in die andre fallen könnte – Ist Ihnen dieses erwiesen?«

›Ich weiß nichts dagegen zu antworten.‹

»Das moralische Wesen ist also in sich selbst vollendet und beschlossen, wie das, welches wir zum Unterschied davon das organische nennen, beschlossen durch seine Moralität, wie dieses durch seinen Bau, und diese Moralität ist eine Beziehung, die von dem, was außer ihm vorgeht, durchaus unabhängig ist.«

›Dies ist erwiesen.‹

»Es umgebe mich also, was da wolle, der moralische Unterschied bleibt.«

›Ich ahnde, wo Sie hinauswollen, aber –‹

»Es sei also ein vernünftig geordnetes Ganze, eine unendliche Gerechtigkeit und Güte, eine Fortdauer der Persönlichkeit, ein ewiger Fortschritt – aus der moralischen Welt lässt sich dieses wenigstens nicht mit größerer Bündigkeit erweisen, als aus der physischen. Um vollkommen zu sein, um glücklich zu sein, bedarf das moralische Wesen keiner neuen Instanz mehr – und wenn es eine erwartet, so kann sich diese Erwartung wenigstens nicht mehr auf eine *Forderung* gründen. Was mit ihm werde, muss ihm für seine Vollkommenheit gleichviel sein, so wie es der Rose – um schön zu sein – gleichviel sein muss, ob sie in einer Wüste oder in fürstlichen Gärten, ob dem Busen eines lieblichen Mädchens oder dem verzehrenden Wurm entgegenblühet.«

›Passt diese Vergleichung?‹

»Vollkommen; denn ich sage *hier* ausdrücklich, um *schön* zu sein, *dort,* um *glücklich* zu sein – nicht, um *vorhanden* zu sein! Dies Letzte gehört für eine neue Untersuchung, und ich will das Gespräch nicht verlängern.«

›Ich kann Sie doch noch nicht ganz losgeben, gnädigster Prinz. Sie haben – und mir deucht unumstößlich – bewiesen, dass der Mensch nur moralisch sei, insofern er in sich selbst tätig sei – aber Sie behaupteten vorhin, dass er nur Moralität habe, um außer sich zu wirken.‹

»Sagen Sie, nur außer sich wirksam sei, weil er Moralität hat. Ihre *Damit* verwirren uns. Ich kann Ihre Zwecke nicht leiden.«

›Hier kommt es auf eins. Es hieße also, dass er nur insofern den Grund der meisten Wirkungen außer sich enthalte, insofern er den höchsten Grad seiner Moralität erreiche. Und diesen Beweis sind Sie mir noch schuldig.‹

»Können Sie ihn aus dem Bisherigen nicht selbst führen? Der Zustand der höchsten innern Wirksamkeit seiner Kräfte, ist es nicht derselbe, in welchem er auch die Ursache der meisten Wirkungen außer sich sein kann?«

›Sein *kann,* aber nicht sein *muss* – denn haben Sie nicht selbst zugestanden, dass eine unwirksam gebliebene gute Tat ihrem moralischen Wert nichts benehme?‹

»Nicht bloß zugestanden, sondern als höchst notwendig festgesetzt! – Wie schwer sind Sie doch von einer irrigen Vorstellung zurückzubringen, die sich einmal Ihrer bemächtigt hat. Dieser anscheinende Widerspruch, dass die äußern Folgen einer moralischen Tat für ihren Wert höchst gleichgültig seien, und dass der ganze Zweck seines Daseins dennoch nur in seinen Folgen nach außen liege, verwirrt Sie immer. Nehmen Sie an, ein großer Virtuose spiele vor einer zahlreichen aber rohen Gesellschaft, ein Stümper komme dazwischen und entführe ihm seinen ganzen Hörsaal – welchen werden Sie für den *Nützlicheren* erklären?«

›Den Virtuosen, versteht sich, denn derselbe Künstler wird ein andermal feinere Ohren ergötzen.‹

»Und würde er dieses wohl, wenn er die Kunst nicht besäße, die damals verloren ging, und die er damals übte?«

›Schwerlich.‹

»Und wird sein Nebenbuhler jemals diejenige Wirkung hervorbringen, die er hervorbrachte?«

›Diejenige nicht, aber –‹

»Aber vielleicht eine größre bei seinem größern Haufen wollen Sie sagen? Können Sie im Ernste zweifelhaft sein, ob ein Künstler, der einen Kreis fühlender Menschen und geistreicher Kenner zu bezaubern gewusst hat, mehr getan habe, als jener Stümper in seinem ganzen Leben? Dass *eine* Empfindung vielleicht, die er erweckte, in einer feinen Seele sich zu Taten erhöhte, die nachher für eine Million nützlich wurden? Dass sie sich vielleicht als das einzige noch fehlende Glied an eine wichtige Kette anschloss und einem herrlichen Vorhaben die Krone aufsetzte? – Auch jener Stümper, das räume ich ein, kann fröhliche Menschen machen – auch der Mensch, der seine moralische Krone verlor, wird noch wirken, ebenso wie eine Frucht, an welcher die Fäulnis nagt, noch ein Mahl für Vögel und Würmer sein kann, aber sie wird nie mehr gewürdigt, einen reizenden Mund zu berühren.«

›Lassen Sie aber jenen Künstler in einer Wüste spielen, dort leben und sterben. *Ich* darf sagen, seine Kunst belohnt ihn; auch wo kein Ohr seine Töne auffängt, ist er sein eigner Hörer und genießt in den Harmonien, die er hervorbringt, die noch herrlichere Harmonie seines Wesens. Dies dürfen *Sie* aber nicht sagen. *Ihr* Künstler muss Hörer haben, oder er ist umsonst dagewesen.‹

»Ich verstehe Sie – aber Ihr gegebener Fall kann nie stattfinden. Kein moralisches Wesen ist in einer Wüste, wo es lebet und webet, berührt es ein umgrenzendes All. Die Wirkung, die es leistet, wär es auch nur diese einzige, wissen wir, konnte nur *dieses* Wesen und kein anderes leisten, und es konnte diese Wirkung nur vermöge seiner ganzen Beschaffenheit leisten. Wenn unser Virtuose auch nur *einmal* zum Spielen gelangte, so gestehen Sie mir doch ein, dass er gerade *dieser* Künstler sein musste, der er war, dass er, um dieses zu sein, gerade durch so viele Grade der Übung und Kunstfertigkeit gegangen sein musste, als er wirklich durchwandert hatte, und dass also sein ganzes vorhergegangenes Künstlerleben an diesem Augenblick des Triumphes teilnimmt. War jener erste Brutus zwanzig Jahre unnützlich, weil er zwanzig Jahre den Blödsinnigen spielte? Seine *erste* Tat war die Gründung einer Republik, die noch jetzt als die größte Erscheinung in der Weltgeschichte dasteht. Und so wäre es denkbar, dass meine *Notwendigkeit* oder Ihre Vorsehung einen Menschen ein ganzes Menschenalter lang schweigend einer Tat zubereitet hätte, die sie ihm erst in seiner letzten Stunde abfordert.«

›So scheinbar dieses klingt – mein Herz kann sich nicht an die Idee gewöhnen, dass alle Kräfte, alle Bestrebungen des Menschen nur für seinen Einfluss in dieser Zeitlichkeit arbeiten sollen. Der große patriotische erfahrene Staatsmann, der heute vom Ruder gestürzt wird, trägt alle seine erworbenen Kenntnisse, seine geübten Kräfte, seine zeitigenden Plane in sein vergessnes Privatleben hinein, worin er stirbt. Vielleicht hatte er nur noch den *letzten* Stein an die Pyramide zu setzen, die hinter ihm zusammenstürzt, die seine Nachfolger ganz von dem untersten Steine wieder anfangen müssen. Musste er in funfzig Lebensjahren, musste er während seiner anstrengenden Reichsverwaltung nur für die untätige Stille seines Privatlebens sammeln? Dass er durch diese Verwaltung seine Wirkung erfüllt habe, dürfen *Sie* mir nicht antworten. Wenn der Einfluss in diese Welt die ganze Bestimmung des Menschen erschöpft, so muss sein Dasein zugleich mit seiner Wirkung auf hören.‹

»Ich verweise Sie an das sprechende Beispiel der physischen Natur, von der Sie mir doch einräumen müssen, dass *sie* nur für die Zeitlichkeit arbeite. Wie viele Keime und Embryonen, die sie mit so viel Kunst und Sorgfalt zum künftigen Leben zusammensetzte, werden wieder in das Elementenreich aufgelöst, ohne je zur Entwicklung zu gedeihen. – Warum setzte sie sie zusammen? In jedem Menschenpaare schläft, wie in dem ersten, ein ganzes Menschengeschlecht, warum ließ sie aus so viel Millionen nur ein einziges *werden*? So gewiss sie auch diese verderbenden Keime verarbeitet, so gewiss werden auch moralische Wesen, bei denen sie einen höhern Zweck zu verlassen schien, früher oder später in denselbigen eintreten. Ergründen zu wollen, wie sie eine einzelne Wirkung durch die ganze Kette fortpflanzt, würde eine kindische Anmaßung verraten. Oft, sehen wir, lässt sie den Faden einer Tat, einer Begebenheit plötzlich fallen, den sie drei Jahrtausende nachher ebenso plötzlich wieder aufnimmt, versenkt in Kalabrien die Künste und Sitten des *achtzehnten* Jahrhunderts, um sie vielleicht im *dreißigsten* dem verwandelten Europa wieder zu zeigen, ernährt viele Menschenalter lang gesunde Nomadenhorden auf den tartarischen Steppen, um sie einst dem ermattenden Süden als frisches Blut zuzusenden, wie sie auf ihrem physischen Gange das Meer über Hollands und Seelands Küsten wirft, um vielleicht eine Insel im fernen Amerika zu entblößen. Aber auch im Einzelnen und im Kleinen fehlt es an solchen Winken nicht ganz. Wie oft tut die *Mäßigkeit* eines Vaters, der längst nicht mehr ist, an einem genievollen Sohne Wunder, wie oft ward ein ganzes Leben vielleicht nur gelebt, um eine Grabschrift zu verdienen, die in die Seele eines späten Nachkömmlings einen Feuerstrahl werfen soll! – Weil vor Jahrhunderten ein verscheuchter Vogel auf seinem Fluge einige Samenkörner da niederfallen ließ, blüht für ein landendes Volk auf einem wüsten Eiland eine Ernte – und ein moralischer Keim ging in einem so fruchtbaren Erdreich verloren!«

›O bester Prinz! Ihre Beredsamkeit begeistert mich zum Kampfe gegen Sie selber. So viel Vortrefflichkeit können Sie Ihrer fühllosen Notwendigkeit gönnen, und wollen nicht lieber einen Gott damit glücklich machen? Sehen Sie in der ganzen Schöpfung umher. Wo irgend nur ein Genuss bereitet liegt, finden Sie ein genießendes Wesen – und dieser unendliche Genuss, dieses Mahl von Vollkommenheit, sollte durch die ganze Ewigkeit leerstehen!‹

»Sonderbar!« sagte der Prinz nach einer tiefen Stille. »Worauf *Sie* und *andere* ihre Hoffnungen gründen, eben das hat die meinigen umgestürzt – eben diese geahndete Vollkommenheit der Dinge. Wäre nicht alles so in sich beschlossen, säh ich auch nur einen einzigen verunstaltenden Splitter aus diesem schönen Kreise herausragen, so würde mir das die Unsterblichkeit beweisen. Aber alles, alles, was ich sehe und bemerke, fällt zu diesem *sichtbaren* Mittelpunkt zurück, und unsre edelste Geistigkeit ist eine so ganz unentbehrliche Maschine, dieses Rad der Vergänglichkeit zu treiben.«

›Ich begreife Sie nicht, gnädigster Prinz. Ihre eigne Philosophie spricht Ihnen das Urteil, wahrlich, Sie sind dem reichen Manne gleich, der bei allen seinen Schätzen darbet. Sie gestehen, dass der Mensch alles in sich schließe, um glücklich zu sein, dass er seine Glückseligkeit nur allein durch das erhalten könne, war er besitzet, und Sie selbst wollen die Quelle Ihres Unglücks außer sich suchen. Sind Ihre Schlüsse wahr, so ist es ja nicht möglich, dass Sie auch nur mit einem Wunsche über diesen Ring hinausstreben, in welchem Sie den Menschen gefangen halten.‹

»Das eben ist das Schlimme, dass wir nur moralisch vollkommen, nur glückselig sind, um brauchbar zu sein, dass wir unsern *Fleiß,* aber nicht unsre *Werke* genießen. Hunderttausend arbeitsame Hände trugen die Steine zu den Pyramiden zusammen –

aber nicht die Pyramide war ihr Lohn. Die Pyramide ergötzte das Auge der Könige, und die fleißigen Sklaven fand man mit dem Lebensunterhalt ab. Was ist man dem Arbeiter schuldig, wenn er nicht mehr arbeiten kann, oder nichts mehr für ihn zu arbeiten sein wird? Was dem Menschen, wenn er nicht mehr zu brauchen ist?«

›Man wird ihn immer brauchen.‹

»Auch immer als ein denkendes Wesen?«

Merkwürdiges Beispiel einer weiblichen Rache

(Aus einem Manuskript des verstorbenen Diderot gezogen)

Der Marquis von A*** war ein junger Mann, der seinem Vergnügen lebte, liebenswürdig und angenehm, der aber übrigens so so von der weiblichen Tugend dachte. Dennoch fand sich eine Dame, die ihm ziemlich zu schaffen machte; sie nannte sich Frau von P***, eine reiche Witwe von Stande, voll Klugheit, Artigkeit und Welt, aber stolz und von hohem Geist.

Der Marquis brach alle seine vorige Verbindungen ab, um nur allein für diese Dame zu leben. Ihr machte er den Hof mit der größten Geflissenheit, brachte ihr alle ersinnliche Opfer, sie von der Heftigkeit seiner Neigung zu überführen, und trug ihr endlich sogar seine Hand an. Aber die Marquisin, die es noch nicht vergessen konnte, wie unglücklich ihre erste Heirat gewesen, wollte sich lieber jedem andern Ungemach des Lebens als einer zwoten aussetzen.

Diese Frau lebte sehr eingezogen. Der Marquis war ein alter Bekannter ihres verstorbenen Mannes gewesen; sie hatte ihm damals den Zutritt gestattet, und auch nachher verschloss sie ihm ihre Türe nicht.

Die weibische Sprache der Galanterie konnte an einem Manne von Welt nicht missfallen. Die Beharrlichkeit seiner Bewerbung, von seinen persönlichen Eigenschaften begleitet, seine Figur, seine Jugend, der Anschein der innigsten wahrhaftigsten Liebe, und dann wiederum die einsame Lebensart dieser Dame, ein Temperament, zur zärtlichen Empfindung geschaffen, mit einem Wort alles, was ein weibliches Herz nur verführen kann, tat auch hier seine Wirkung. Frau von P*** ergab sich endlich nach einer monatlangen fruchtlosen Gegenwehr und dem hartnäckigsten Kampf mit sich selber. Unter den gehörigen Formalitäten eines heiligen Schwurs war der Marquis der Glückliche – er wäre es auch geblieben, hätte anders sein Herz den zärtlichen Gesinnungen, die es damals so feierlich angelobte und die ihm so zärtlich erwidert wurden, getreu bleiben wollen.

Einige Jahre waren so hingeflossen, als es dem Marquis einfiel, die Lebensart der Dame etwas einförmig zu finden. Er schlug ihr vor, in Gesellschaft zu gehen, sie tats – Besuche anzunehmen, sie willigte ein – Tafel zu geben, auch darin gab sie ihm nach. Endlich und endlich fing ein Tag, fingen mehrere Tage an zu verstreichen, und kein A*** ließ sich sehen. Er fehlte bei der Mittagtafel – beim Abendessen. Geschäfte drängten ihn, wenn er bei ihr war, er fand für nötig, seinen Besuch diesmal abzukürzen. Wenn er kam, murmelte er eins, zwei Worte, streckte sich im Sofa, ergriff etwa diese oder jene Broschüre, warf sie weg, schäkerte mit ihrem Hund oder schlief zuletzt gar ein. Es wurde Abend – seine schwächliche Gesundheit riet ihm, zeitlich nach Haus zu gehen, das hatte ihm Tronchin ausdrücklich befohlen, und Tronchin, das ist wahrhaftig und wahr, Tronchin ist ein unvergleichlicher Mann – und damit nahm er Stock und Hut und wischte fort, vergaß in seiner Zerstreuung auch wohl gar, Madame beim Abschied zu umarmen. Frau von P*** empfand, dass sie nicht mehr geliebt ward, aber sie musste sich überzeugen, und das machte sich ohngefähr auf folgende Art:

Einmal, als sie eben abgespeist hatten, fing sie an:

»Warum so in Gedanken, Marquis?«

»Warum *Sie,* gnädige Frau?«

»Es ist auch wahr, und noch dazu in so traurigen.«

»Wie denn das?«

»Nichts.«

»Das ist nicht wahr, Madame, frei heraus« – und dabei gähnte er – »gestehen Sie mir, was ist Ihnen? – das wird uns beide aufmuntern.«

»Hätten Sie das hier so nötig?«

»Nicht doch – Sie wissen ja – Man hat so gewisse Stunden –«

»Wo man verdrüßlich sein muss?«

»Nein, Madame, nein, nein – Sie haben unrecht, bei meiner Ehre, Sie haben unrecht. Es ist nichts. Ganz und gar nichts. Es gibt manchmal so Augenblicke – Ich weiß selbst nicht, wie ich mich ausdrücken soll.«

»Lieber Freund, schon eine Zeit lang drückt mich etwas auf dem Herzen, das ich Ihnen sagen wollte, aber immer war mir bange, es würde Sie beleidigen.«

»Mich beleidigen? Sie?«

»Vielleicht – aber Gott ist mein Zeuge, dass ich unschuldig bin. Ohne meinen Willen, ohne mein Wissen hat sich das nach und nach so gegeben. Es kann nicht anders – es muss ein Fluch Gottes sein, der dem ganzen Menschengeschlecht gilt, weil auch ich – ich selbst so gar keine Ausnahme mache.«

»Ah Madame – Sie besorgen etwa – hm – und was ist es denn?«

»Was es ist? – O ich bin unglücklich – auch Sie werd ich unglücklich machen. – Nein, Marquis, besser, ich schweige still.«

»Reden Sie frei, meine Liebe. Sollten Sie vor mir Geheimnisse haben? Sollten Sie nicht mehr wissen, dass es die erste Bedingnis unsrer Vertraulichkeit war, einander nichts zu verschweigen?«

»Das eben ists, was mir Kummer macht. Was Sie mir jetzt vorwerfen, Marquis, hat noch vollends gefehlt, meine Strafbarkeit aufs höchste zu treiben. – Finden Sie nicht, dass meine vorige Munterkeit ganz dahin ist? – Ich habe keine Lust zum Essen und Trinken mehr. Auch sogar schlafen mag ich nicht mehr. Unser vertrauter Umgang fängt nachgerade an, mir zuwider zu werden. Oft um Mitternacht frage ich mich selbst: Ist er denn nicht mehr so liebenswürdig? – Er ist, wie er war. Hast du Ursache, dich über ihn zu beklagen? – Nicht die mindeste. Vielleicht besucht er verdächtige Häuser? – Nichts weniger. Oder findest du ihn vielleicht minder zärtlich als ehedem? – Ganz und gar nicht. Aber wenn dein Freund noch der alte ist, so müsstest du ja verwandelt sein? – Du bists, o gestehe dirs, du bists. Da ist kein Funke der Sehnsucht mehr, mit der du sonst ihn erwartetest, kein Schatten der Freude mehr, womit du ihn damals empfingest – keine Spur der süßen Beklemmung mehr, wenn er ausblieb, der süßeren Aufwallung, wenn er wieder kam, wenn du hörtest seiner Tritte

Klang, wenn man ihn meldete, wenn er hereintrat – O das alles ist vorbei – es ist dahin, er ist dir fremder geworden.«

»Wie, Madame?«

Hier drückte die Dame beide Hände vors Gesicht, ließ den Kopf herabsinken und schwieg eine Zeit lang still. Endlich sagte sie wieder:

»Ich weiß, was Sie mir antworten können. Ich bin darauf gefasst, Sie erstaunt zu sehen – mir das Bitterste von Ihnen sagen zu lassen – aber schonen Sie, Marquis – doch nein, nein, schonen Sie nicht. Sagen Sie mir alles. Ich hab es verdient. Ich muss mirs gefallen lassen. Ja, lieber Marquis, so ist es – es ist wahr – aber ist es nicht schrecklich genug, dass es so weit kommen musste – sollte ich auch noch zu *der* Schande herabgesunken sein, Ihnen geheuchelt zu haben? – *Sie* sind, was Sie waren, aber ich bin die nämliche nicht mehr. Noch zwar verehr ich Sie, verehre Sie so sehr und mehr noch als ehedem, aber – – aber eine Frau, wie Sie mich kennen, eine Frau, die gewohnt ist, die geheimste Regungen ihres Herzens zu prüfen, sich nirgends zu täuschen, diese Frau kann sich nicht mehr verhehlen, dass die Liebe daraus geflohen ist. Dieses Bekenntnis – o ich fühl es – es ist das entsetzlichste, aber dennoch nicht minder wahr. – Ich eine Wankelmütige, eine Lügnerin! – Wüten Sie aus, lieber Marquis. Verwünschen Sie mich. Verdammen Sie mich. Brandmarken Sie mich mit den verhasstesten Namen. Ich hab es selbst schon getan. Alles, alles kann ich von Ihnen anhören, nur das Einzige nicht, dass ich heuchle, denn das verdien ich nicht.«

Hier drehte sich Frau von P*** im Sofa herum und fing laut an zu weinen.

Der Marquis warf sich ihr zu Füßen.

»Treffliche Frau! Göttliche Frau! Frau, wie man keine mehr finden wird. Ihre Freimütigkeit, Ihre Rechtschaffenheit beschämen mich, rühren mich – ich möchte für Scham sterben. Wie groß stehen Sie in diesem Augenblick neben mir, wie klein steh ich neben Ihnen, Sie haben den Anfang gemacht zu bekennen – ich machte den Anfang zu fehlen. Ihre Offenherzigkeit reißt mich hin – ein Ungeheuer müsst ich sein, wenn ich einen Augenblick anstünde, sie zu erwidern. Ja, Madame, ich kann es nicht leugnen; die Geschichte *Ihres* Herzens ist Wort für Wort auch die Geschichte des meinigen. Alles, alles, was Sie *sich* gesagt haben, hab ich auch *mir* gesagt. Doch ich duldete und schwieg – hätte vielleicht noch lange geschwiegen – hätte vielleicht *nie* den Mut gehabt, mich zu erklären.«

»Ist das wirklich wahr, Marquis?«

»Wahr, Madame – und wir können uns also beide Glück wünschen, dass wir zu gleicher Zeit über eine Leidenschaft Meister wurden, die so vergänglich wie die unsrige war.«

»In der Tat, Marquis, ich würde sehr zu beklagen sein, wenn meine Liebe später erloschen wäre als die Ihrige.«

»Sie können sich darauf verlassen, Madame – ich war der Erste, bei dem sie aufhörte.«

»Wirklich, mein Herr! Ich fühle so etwas.«

»O meine beste Marquisin! Noch nie fand ich Sie so reizend, so liebenswürdig, so schön als in dem jetzigen Augenblick. Machten mich meine bisherigen Erfahrungen nicht schüchtern, wer weiß, ob ich Sie nicht heftiger lieben würde als jemals.«

Er nahm, indem er dies sagte, ihre beiden Hände und küsste sie lebhaft. Frau von P*** unterdrückte den tödlichen Gram, der ihr Herz zerriss, und nahm das Wort:

»Aber was nun anfangen, Marquis? – Wir beide, dächte ich, hätten uns keinen Betrug vorzuwerfen. Sie haben noch die nämliche Ansprüche auf meine Achtung wie ehedem – auch *ich* hoffe mein Recht auf die Ihrige nicht ganz vergeben zu haben. Wollen wir fortfahren, uns zu sehen? Wollen wir unsre Liebe in die zärtlichste Freundschaft verwandeln? – Das wird uns künftig alle die traurigen Auftritte ersparen, alle die kleinen Treulosigkeiten, alle die kindischen Neckereien, all den mutwilligen Humor, der eine flüchtige Leidenschaft zu begleiten pflegt. Wir werden das einzige Beispiel in unserer Gattung sein. *Sie* – haben Ihre vorige Freiheit wieder, *mir* – geben Sie die meinige zurück. So reisen wir zusammen durch die Welt. Sie machen mich bei jeder neuen Eroberung zu Ihrer Vertrauten. Ich werde Ihnen kein Geheimnis aus den meinigen machen – versteht sich, wenn ich welche erlebe, denn ich fürchte sehr, lieber Marquis, dass Sie mich in *dem* Punkt ein klein wenig scheu gemacht haben – Und so müsst es denn ganz unvergleichlich gehen. Sie unterstützen mich zuweilen mit Ihrem Rat, ich Sie mit dem meinigen – Und am Ende, wer weiß, was geschehen kann?«

»Allerdings, Madame, und es ist dann so gut als schon ausgemacht, dass Sie bei jeder Vergleichung gewinnen – dass ich von Tag zu Tag wärmer und zärtlicher zu Ihnen zurückkehre, dass mich zuletzt alles, alles wird überwiesen haben, die Marquisin von P*** sei die einzige Frau, die mich glücklich machen kann. Und wenn ich *dann* wieder umkehre, so ist es auch heilig gewiss, dass Sie mich zeitleben in Ihren Banden behalten.«

»Wie aber, wenn Sie bei Ihrer Wiederkehr *mich* nicht mehr fänden? – Denn Sie wissen ja, man ist oft wunderlich, Marquis – der Fall könnte kommen, dass mich Eigensinn – Laune – Leidenschaft für einen andern anwandelte, der nicht einmal so viel in Ihren Augen gälte.«

»Allerdings würde mich das kränken, Madame, aber beklagen dürfte ich mich darum nie. Ich müsste mich einzig und allein an das Schicksal halten, das uns trennte, weil es wollte, und uns wieder zu vereinigen wissen wird, wenn das so sein soll.«

Auf dieses Gespräch folgte eine langweilige Predigt über den Unbestand des menschlichen Herzens, über die Nichtigkeit der Schwüre, über den Zwang der Ehen. Nach kurzen Umarmungen schieden beide voneinander.

So groß der Zwang gewesen, den sich die Dame in Gegenwart ihres Liebhabers auflegen musste, so fürchterlich war der Ausbruch ihres Schmerzens, als er fortgegangen war. »Also ist es wahr«, schrie sie laut aus, »es ist mehr als zu wahr, er liebt mich nicht mehr!« – Nachdem ihre ersten Aufwallungen vorüber waren und sie in stiller Wut über dem erlittenen Schimpfe gebrütet hatte, beschloss sie eine Rache, die ohne Beispiel war, eine Rache zum Schrecken aller Männer, die sich gelüsten lassen, eine Frau von Ehre zu betrügen, und diese Rache führte sie aus.

Die Marquisin hatte ehemals mit einer gewissen Frau aus der Provinz in Bekanntschaft gestanden, die eines Prozesses wegen mit ihrer Tochter, einem Mädchen von großer Schönheit und guter Erziehung, nach Paris gezogen war. Jetzt hatte sie erfahren, dass diese Frau mit ihrem Prozess ihr ganzes Vermögen verloren hatte und dahin gebracht worden war, ein Haus der Freude zu unterhalten. Man kam da zusammen, man spielte, man speiste zu Abend, und gemeiniglich blieb einer oder zwei von den Gästen die Nacht über dort, mit Mutter oder Tochter, wie er nun Lust hatte, sich ein Vergnügen zu machen.

Die Marquisin ließ durch einige Bediente diesen Weibspersonen nachspüren; sie wurden ausfündig gemacht und zur Frau von P*** – ein Name, den sie sich kaum noch zurückrufen konnten – auf einen Besuch gebeten. Die Frauenzimmer, welche sich zu Paris für eine Madame und Mademoiselle Aisnon ausgaben, nahmen die Einladung mit Vergnügen an. Gleich den andern Morgen fand sich die Mutter bei der Marquisin ein, welche das Gespräch sogleich auf ihre jetzige Lebensart zu lenken wusste.

»Frei heraus, gnädige Frau«, antwortete die Alte, »wir leben von einem Handwerk, das leider sehr wenig einträgt, gefährlich und misslich und noch obendrein eins von den schimpflichsten ist. Mir selbst ist es noch dazu in den Tod zuwider, aber Not bricht Eisen, wie das Sprüchwort sagt. Ich war schon halbwegs entschlossen, meine Tochter bei der Opera anzubringen, aber ihre Stimme taugt höchstens für eine Kammersängerin, und außerdem tanzt sie schlecht. Auch habe ich sie, während meines Prozesses und auch nachher, bei den Vornehmen dieser Stadt, bei den obrigkeitlichen Personen, bei den Pächtern und geistlichen Herren herumgeführt der Reihe nach; aber die Herren, wie das nun geht, akkordierten immer nur auf eine Zeit lang, und am Ende blieb sie mir denn so sitzen. Nicht etwa, meine gnädige Frau, als ob sie nicht schön wäre wie ein Engel – auch fehlt es ihr weder an Verstand noch Manieren, aber der eigentliche Pfiff für das Gewerbe mangelt ihr ganz und gar, und alle die kleinen

Kunstgriffchen, die man anwenden muss, das Männervolk in Atem zu halten.«

»Sind Sie denn sehr bekannt hier?« frug die Marquisin.

»Leider Gottes, nur zu sehr«, sagte die Alte.

»Und, wie ich merke, scheinen Sie beide wenig Lust und Liebe zu Ihrem Gewerbe zu haben?«

»Ganz und gar nicht, und am wenigsten meine Tochter, die mir ohne Aufhören in den Ohren liegt, sie davon wegzunehmen oder lieber ums Leben zu bringen. Obendrein hat sie noch ihre melancholische Stunden, wo sie vollends gar nicht zu brauchen ist.«

»Wenn ich mir also zum Beispiel in den Kopf setzen wollte, Ihr Schicksal auf eine glänzende Art zu verbessern, würden Sie mir wohl beide wenig Schwürigkeiten machen?«

»Das meint ich auch.«

»Aber die Frage ist, ob Sie mir werden versprechen können, allen Vorschriften, die ich für gut finden könnte, Ihnen zu geben, mit der strengsten Genauigkeit nachzuleben?«

»Darauf können Sie zählen, Madame. So hart sie auch sein mögen.«

»Und Ihr Gehorsam ist mir also gewiss, so oft es mir einfallen wird zu befehlen?«

»Wir werden mit Ungeduld darauf warten.«

»Das ist gut. Jetzt, Madame, gehen Sie nach Hause, Sie sollen gleich meine fernern Verfügungen hören. Unterdessen schaffen Sie alles fort, was Sie an Hausgerät haben; auch Ihre Kleider schaffen Sie fort, die besonders, welche von frecher oder schreiender Farbe sind, das alles würde mir nur meinen Anschlag vereiteln.«

Jene ging. Frau von P*** warf sich in den Wagen und ließ sich in die Vorstädte fahren, welche ihr von der Wohung der Aisnon am weitsten entlegen schienen. Hier mietete sie nicht weit von der Pfarrkirche eine schlechte Wohnung in einem ehrbaren Bürgershause und ließ solche auf das sparsamste möblieren. Dahin lud sie die beiden Aisnon, übergab ihnen Haus und Wirtschaft und legte ihnen einen schriftlichen Aufsatz von den Lebensregeln vor, die sie künftighin zu befolgen hatten. Sie waren folgende:

»Auf keinen öffentlichen Spaziergang gehen Sie mehr, denn es liegt daran, dass Sie von niemand entdeckt werden.

Sie nehmen keine Besuche an, auch selbst aus Ihrer Nachbarschaft nicht, denn es muss das Ansehen haben, als hätten Sie der Welt gänzlich entsagt.

Gleich von dem morgenden Tag an müssen Sie andächtige Kleider tragen.

Zu Hause werden keine andre als geistliche Bücher geduldet, dass Sie ja keinem Rückfall sich aussetzen.

Ihrem Gottesdienst müssen Sie jeden Werk- und Feiertag mit brünstigem Eifer obliegen.

Sie müssen dahin trachten, dass Sie sich in das Sprachzimmer dieses oder jenes Klosters Eingang verschaffen. Die Plaudereien der Mönche können von Nutzen für Sie werden.

Mit dem Pfarrherrn und den übrigen Geistlichen müssen Sie genau bekannt werden; der Fall könnte kommen, dass man ein Zeugnis von Ihnen verlangte.

Des Monats müssen Sie wenigstens zweimal zur Beichte und zum Abendmahl gehen.

Ihren Familiennamen nehmen Sie wieder an, weil er ehrbarer ist und Nachfrage deswegen geschehen könnte.

Von Zeit zu Zeit streuen Sie kleine Almosen aus, aber ich verbiete Ihnen schlechterdings, welche anzunehmen. Man soll Sie weder für reich noch für dürftig halten.

Zu Hause beschäftigen Sie sich mit Nähen, Stricken, Spinnen und Sticken, und Ihre Arbeiten verkaufen Sie dann in ein Armenhaus.

Ihre Lebensordnung sei äußerst mäßig. Einige schmale Portionen aus dem Gasthaus sind alles, was ich Ihnen erlauben kann.

Die Tochter geht nie ohne die Mutter, die Mutter nie ohne die Tochter aus. Überhaupt, wo Sie Gelegenheit finden, etwas Erbauliches zu tun, ohne dass es Kosten verursacht, so unterlassen Sie es nie.

Aber einmal für alle Mal: weder Pfaffen noch Mönche noch fromme Brüder in Ihren vier Pfählen.

Gehen Sie über die Gasse, so schlagen Sie die Augen jederzeit sittsam zu Boden. In der Kirche sehen Sie nirgends hin als auf Gott.

Ich will gern glauben, dass diese Einschränkung hart ist, aber in die Länge kann sie nicht dauren, und die Entschädigung wird außerordentlich sein. Gehen Sie nun mit sich selbst zu Rat. Wenn Sie besorgen, dass Ihre Kräfte diesen Zwang nicht aushalten, so gestehen Sie es jetzt frei heraus. Es kann mich weder beleidigen noch befremden – Ich vergaß vorhin noch anzumerken, dass es sehr wohlgetan sein würde, wenn Sie sich die Sprache der Mystiker angewöhnten und die Redensarten der heiligen Schrift recht geläufig machten. Bei jeder Gelegenheit lassen Sie Ihren Groll gegen die Weltweisen aus, und Voltairen erklären Sie für den Antichrist. – Nunmehr leben Sie wohl. Hier in Ihrem Hause werden wir uns schwerlich wiedersehen. Ich bin ja nicht würdig, mit so heiligen Frauen in Gesellschaft zu leben. Doch seien Sie deswegen unbesorgt. Sie sollen mich desto öfter in der Stille besuchen, und dann wollen wir das Verlorene bei verschlossnen Türen hereinbringen.

Aber, um was ich Sie bitte – sehen Sie ja zu, dass Sie mir über dem heilig Tun nicht im Ernst heilig werden. Die Auslage für Ihre kleine Wirtschaft wird meine Sorge sein. Glückt unser Anschlag, so bedörfen Sie meines Beistands nicht wieder. Sollte er, ohne Ihre Verschuldung, misslingen, so habe ich Vermögen genug, Ihr Schicksal erträglich zu machen, und unendlich erträglicher, als dasjenige war, dem Sie jetzt mir zu Gefallen entsagen. Aber vor allen Dingen – Gehorsam, blinden unumschränkten Gehorsam gegen meine Befehle, oder ich kann Ihnen weder für jetzt noch fürs Künftige stehen.«

Unter der Zeit, dass unsre zwo Andächtige nach Vorschrift die Welt erbauten und der gute Geruch ihrer Heiligkeit sich ringsum verbreitete, fuhr Frau von P*** nach ihrer Gewohnheit fort, jeden äußerlichen Schein von Achtung und vertraulicher Freundschaft gegen den Marquis zu beobachten. – Willkommen, so oft er sich sehen ließ, nie mürrisch oder ungleich von ihr empfangen, selbst dann nicht, wenn er sich lange hatte vermissen lassen, kramte er alle seine kleinen Abenteuer bei ihr aus, welche sie mit der unbefangensten Lustigkeit anhörte. In jeder Verlegenheit schenkte sie ihm ihre Teilnehmung, ihren Rat – unter der Hand ließ sie auch ein Wort von Verheiratung fallen, jedoch immer mit dem Tone der uneigennützigsten Freundschaft, der auf sie selbst nicht die geringste Beziehung zu haben schien. Wandelte es den Marquis in gewissen Augenblicken an, galant gegen sie zu sein und ihr etwas Schmeichelhaftes zu erweisen – Dinge, worüber man bei Frauenzimmern von so genauer Bekanntschaft sich nie ganz hinwegsetzen kann – so antwortete sie mit einem Lächeln oder schien gar nicht einmal darauf merken zu wollen. Ein Freund wie er, behauptete sie dann, reiche zur Glückseligkeit ihres Lebens hin – ihre erste Jugend wäre vorüber, ihre Leidenschaften ausgelöscht.

»Wie, Madame!« antwortete er voll Verwunderung, »Sie sollten mir also nichts mehr zu beichten haben?«

»Nicht das Mindeste mehr.«

»Auch von dem kleinen Grafen nichts, der mir sonst gefährlich war?«

»Diesem habe ich meine Türe verschlossen. Ich seh ihn nimmermehr.«

»Das ist aber wunderlich, Madame, und warum denn?«

»Weil er mir zuwider ist.«

»Gestehen Sie, Madame. Gestehen Sie. Ich lese in Ihrem Herzen. Sie lieben mich noch immer?«

»Das könnte wohl sein.«

»Und zählen auf meine Wiederkehr?«

»Warum sollt ich nicht dürfen?«

»Und wenn mir also das Glück – oder das Unglück? – begegnete, rückfällig in meiner Liebe zu werden, würden Sie sich ohne

Zweifel nicht wenig darauf zugutetun, über meine vorige Unart einen Schleier zu ziehen?«

»Sie haben eine große Meinung von meiner Gefälligkeit.«

»O Madame, nach dem, was Sie bereits schon getan haben, traue ich Ihnen jede Heldentat zu.«

»Das soll mir unendlich lieb sein.«

»Auf Ehre, Madame. Sie sind eine gefährliche Frau. Das ist ausgemacht.«

So standen die Sachen noch, als schon der dritte Monat verstrichen war; endlich glaubte die Dame, dass der Zeitpunkt erschienen sei, ihre Federn einmal spielen zu lassen. An einem schönen Sommertag, wo der Marquis bei ihr zu Mittag erwartet wurde, befahl sie den beiden Aisnon, im königlichen Garten spazieren zu gehen. Der Marquis erschien bei der Tafel, man trug früher auf als gewöhnlich, man speiste kostbarer, die Unterhaltung war die munterste. Nach Tische brachte die Dame einen kleinen Spaziergang in Vorschlag, wenn anders der Marquis nichts Wichtigeres darüber versäumte. Es traf sich gerade, dass an eben dem Tag weder Schauspiel noch Opera war. Dies gab Gelegenheit, dass der Marquis zuerst auf den Einfall kam, das königliche Kabinett zu besehen. Nichts konnte der Dame willkommener sein. Die Bestellung wird gemacht ohne Zeitverlust. Die Pferde sind vorgespannt. Man wirft sich in den Wagen. Man eilt nach dem Garten und findet sich auf einmal in einem Gedränge von Welt, begafft alles und sieht nichts, wie das gemeiniglich zu geschehen pflegt.

Nachdem beide das königliche Kabinett verlassen hatten, mischten sie sich unter die andern Spazierenden. Der Weg führte sie durch eine Allee nach der Baumschule, wo Frau von P*** auf einmal ein lautes Geschrei erhub: »Sind sies? Sie sinds! Nein, ich täusche mich nicht? – Es sind wirklich dieselben«, und mit den Worten entspringt sie dem Marquis und fliegt unsern beiden frommen Schwestern entgegen. Die junge Aisnon war heute zum Bezaubern; der bescheidene Anzug erlaubte es den Blicken, ganz in das Anschauen der Person hinzuschmelzen. – –

»Ah! Sind Sie es, Madame?«

»Ich bins! Ja freilich. Und wie leben Sie denn? Und wie ist es Ihnen die ganze lange Ewigkeit her ergangen?«

»Sie wissen unser Unglück, Madame. Was war zu tun? Wir haben uns eingeschränkt, haben uns nach der Decke gestreckt, weil wir mussten, und einer Welt Lebewohl gesagt, in welcher wir mit dem vorigen Anstand nicht mehr auftreten konnten.«

»Aber mich zu verlassen, mich, die doch auch nicht mehr zu der Welt gehört und sie nachgerade so abgeschmackt findet, als sie es auch in der Tat ist! Das war nicht artig, meine Kinder.«

»Misstrauen, gnädige Frau, ist von jeher die Begleitung des Unglücks gewesen. Die Unwürdigen fürchten so gern, überlästig zu sein – –«

»Überlästig? Sie mir? Wissen Sie auch, dass ich Ihnen das mein Leben lang nicht mehr vergeben werde?«

»Mir geben Sie die Schuld nicht, gnädige Frau. Wohl hundertmal habe ich die Mama an Sie erinnert, aber da hieß es immer: Frau von P***? Lass es gut sein, meine Tochter. An uns denkt kein Mensch mehr.«

»Wie ungerecht! Aber setzen wir uns. Lassen Sie uns den Handel gleich auf der Stelle ausmachen. – Hier meine Freundinnen. Der Marquis von A*** – ein sehr guter Freund von mir, und der uns nicht im mindesten stören wird. Aber sieh doch, wie Mademoiselle groß geworden ist, wie schön, seitdem wir uns das letzte Mal sahen!«

»Das danken wir unsrer Armut, Madame, die wenigstens unsre Gesundheit behütet. Schauen Sie ihr in die Augen, betrachten Sie diese Arme. – Das können Ordnung und Mäßigkeit, Schlaf und Arbeit und ein gutes Gewissen, und das ist auch nichts Kleines, gnädige Frau.« –

Man setzte sich, man plauderte vertraulich zusammen; die ältere Aisnon sprach gut, die jüngere wenig. Beide beobachteten den Ton der geistlichen Demut, doch ohne sich zu zieren oder zu übertreiben. Lange vorher, eh es noch Abend wurde, machten die beiden frommen Schwestern den Aufbruch. Man drang in sie zu bleiben – man stellte vor, dass es noch hoch am Tage wäre, aber die Mutter lispelte der Marquisin – ziemlich laut, versteht sich – in das Ohr, dass sie noch eine Andachtsübung zu verrichten hätten, die sie niemals versäumten. Sie waren schon eine ziemliche Strecke von einander, als Frau von P*** sich auf einmal besann, nicht nach ihrer Wohnung gefragt zu haben. Gleich sprengte der Marquis zurück, dieses Versehen wiedergutzumachen. Die Adresse der gnädigen Frau ward mit Bereitwilligkeit angenommen, aber alle Bemühungen des Marquis waren umsonst, die ihrige zu erfragen. Er hatte nicht einmal den Mut, ihnen seinen Wagen anzubieten – ein Umstand, der ihm doch, wie er der Frau von P*** nachher selbst gestand, oft genug auf der Zunge schwebte.

Sein Erstes war, dass er sich bei der Marquisin umständlicher erkundigte. Wer denn eigentlich diese Frauenzimmer wären. – »Zwei Geschöpfe«, war die Antwort, »die wenigstens glücklicher sind als Sie und ich. Sahen Sie die blühende Gesundheit? Die Heiterkeit auf ihrem Angesicht? Die Unschuld, die Sittsamkeit in ihren Reden? Dergleichen erlebt man nicht, sieht man nicht, hört man in unsern Zirkeln nicht. Wir bedauren die Andächtige, die Andächtigen bedauren uns, und am Ende – wer weiß, ob sie unrecht haben?«

»Aber ich bitte Sie, Madame – Sie werden doch nicht selbst eine Betschwester werden wollen?«

»Warum das nicht?«

»Ich beschwöre Sie, Madame – Ich will doch nicht hoffen, dass unser Bruch, wenn es ja einer sein soll, Sie bis zu *der* Raserei führen werde?«

»Also sähen Sie es lieber, wenn ich dem kleinen Grafen meine Türe wieder öffnete?«

»Tausendmal lieber.«

»Und rieten mirs am Ende wohl noch selbst an?«

»Ohne Bedenken.«

Frau von P*** erzählte dem Marquis, was sie von dem Herkommen und den Schicksalen ihrer Freundinnen wusste, und mischte so viel Interesse, als nur möglich war, in diese Geschichte. Endlich setzte sie hinzu:

»Sie finden hier zwo weibliche Geschöpfe, wie man wenige finden wird, vorzüglich aber die Tochter. Eine Gestalt, wie das Mädchen sie hat, sehen Sie selbst ein, würde ihre Besitzerin zu Paris nie Not leiden lassen, wenn sie Lust hätte, Gebrauch davon zu machen; aber diese Frauenzimmer haben eine ehrenvolle Dürftigkeit einem schimpflichen Überfluss vorgezogen. Der Rest ihres Vermögens ist so klein, dass ich bis diese Stunde nicht begreifen kann, wie sie nur damit auskommen mögen. Da ist Tag und Nacht zu tun. Armut ertragen, wenn man arm geboren worden, ist eine Tugend, deren tausend Menschen fähig sind – aber von dem höchsten Überflusse plötzlich zur höchsten Notdurft heruntersinken und zufrieden sein und sich obendrein noch glücklich schätzen, ist eine Erscheinung, die ich nimmermehr erklären kann – Sehen Sie, Marquis, so etwas kann nur die Religion. Die Weltweisen haben gut schwatzen. Die Religion ist etwas Herrliches.«

»Für den Unglücklichen ganz gewiss.«

»Und wer ist das nicht – mehr oder weniger – früher oder später?«

»Ich will sterben, Marquisin, wenn Sie nicht noch eine Heilige werden.«

»Als wenn das Unheil so entsetzlich wäre! Wie wenig bedeutet mir dies Leben, wenn ich es mit einer ewigen Zukunft auf die Waage lege.«

»Aber Sie reden ja schon wie ein Apostel.«

»Ich rede wie eine Überzeugte. Wie, mein lieber Marquis, antworten Sie mir doch einmal – aber wahr und ohne Rückhalt – Wenn uns die Freuden und Schrecken jener Welt lebhafter vorschwebten, wie klein würden die Reichtümer dieser Erde vor unsern Augen zusammenschrumpfen? – Wer sonst als ein Rasender würde Lust bekommen, ein junges Mädchen oder eine liebende Gattin an der Seite ihres Gemahls zu verführen, wenn der Gedanke ihn anwandelte: ich kann in ihrer Umarmung sterben und ewig verdammt sein?«

»Und doch ist dies etwas Alltägliches.«

»Weil man nicht mehr an Gott glaubt, weil man von Sinnen ist.«

»Oder, Madame, weil unsre Sitten mit unsrer Religion nichts zu schaffen haben. Aber, liebe Marquisin, wie kommen Sie mir vor? Sie tummeln sich ja über Hals und Kopf zu dem Beichtstuhl?«

»Ich sollte freilich wohl etwas Klügeres tun.«

»Gehen Sie, Sie sind eine Närrin. Sie haben noch schöne zwanzig Jahre ganz allerliebst wegzusündigen. Lassen Sie die erst genossen sein, und dann bereuen Sie meinethalben oder prahlen damit bei Ihrem Beichtiger – Aber unser Gespräch hat eine so schwermütige Wendung genommen. Ihre Phantasie, Madame, wird ganz unerträglich finster, und das kommt bei meiner Ehre von nichts als dem abscheulichen Klosterleben. Folgen Sie mir, Madame – lassen Sie den kleinen Grafen wieder zurückkommen, und ich verwette Seligkeit und Seele, Sie sehen weder Hölle noch Teufel mehr und sind auf einmal wieder liebenswürdig wie zuvor. Fürchten Sie etwa, dass ich Ihnen ein Verbrechen daraus machen möchte, wenn es mit uns wieder auf den alten Fuß kommen sollte? – Es könnte aber nun nie mehr dahin kommen, dann hätten Sie sich ja, einem eigensinnigen Traum zu Gefallen, um die süßeste Zeit Ihres Lebens betrogen – und – soll ichs gerade heraussagen, Madame? – der Triumph, es *mir* zuvor getan zu haben, ist so viel Aufopferung nicht einmal wert.«

Noch einige Gänge durch die Allee, und sie stiegen wieder in den Wagen. Eine Weile darauf fing Frau von P * * * von neuem an.

»Wie einen das doch alt machen kann! Es denkt mir noch, wie das nicht viel höher war als ein Kohlhaupt, als es zum ersten Mal nach Paris kam.«

»Sie meinen das junge Frauenzimmer, das uns vorhin mit ihrer Mutter begegnete?«

»Das Nämliche. Sehen Sie, Marquis, das erinnert mich an einen Garten, wo frische Rosen immer die verwelkten ablösen. Haben Sie sie auch recht ins Aug gefasst?«

»Ich habe nicht ermangelt.«

»Nun – und was halten Sie von ihr?«

»Es ist der Kopf einer Mutter Gottes von Raphael, auf den Leib seiner Galathee gestellt – O, und die unaussprechlich melodische Stimme –«

»Und die Bescheidenheit im Auge!«

»Und der Anstand, die Grazie in jeder Gebärde!«

»Und die Würde ihres Vortrags, die man doch sonst an keinem Mädchen ihresgleichen findet. Sehen Sie, was eine gute Erziehung tut!«

»Ja, wenn die Anlage schon so trefflich ist.«

Der Marquis brachte Frau von P*** nach Hause. Diese konnte es kaum erwarten, ihren beiden Kreaturen die Zufriedenheit zu bezeugen, welche sie über die glückliche Eröffnung des Possenspiels empfand.

Von dieser Zeit fing der Marquis an, seine Besuche bei der Dame zu verdoppeln. Sie schien es nicht bemerken zu wollen. Niemals leitete *sie* das Gespräch auf die beiden Frauenzimmer, *er* musste immer zuerst davon anfangen, und dieses tat er auch mit Ungeduld – doch zugleich mit einer künstlichen Gleichgültigkeit, welche ihm aber immer verunglückte.

»Sahen Sie heute Ihre zwo Freundinnen?«

»Nein.«

»Wissen Sie aber, dass Sie gar nicht artig sind, meine gnädige Frau? – Sie haben Vermögen, diese zwo Frauenzimmer leiden Mangel, und Sie sind nicht einmal so höflich, ihnen zuweilen Ihren Tisch anzubieten?«

»Ich hätte doch gemeint, der Marquis von A*** sollte sich mit meiner Denkungsart besser bekannt gemacht haben. Vor Zeiten wohl mochte die Liebe mir hie und da eine Tugend borgen, jetzt aber hilft mir die Freundschaft nur mit Schwachheiten aus. Wohl zehenmal habe ich sie indessen zu Tische bitten lassen, aber immer schlugen sie es aus. Sie haben ihre besondern Gründe, mein

Haus zu meiden, und wenn ich ihnen einen Besuch gebe, so tut es not, dass ich meinen Wagen am Ende der Gasse halten lasse und zuvor Schmuck und Schminke und jede Kostbarkeit von mir lege. Wundern Sie sich über diese grillenfängerische Behutsamkeit nicht. Eine zweideutige Auslegung könnte nur gar zu leicht den guten Willen ihrer Wohltäter abkühlen. Heutzutag, Marquis, gehört viel dazu, Gutes zu tun.«

»Bei den Frommen besonders.«

»Wo der geringste Vorwand davon lossprechen kann. Erführe man, dass ich mich hineinmischte, gleich würde es heißen: Frau von P*** ist ihre Gönnerin – sie brauchen keine Beisteuer mehr – und die Almosen hörten auf.«

»Was? die Almosen?«

»Ja, mein Herr, die Almosen.«

»Diese Frauenzimmer sind Ihre Bekannte und leben vom Almosen?«

»Dachts ich doch! – lieber Marquis, da seh ichs ja deutlich, dass Sie aufgehört haben, mich zu lieben. Mit Ihrer Zärtlichkeit hab ich ein gutes Teil Ihrer Achtung zugleich verloren. Wer sagt Ihnen denn, dass die Schuld mein sein muss, wenn diese Frauenzimmer vom Opfergeld leben?«

»Verzeihung, Madame. Ich war voreilig. Ich bitte tausendmal um Verzeihung. Aber was für Ursachen hätten sie denn, den Beistand einer guten Freundin auszuschlagen?«

»O mein lieber Marquis. Wir Weltkinder verstehen uns auf die wunderliche Bedenklichkeiten der Heiligen nicht. Sie halten es nicht für schicklich, Wohltaten von fremder Hand ohne Unterschied anzunehmen.«

»Aber da berauben sie uns ja des einzigen Mittels, unsere unsinnigen Verschwendungen hie und da wiedergutzumachen?«

»Das seh ich nicht ab. Gesetzt, dass der Marquis von A*** das Schicksal dieser zwo Geschöpfe zu Herzen nähme, könnte er seine Gaben nicht durch würdigere Hände an sie gelangen lassen?«

»Würdigere – Nicht wahr? und desto weniger sichere?«

»Das könnte wohl sein.«

»Was meinen Sie, Madame – wenn ich ihnen zum Beispiel ein zwanzig Louis schicken wollte – würde man mein Geschenk wohl zurückweisen?«

»Nichts gewisser – und Ihnen, mein lieber Marquis, würde ein solcher Eigensinn bei der Mutter eines so schönen Kindes ohne Zweifel übel angebracht scheinen?«

»Glauben Sie, dass ich in Versuchung war, hinzugehen?«

»O ja, sehr gerne – Marquis, Marquis! Seien Sie auf Ihrer Hut! – es regt sich ein Mitleid in Ihrem Herzen, das mir sehr unerwartet und verdächtig scheint.«

»Mags – aber sagen Sie mir, hätte man meinen Besuch angenommen?«

»Zuverlässig nicht. Schon der Glanz Ihrer Equipage, die Pracht Ihrer Kleider, das Aufsehen von Bedienten, der Anblick eines schönen jungen Mannes – mehr hätte es nicht gebraucht, um die ganze Nachbarschaft in Alarm zu bringen und die armen Unschuldigen zugrund zu richten.«

»Sie tun mir weh, Madame, denn auf meine Ehre, das waren meine Absichten nicht. Also muss ich mir das Vergnügen versagen, sie zu sehen und ihnen Gutes zu tun.«

»So scheint es.«

»Aber, wenn ich meine Geschenke durch *Ihre* Hand gehen ließe?«

»Ich mag mich zu einer Wohltätigkeit nicht hergeben, die so zweideutig aussieht.«

»Das ist aber ja ganz abscheulich.«

»Abscheulich! Sie haben ganz recht.«

»Was für Einbildungen! Ich glaube, Sie wollen mich foppen, Madame? – Ein junges Mädchen, das ich in meinem Leben *einmal* gesehen habe –«

»Nehmen Sie sich in Acht, sag ich Ihnen. Sie sind auf dem Wege, sich unglücklich zu machen. Lassen Sie mich lieber jetzt Ihren Schutzengel als nachher Ihre Trösterin sein – Meinen Sie etwa, dass Sie es hier mit Kreaturen zu tun haben, wie Sie deren sonst kennenlernten? – Verwechseln Sie nichts, guter Marquis. Frauenzimmer wie diese versucht man nicht – überrumpelt man nicht – erobert man nicht. Sie verstehen den Wink nicht. Sie laufen nicht in die Falle.«

Auf einmal besann sich der Marquis, dass er noch etwas Drängendes zu verrichten habe. Er stand mit Ungestüm auf und ging mürrisch aus dem Zimmer.

Viele Wochen lang dauerte das fort. Der Marquis ließ keinen Tag verstreichen, ohne Frau von P*** zu sehen; aber er kam, warf sich in den Sofa, gab keinen Laut von sich; Frau von P*** führte das Wort allein, der Marquis blieb eine Viertelstunde und verschwand. Endlich blieb er einen ganzen Monat aus dem Hause. Nach Verfluss dessen zeigte er sich wieder, aber schwermutsvoll und zugerichtet wie eine Leiche. Frau von P*** erschrak bei seinem Anblick.

»Wie sehen Sie aus, Marquis? Woher kommen Sie? – Haben Sie diese ganze Zeit über an Ketten gelegen?«

»Schier so, bei Gott! – Aus Verzweiflung stürzt ich mich in das abscheulichste Schlaraffenleben.«

»Wie das? aus Verzweiflung?«

»Nicht anders, Madame – aus Verzweiflung.«

Mit den Worten lief er hastig durch das Zimmer, dahin, dorthin, trat er an ein Fenster, blickte nach den Wolken, kam zurück, blieb auf einmal vor ihr stehen, ging zur Türe, rufte einen seiner Leute, hieß ihn wieder gehen, stellte sich aufs neue vor die Dame, wollte reden, aber konnte nicht – Frau von P*** saß mittlerweile still an ihrem Arbeitstisch, ohne ihn bemerken zu wollen, endlich hatte sie Erbarmen mit seinem Zustand und fing an:

»Was haben Sie denn, Marquis? Einen ganzen Monat lang sieht man Sie nicht, und nun kommen Sie und sehen aus wie einer, der dem Leichentuch entsprungen ist, und treiben sich herum wie eine Seele im Fegfeuer!«

»Ich halt es nicht länger aus. Ich will – ich muss – Sie sollen alles hören. Jenes Mädchen, die Tochter Ihrer Freundin – o sie hat eine tiefe Wirkung auf mein Herz gemacht. Alles, alles hab ich angewandt, sie zu vergessen, doch umsonst – Je mehr ich sie bekämpfte, desto tiefer grub sich die Erinnerung. Dieser Engel hat mich ganz dahin – Sie müssen mir einen großen Dienst erweisen.«

»Nun?«

»Es ist umsonst. Ich muss – ich muss sie wiedersehen, und Ihnen, o nur Ihnen kann ich das zu danken haben. Ich habe meine Bediente in fremde Kleider gesteckt – ich habe ihnen auflauren lassen. Ihr ganzer Aus- und Eingang ist in die Kirche und aus der Kirche, aus ihrem Hause und in ihr Haus zurück. Zehenmal hab ich mich ihnen zu Fuß in den Weg gestellt, sie haben mich auch nicht einmal eines Blicks gewürdigt. Unter ihre Haustüre habe ich mich vergebens gepflanzt. Sie zu vergessen, bin ich auf eine Zeitlang der lüderlichste Bube geworden – ihnen zu gefallen wieder fromm und heilig wie ein Märtyrer, und fünfzehn Tage hat mich keine Messe vermisst – O welche Gestalt, meine Freundin! Wie reizend! Wie unaussprechlich schön!«

Frau von P*** war von allem unterrichtet. – »Das heißt«, gab sie dem Marquis zur Anwort, »Sie haben alles angewandt, um gescheut zu werden, und nichts unterlassen, um ein Narr zu sein, und das Letztere ist Ihnen gelungen.«

»O ganz recht, gelungen, und in einem fürchterlichen Grade. Werden Sie mich bedauren, Madame? Werden Sie mir die Seligkeit verschaffen, diesen Engel wiederzusehen?«

»Die Sache will Überlegung – ich werde sie schlechterdings nicht übernehmen, Sie versprechen mir denn auf das heiligste, diese arme Unglückliche in Ruhe zu lassen und Ihre Verfolgungen aufzugeben. Auch will ich Ihnen nicht verhehlen, Marquis, dass man sich sehr empfindlich über Ihre Zudringlichkeit gegen mich schon geäußert hat – Wollen Sie diesen Brief ansehen?«

Der Brief, den man dem Marquis hier in die Hände spielte, war unter den drei Frauenzimmern verabredet. Es musste das Ansehen haben, als hätte die jüngere Aisnon ihn auf ausdrücklichen Befehl ihrer Mutter geschrieben. Zugleich unterließ man nicht, so viel Edles und Zärtliches, so viel Geist und Geschmack einzuweben, als nötig war, dem Marquis den Kopf zu verrücken. Auch begleitete er jeden Gedanken mit einem Freudenruf, jedes Wort las er wieder, und Tränen der Entzückung flossen aus seinen Augen.

»Gestehen Sie nun selbst, dass man nicht göttlicher schreiben kann. O Madame, *ich* verehre das Frauenzimmer, das so schreibt und empfindet.«

»Das ist auch Ihre Pflicht.«

»Ich will Ihnen Wort halten, ich schwöre es Ihnen, aber ich bitte Sie, ich beschwöre Sie, tun Sie ein Gleiches.«

»Wahrlich, Marquis. Ich komme mir bald als der größere Narr von uns beiden vor. Es ist nicht anders – Sie müssen eine unumschränkte Gewalt über mich haben, und das erschröckt mich.«

»Wann seh ich sie also?«

»Das kann ich Ihnen jetzt noch nicht sagen. Vor allen Dingen muss man es so vorbereiten, dass kein Verdacht dabei aufsteigt. Die Frauenzimmer wissen um Ihre Leidenschaft – Überlegen Sie selbst, in welchem Lichte meine Freundschaft erscheinen würde, wenn sie nur entfernt auf den Argwohn kämen, dass ich mit Ihnen einverstanden sei. – Aber offenherzig, lieber Marquis – wofür auch die ganze Verlegenheit? Was geht das mich an, ob Sie lieben oder nicht lieben? Ob Sie ein Tor sind oder ein Kluger? – Lösen Sie selbst Ihren Knoten auf. Die Rolle, die Sie mich wollen spielen lassen, ist wahrlich auch sehr sonderbar.«

»Ich bin verloren, meine Beste, wenn *Sie* mich im Stich lassen. Ich will mich selbst nicht in Anschlag bringen – ich weiß, dass es Sie nur beleidigen würde – aber bei diesen teuren, diesen guten, diesen himmlischen Geschöpfen will ich Sie beschwören – Sie kennen mich, Madame. Bewahren Sie sie für den Rasereien, die ich auszuhecken fähig bin. Ich werde zu ihnen gehen – ja, beim großen Gott, das werd ich, ich habe Sie gewarnt – ich werde ihre Türe sprengen, mit Gewalt werde ich hineintreten, ich werde mich niedersetzen, ich werde sagen, ich werde – o! weiß ich denn, was ich sagen will, was ich tun will? – aber in dieser Lage meines Herzens bin ich fürchterlich.«

Jedes dieser Worte war ein Dolchstoß in das Herz der Frau von P***. Sie erstickte von Unwillen und innerlicher Wut, und mit Stottern redete sie weiter:

»Ganz kann ich Ihre Heftigkeit nicht tadeln – Aber – – Ja! wenn *ich* – ich mit dieser Leidenschaft geliebt worden wäre – Vielleicht – doch genug davon. Für Sie wollt ich eigentlich ja auch nicht handeln, nur hoffe ich, dass mein Herr Marquis mir wenigstens Zeit lassen werde.«

»Die kürzeste, die nur möglich ist.«

»O ich leide«, rief die Dame, als er weg war, »ich leide schrecklich, aber ich leide nicht allein. Abscheulichster der Menschen, noch zwar ist es ungewiss, wie lang diese meine Qual noch dauert, aber ewig, ewig, ewig soll die deine währen.«

Einen ganzen Monat lang wusste sie den Marquis in der Erwartung der versprochenen Zusammenkunft hinzuhalten – während dieser Zeit hatte er volle Muße, sich abzuhärmen, zu berauschen und seine Leidenschaft in Unterredungen mit ihr noch mehr anzufeuern. Er erkundigte sich nach dem Vaterland, dem Herkommen, der Erzieheng und den Schicksalen dieser Frauenzimmer, und erfuhr immer noch zu wenig, und frug immer wieder, und ließ sich immer von neuem unterrichten und dahinreißen. Die Marquisin war schelmisch genug, ihn jeden Fortschritt seiner Leidenschaft bemerken zu lassen, und unter dem Vorwand, ihn zurückzuschröcken, gewöhnte sie ihn unvermerkt an den verzweifelten Ausgang dieses Romans, den sie ihm bereitet hatte.

»Sehen Sie sich vor«, sprach sie, »das könnte Sie weiter führen, als Sie wünschen – es könnten Zeiten kommen, wo meine Freundschaft, die Sie jetzt so unerhört missbrauchen, weder vor mir selbst noch vor der Welt mich entschuldigen dörfte. Freilich wohl geht kein Tag vorüber, dass nicht irgendeine rasende Posse unter dem Monde zustande käme, aber ich fürchte, Marquis, ich fürchte fast, dass dieses Frauenzimmer niemals oder nur unter Bedingungen Ihre wird, die bis hieher wenigstens ganz und gar nicht nach Ihrem Geschmacke waren.«

Nachdem Frau von P*** den Marquis zu ihrem Vorhaben hinlänglich zubereitet fand, kartete sie es mit den beiden Aisnon, einen Mittag bei ihr zu speisen, und mit dem Marquis redete sie ab, sie in Reisekleidern da zu überfallen, welches auch zustande kam.

Man war eben am zweiten Gang, als der Marquis sich melden ließ. Er, Frau von P*** und beide Aisnon spielten die Rolle der Bestürzung meisterlich.

»Madame«, sagte er zur Frau von P***, »ich komme soeben von meinen Gütern an, es ist zu spät, dass ich jetzt noch nach Hause gehe, wo man sich schwerlich auf mich gerichtet hat, ich hoffe, dass Sie mir erlauben werden, Ihr Gast zu sein.«

Unter diesen Worten holte er sich einen Sessel und nahm an der Tafel seinen Platz. Die Einteilung war so gemacht, dass er neben die Mutter und der Tochter gegenüber zu sitzen kam – eine Aufmerksamkeit, wofür er der Frau von P*** mit einem verstohlenen Wink der Augen dankte. Beide Frauenzimmer hatten sich von der ersten Verlegenheit erholt. Man fing an zu plaudern, man ward sogar aufgeräumt, der Marquis behandelte die Mutter mit der vorzüglichsten Aufmerksamkeit, und die Tochter mit der feinsten Höflichkeit und Schonung. Für die drei Frauenzimmer war es der possierlichste Auftritt, die Ängstlichkeit anzusehen, mit welcher der Marquis alles vermied, was sie nur entfernt hätte in Verlegenheit setzen können. Sie waren boshaft genug, ihn drei ganzer Stunden lang gottselig schwatzen zu lassen, und zuletzt sagte Frau von P*** zu ihm:

»Ihre Gespräche, Marquis, machen Ihren Eltern unendlich viel Ehre; die Eindrücke der ersten Kindheit erlöschen doch nie. Wahrhaftig, Sie sind so tief in die Geheimnisse der geistlichen Liebe gedrungen, dass man vermuten muss, Sie wären Ihr Leben lang in Klöstern gewesen – Waren Sie nie in Versuchung, ein Quietist zu werden?«

»Nie, dass ich mich erinnern könnte, Madame.«

Es braucht nicht erst gesagt zu werden, dass unsre beiden Andächtigen die Unterhaltung mit allem Witz, aller Feinheit, aller verführerischen Grazie würzten. Nur im Vorübergehen berührte man das Kapitel von Leidenschaften, und Mademoiselle Duquenoi – das war ihr Familienname – wollte behaupten, dass es nur *eine* gefährliche gebe. Dieser Meinung stimmte der Marquis von ganzem Herzen bei. Zwischen sechs und sieben brachen die beiden Frauenzimmer auf, jeder Versuch, sie länger dazubehalten, war fruchtlos. Frau von P*** und die Mutter Duquenoi taten den Ausspruch, dass das Vergnügen der Pflicht weichen müsse, wenn nicht jeder Tag mit Gewissensbissen sich endigen sollte. Beide gingen also zum großen Verdruss des Marquis nach Hause, und *er* sahe sich jetzt wieder mit Frau von P*** unter vier Augen allein.

»Nun, Marquis? Bin ich nicht eine gute Närrin? – Zeigen Sie mir die Frau zu Paris, die etwas Ähnliches täte.«

»Nein, Madame! Nein! Nein!« (und hier warf er sich ihr zu Füßen) »die ganze Welt hat Ihresgleichen nicht mehr. Ihre Großmut beschämt mich. Sie sind die einzige wahre Freundin, die auf dieser Erde zu finden ist.«

»Sind Sie auch sicher, Marquis, dass Sie mein heutiges Verfahren stets so beurteilen werden?«

»Ein Ungeheuer von Undank müsst ich sein, wenn ich je meine Meinung veränderte.«

»Also von etwas anderm. Wie stehts jetzt mit Ihrem Herzen?«

»Soll ich es Ihnen freiheraus sagen? – Dieses Mädchen muss meine sein, oder ich bin verloren.«

»Allerdings muss sie das, aber um welchen Preis? ist die Frage.«

»Wir wollen sehen.«

»Marquis, Marquis, ich kenne Sie, ich kenne diese Leute. Der ganze Streich kann verraten werden.«

Zwei Monate lang erschien der Marquis nicht wieder; unterdessen war er tätiger als je. Er hing sich an den Beichtvater der beiden Duquenoi, die Angelegenheit seiner Wollust durch die Allgewalt der Religion zu betreiben. Dieser Pfaffe, verschmitzt genug, jede Schwürigkeit zu heucheln, welche die Heiligkeit seiner Lehre diesem niederträchtigen Anschlag entgegensetzte, verkaufte die Würde seines Amtes so teuer, als möglich war, und gab sich endlich für die Gebühren zu allem her, was der Marquis ihm zumutete.

Die erste Büberei, die der Mann Gottes sich erlaubte, bestand darin, beiden Andächtigen die Wohltaten der Gemeine zu entziehen und dem Pfarrherrn des Kirchsprengels vorzuspiegeln, dass die Schutzergebenen der Frau von P*** sich widerrechtlich ein Almosen zueigneten, dessen andere Mitglieder der Gemeine weit bedürftiger wären. Seine Absicht ging dahin, ihre standhafte Tugend durch die Not aufzureiben.

Weiter arbeitete er im Beichtstuhl daran, Uneinigkeit zwischen Mutter und Tochter zu stiften. Wenn die Mutter die Tochter bei ihm verklagte, so wusste er die Verschuldungen der Letztern immer größer zu machen und die Erbitterung der Erstern noch mehr anzureizen. Klagte die Jüngere, so gab er nicht undeutlich zu verstehen, dass die elterliche Gewalt ihre Grenzen habe, und wenn die Verfolgungen der Mutter nicht nachlassen würden, so könnte die heilige Kirche für nötig finden, sie der mütterlichen Tyrannei zu entreißen. Einstweilen legte er ihr die Buße auf, fleißiger zur Beichte zu kommen.

Ein andermal lenkte er das Gespräch auf ihre Gestalt und behauptete, dass das gefährlichste Geschenk, so der Himmel einem Weib nur verleihen könnte, Schönheit sei. Unter der Hand ließ er ein Wörtchen von einem sichern Biedermann fallen, der sich davon habe hinreißen lassen, den er zwar nicht mit Namen nannte, aber handgreiflich genug zu bezeichnen wusste. Von da kam er auf die unendliche Barmherzigkeit Gottes zu reden und auf die unüberschwängliche Langmut des Himmels gegen gewisse Menschlichkeiten, die das Erbteil des Fleisches wären – auf die gewaltige Herrschaft gewisser Begierden, denen auch die heiligsten unter den Menschen nicht ganz entlaufen könnten. Dann frug er sie, ob in *ihrem* Herzen noch keine Wünsche sich regten? – ob sie nicht zuweilen Wallungen spürte? – ob sie nicht sichere Träume hätte? – ob die Gegenwart von Mannspersonen nicht irgendeinen Unfug da oder dort bei ihr anrichtete? – Darauf warf er die Frage auf, ob sich ein Frauenzimmer der Leidenschaft eines Manns widersetzen oder lieber preisgeben solle? ob es zu wagen wäre, einen Menschen sterben zu lassen, für welchen doch das kostbare Blut des Erlösers so gut als für jeden andern geflossen sei, und diese Frage getraute er sich nicht zu beantworten. Er beschloss mit einem tiefen und heiligen Seufzer, drehte seine Augen zum Himmel und betete – für die Seelen im Fegfeuer. Die junge Duquenoi ließ ihn seiner Wege gehen und hinterbrachte dies alles treulich ihrer Mutter und der Frau von P***, welche ihr noch immer mehr Geständnisse einbliesen, dem frommen Heiligen desto mehr Herz einzujagen.

Sie erwarteten nun nichts Gewissers, als dass der Mann Gottes über kurz oder lang sich brauchen lassen würde, seiner geistlichen Tochter einen Liebesbrief zuzustellen, und diese Vermutung traf glücklich ein. Aber wie behutsam griff er das an! – Erst wusste er eigentlich selbst nicht, aus wessen Händen er käme – er zweifelte keineswegs, dass irgendeine mitleidige Seele in seiner Gemeine unter der Decke stecke, die, von ihrem Elend gerührt, sich würde erboten haben, ihnen Beistand zu leisten. Dergleichen Aufträge hätte er schon öfters zu übernehmen gehabt.

»Im Übrigen, Mademoiselle«, fuhr er jetzt fort, »werden Sie vorsichtig handeln – Ihre Frau Mutter ist eine vernünftige Frau. Ich dringe ausdrücklich darauf, dass Sie den Brief nicht anders als in ihrem Beisein erbrechen.«

Mademoiselle steckte den Brief zu sich und händigte ihn sogleich der Alten ein, die ihn auf der Stelle der Frau von P*** überschickte. Die Marquisin – jetzt im Besitz eines unverwerflichen Zeugnisses, ließ den Beichtvater zu sich holen, wusch ihm den Kopf, wie ers verdient hatte, und drohte ihm, den ganzen Vorgang seinen Obern zu melden, wenn sie je noch ein Wort von ihm hören sollte.

Der Brief floss von lauter Lobsprüchen des Marquis, in betreff seiner eignen Person und der Mademoiselle, über. Er malte ihr darin seine Leidenschaft mit den lebendigsten und schrecklichsten Farben ab, machte ungeheure Verheißungen, sprach sogar von Entführung.

Nachdem Frau von P*** dem Pfaffen den Text recht gelesen hatte, bat sie auch noch den Marquis zu sich und erklärte ihm, wie sehr sein Betragen den Mann von Ehre beschimpfe und wie nachteilig er sie selbst mit hineinmische; dann zeigte sie ihm seinen Brief und beteuerte, dass auch die Pflichten der zärtlichsten Freundschaft, die zwischen ihm und ihr bisher geherrscht hätte, sie nicht abhalten würden, die Mutter Duquenoi, ja die Obrigkeit selbst gegen ihn zu Hülfe zu rufen, wenn seine Verfolgungen weitergehen sollten.

»Marquis, Marquis«, setzte sie hinzu, »die Liebe macht einen schlimmen Menschen aus Ihnen. Sie müssen bösartig auf die Welt gekommen sein, weil dasjenige, was jeden andern zu großen Taten spornt, Ihnen nur Niederträchtigkeiten abgewinnen kann. Was taten Ihnen diese armen Frauenzimmer Leides, dass Sie es darauf anlegen, ihre Armut durch Schande zu verbittern? – Weil dieses Mädchen schön ist und sich entschlossen hat, auf ihrer Tugend standhaft zu beharren, so wollen *Sie* ihr Verfolger sein? so wollen *Sie* Ursache werden, dass sie das beste Geschenk des Himmels verfluche? Und womit hab denn *ich* es verdient, dass ich eine Mitschuldige Ihrer Schandtaten sein soll? – Undankbarster der Menschen! Gleich fallen Sie mir zu Füßen, bitten Sie mich gleich um Verzeihung, schwören Sie mir zu, meine unglückliche Freundinnen von jetzt an in Frieden zu lassen!« – Der Marquis versprach, ohne Vorwissen der Frau von P*** keinen Schritt mehr zu tun, aber dies Mädchen müsse er bei sitzen, welchen Preis es auch gelten möge.

Er hielt keineswegs, was er zugesagt hatte. Einmal wusste nun doch die Mutter Duquenoi um die ganze Geschichte, daher trug er jetzt kein Bedenken mehr, sich unmittelbar an sie selbst zu wenden. Er gestand die Abscheulichkeit seines Vorhabens ein, bot ihr beträchtliche Summen an, sprach von den glänzendsten Hoffnungen, die die Zeit noch reif machen würde, und begleitete seinen Brief mit einem Kästchen voll der kostbarsten Steine.

Die drei Frauenzimmer hielten geheimen Rat untereinander. Mutter und Tochter schienen sehr geneigt, den Kauf einzugehen, doch dabei fand Frau von P*** ihre Rechnung nicht. Sie erinnerte sie an die ersten Artikel ihres Vertrages und drohte sogar, den ganzen Betrug zu verraten, wenn sie sich weigern würden, ihr zu gehorsamen. Zum großen Leidwesen der beiden Heiligen, der Tochter besonders, die, so langsam, als sie konnte, die Ohrringe wieder abnahm, die ihr so schön ließen, mussten Brief und Juwelen mit einer Antwort, woraus der ganze Stolz der beleidigten Tugend sprach, zu ihrem Eigentümer zurückwandern.

Frau von P*** machte dem Marquis über seine Wortbrüchigkeit die bittersten Vorwürfe; er nahm zur Entschuldigung, dass er es nicht hätte wagen mögen, sie mit einem Auftrage dieser Art zu erniedrigen. »Lieber Marquis«, sagte sie zu ihm, »ich habe *Sie* gleich anfangs gewarnt und will es Ihnen jetzt wiederholen. *Sie* sind noch weit von dem Ziel entfernt, nach welchem Sie hinarbeiten – aber nun ist es nicht mehr Zeit, Ihnen vorzupredigen, das würden jetzt nur verlorene Worte sein, für Sie ist ganz und gar keine Rettung mehr.« – Der Marquis antwortete, dass seine Hoffnungen noch immer die besten wären und er sich nur die Erlaubnis von ihr erbitte, einen letzten Versuch noch wagen zu dürfen.

Dieser war, dass er sich anheischig machte, beiden Frauenzimmern eine beträchtliche Leibrente auszuwerfen, sein ganzes Vermögen mit ihnen zu gleichen Teilen zu teilen und ihnen, solange sie lebten, eines von seinen Häusern zu Paris und ein andres auf seinen Gütern zum Eigentum einzuräumen. – »Machen Sie, was Sie wollen«, sagte die Marquisin, »nur Gewalt verbitt ich mir – aber Rechtschaffenheit und wahre Ehre, glauben Sie mirs, Freund, sind über jeden Krämertax erhaben. Ihr neuestes Gebot wird kein besseres Glück haben als Ihre vorigen – ich kenne meine Leute und unterstehe mich, für ihre Tugend zu haften.«

Diese neuen Erbietungen des Marquis kamen bei voller Sitzung der drei Frauenzimmer vor. Madame und Mademoiselle erwarteten schweigend das Endurteil aus dem Munde der Frau von

P***. – Diese ging einige Minuten lang, ohne ein Wort zu reden, im Saal auf und nieder. – – – »Nein! Nein! Nein!« rief sie endlich, »das ist viel zu gnädig – Nein! das ist viel zu wenig für mein wundes Herz« – und alsobald sprach sie das unwiderrufliche Verbot aus. Mutter und Tochter warfen sich weinend ihr zu Füßen, flehten und stellten vor, welche Grausamkeit es wäre, ihnen ein Glück zu verbieten, das sie doch ohne alle Gefahr würden annehmen dürfen.

Frau von P*** gab mit Kaltsinn zur Antwort: »Bildet ihr euch ein, dass alles das, was bisher geschehen, etwa *euch* zu Lieb geschehen ist? Wer seid ihr denn? Was hab ich *euch* für Verpflichtungen? Woran liegt es, dass ich euch nicht, die eine so gut als die andre, zu eurem Handwerk zurücksende? – Ich will gern glauben, dass diese Anerbietungen für *euch* zu viel sind, aber für *mich* sind sie viel zu wenig. Setzen Sie sich, Madame – Schreiben Sie die Antwort, wörtlich, wie ich sie Ihnen diktieren werde, und dass sie ja gleich in meiner Gegenwart abgehe.« – – Die beiden gingen, noch bestürzter als missvergnügt, nach Hause.

Der Marquis zeigte sich der Frau von P*** sehr bald wieder.

»Nun«, rief sie ihm zu, »Ihre neuen Geschenke?«

»Angeboten und ausgeschlagen. Ich bin in Verzweiflung. Könnt ich sie aus meinem Herzen reißen, diese unglücksvolle Leidenschaft, könnt ich mein Herz selbst mit herausreißen, mir würde wohl sein! – Sagen Sie mir doch, Marquisin, finden Sie nicht kleine Ähnlichkeiten im Gesicht dieses Mädchens mit dem meinigen?«

»Ich habe Ihnen nie davon sagen mögen – freilich find ich deren welche, aber davon ist jetzo die Rede nicht, was beschließen Sie?«

»Weiß ichs? Kann ichs – O Madame, bald wandelt der Gelust mich an, in die erste beste Postchaise mich zu werfen und dahinzueilen, so weit der Erdball mich tragen will. Einen Augenblick darauf verlässt meine Kraft mich. Ich bin gelähmt. Mein Kopf schwindelt. Meine Sinne vergehen. Ich vergesse, was ich bin, was ich werden soll.«

»Das Reisen stellen Sie immer ein. Es verlohnt sich der Mühe nicht, von da nach dem Judenmarkt zu wandern, um nur wieder heimzugehen.«

Den andern Morgen kam ein Billet von ihm an Frau von P***, worin er meldete, dass er nach seinem Landgut gereist wäre und sich da aufhalten würde, so lang ihm sein Herz das verstattete – und worin er sie zugleich auf das inständigste ersuchte, seiner zu gedenken bei ihren Freundinnen. Seine Entfernung dauerte nicht lange. Er kam in die Stadt zurück und ließ sich bei der Marquisin absetzen. Sie war ausgefahren. Als sie wiederkam, fand sie ihn mit geschlossnen Augen, in der schrecklichsten Erstarrung auf dem Sofa ausgestreckt liegen.

»Ah! Sie hier, Marquis? Die Landluft, scheint es, hat Ihnen also nicht ganz bekommen wollen?«

»O Madame, mir ist nirgends wohl. Sehen Sie mich wieder angelangt, sehen Sie mich entschlossen, Madame, die ungeheuerste Torheit zu unternehmen, die ein Mann von meinen Umständen, meinem Rang, meiner Geburt, meinem Geld nur begehen kann. Aber eher alles, alles, als ewig auf dieser Folter sein. Ich heurate.«

»Marquis! Marquis! Der Schritt ist bedenklich und will Überlegung haben.«

»Überlegung? – Ich habe nur *eine* gemacht, aber sie ist die gründlichste von allen – ich kann nicht elender werden, als ich jetzt schon bin.«

»Das können Sie so gewiss noch nicht sagen.«

»Nun, Madame. Dies, denke ich, ist doch endlich ein Geschäft, das ich Ihnen mit Ehren übergeben kann. Gehen Sie nun hin. Besprechen Sie sich mit der Mutter, erforschen Sie das Herz der Tochter, und bringen Sie meinen Antrag vor.«

»Gemach, lieber Marquis. Zwar habe ich diese beiden Frauenzimmer hinreichend zu kennen geglaubt, um gerade so für sie zu handeln, wie ich bisher getan habe; nun es aber auf die Glückseligkeit meines Freundes hinauswill, so wird er mir wenigstens erlauben, die Sache etwas näher zu besehn. Ich werde mich zuvor in ihrer Provinz nach ihnen erkundigen und ihrer Aufführung

Schritt vor Schritt durch die ganze Zeit ihres hiesigen Aufenthalts nachfolgen.«

»Eine Vorsicht, Madame, die mir ziemlich weit hergeholt scheint. Frauenzimmer, die mitten im Unglück so standhaft auf Ehre hielten und meiner Verführung so beherzt widerstunden, müssen notwendig Geschöpfe der seltensten Gattung sein – Mit meinen Geschenken hätt ich es bei einer Herzogin durchsetzen müssen – Und überdem, sagten Sie mir nicht selbst? – –«

»Ja doch, ja, ja, ich sagte alles, was Ihnen belieben mag; dem ohngeachtet werden Sie aber doch jetzt so gnädig sein und mir meinen Willen lassen.«

»Und warum heuraten *Sie* nicht auch, meine liebe Marquisin?«

»Wen allenfalls, wenn ich fragen darf?«

»Wen? – – Ihren kleinen Grafen. Er hat Kopf – Geld – und ist von der besten Familie.«

»Und wer steht mir für seine Treue? – *Sie* vermutlich?«

»Das wohl nicht, aber bei einem Ehmann pflegt man das nicht so genau mehr zu nehmen.«

»Meinen Sie? vielleicht aber wäre *ich* nun Närrin genug, dadurch beleidigt zu werden – und ich bin *rachsüchtig,* Marquis.«

»Nun ja doch, rächen sollen Sie sich immer, das versteht sich am Rande. Wissen Sie was, Marquisin? Wir vier wollen dann gemeinschaftlich beieinanderwohnen und den artigsten Klub von der Welt zusammen ausmachen.«

»Das alles lässt sich vortrefflich hören, aber ich heurate nie. Der einzige Mann, dem ich vielleicht meine Hand noch würde gegeben haben – –«

»Bin doch *ich* nicht, Madame?«

»Jetzt kann ich Ihnen ohne Gefahr dies Bekenntnis tun.«

»Jetzt? Warum jetzt erst? Warum sagten Sie mir das nicht eher?«

»Daran habe ich sehr wohl getan, wie die Umstände mich jetzt überzeugen. Und überhaupt – Diejenige, welche Sie nunmehr zur Frau nehmen, taugt in allem Betrachte besser für Sie als ich.«

Frau von P*** brachte ihre Nachforschungen mit größter Genauigkeit und Eile zustande. Sie legte dem Marquis aus der Provinz und der Hauptstadt die schmeichelhaftesten Zeugnisse von seiner künftigen Gattin vor, drang aber dennoch darauf, dass er sich zu ernstlicher Überlegung der Sache noch vierzehn Tage Zeit nehmen sollte. Diese vierzehn Tage deuchten ihm eine Ewigkeit zu sein, und Frau von P*** sah sich endlich gezwungen, seiner verliebten Ungeduld nachzugeben. Die nächste Zusammenkunft war bei den beiden Duquenoi, die Verlobung ging vor sich, das Aufgebot geschah, der Marquis beschenkte die Frau von P*** mit einem kostbaren Diamant, und die Hochzeit wurde vollzogen.

Die *erste* Nacht ging nach Wunsche vorüber. Den andern Morgen schrieb Frau von P*** dem Marquis ein Billet, worin sie ihn eines dringenden Geschäfts wegen auf einen Augenblick zu sich bat. Er ließ nicht lange auf sich warten. Man empfing ihn mit einem Gesicht, worauf Schadenfreude und Entrüstung mit schrecklichen Farben sich malten. Seine Verwunderung dauerte nicht lang:

»Marquis«, sagte sie zu ihm, »es ist Zeit, dass Sie endlich erfahren, wer ich bin. Wenn andre meines Geschlechts sich selbst genug hochschätzen wollten, meine Rache zu billigen, *Sie* und *Ihres* Gelichters würden seltener sein. Eine edle Frau hat sich Ihnen ganz hingegeben – Sie haben sie nicht zu erhalten gewusst – *ich* bin diese Frau; aber sie hat vergolten, Verräter, und dich auf ewig mit einer verbunden, die deiner würdig ist. Geh von hier aus quer über die Straße nach dem Gasthof zur Stadt Hamburg – Dort wird man dir ausführlicher von dem schändlichen Gewerb zu erzählen wissen, das deine Frau Gemahlin und Schwiegermutter zehen Jahre lang unter dem Namen einer Madame und Mademoiselle Aisnon getrieben haben.«

Keine Beschreibung erreicht das Entsetzen, mit welchem hier der Marquis zu Boden sank. Seine Sinne verließen ihn – aber seine Unentschlossenheit dauerte nur so lang, als er brauchte, um von einem Ende der Stadt zum andern zu rennen. Er kam den ganzen Tag nicht nach Hause, er schweifte in den Straßen umher; seine Gemahlin und seine Schwiegermutter fingen an, zu argwöhnen, was etwa geschehen war. Auf den ersten Schlag, der an die Türe geschah, entsprang die Letztere in ihr Zimmer und schob beide Riegel vor. Nur seine Frau erwartete ihn allein in dem ihrigen. Sein Gesicht verkündigte die Wut seines Herzens, als er hereintrat; sie warf sich zu seinen Füßen, stieß mit dem Angesicht auf den Boden des Zimmers und gab keinen Laut von sich.

»Fort, Nichtswürdige«, rief er fürchterlich, »fort von mir!«

Sie versuchte, sich aufzurichten, aber ohnmächtig stürzte sie auf ihr Angesicht, beide Arme der Länge nach auf den Boden gespreitet.

»Gnädiger Herr«, sagte sie zu ihm, »stoßen Sie mich mit Füßen, zertreten Sie mich, ich hab es verdient, machen Sie mit mir, was Sie wollen; aber Gnade, Gnade für meine Mutter.«

»Hinweg«, rief er abermal, »fort, Verfluchte, aus meinen Augen! – Ist es nicht genug, dass du mich mit Schande bedeckst, willst du mich auch noch zwingen, ein Verbrecher zu werden?«

Das arme Geschöpf beharrte unbeweglich und stumm in der vorigen Stellung – der Marquis lag in einem Sessel, den Kopf zwischen beide Arme geworfen und mit halbem Leib zu den Füßen seines Betts hingesunken, und brach zuweilen, ohne sie anzusehen, in ein gebrochenes Heulen aus: »Hinweg von mir, sag ich.« – Das Stillschweigen dieser Unglücklichen, die noch immer wie in toter Erstarrung lag, erschöpfte seine Geduld. »Entferne dich«, rief er lauter und schrecklicher, bückte sich zu ihr nieder und war im Begriff, ihr einen grausamen Schlag zu geben. – Doch indem fand er, dass sie ohne Bewusstsein und beinah ohne Leben lag. Er fasste sie um die Mitte des Leibes, legte sie auf ein Kanapee und betrachtete sie eine Zeit lang mit Augen, aus welchen wechselsweis Wut und Mitleiden hervorbrachen. Endlich zog er die Glocke. Seine Bedienten traten herein. Man rief ihre Weiber.

»Nehmt eure Frau zu euch«, sagte er diesen, »ihr ist etwas zugestoßen, führt sie auf ihr Zimmer und springt ihr bei.« – Bald darauf schickte er heimlich, nach ihrem Befinden zu fragen. Man bracht ihm die Nachricht, dass zwar ihre erste Ohnmacht vorüber wäre, aber noch immer Schwächen auf Schwächen folgten, die so häufig kämen und so lange anhielten, dass man Ursache hätte, für ihr Leben zu zittern. Eine Stunde darauf schickte er, so heimlich wie das erste Mal, wieder. Sie lag in schrecklichen Beängstigungen, zu welchen sich ein gichterischer Schlucken gesellte, der von der Gasse herauf gehört werden konnte. Als er das dritte Mal schickte, welches den folgenden Morgen war, kam die Antwort, dass sie sehr viel geweint habe und die übrigen Zufälle sich nach und nach zu legen anfingen.

Jetzt ließ er anspannen und verschwand vierzehn Tage lang, dass kein Mensch um seinen Aufenthalt wusste. Vor seiner Abreise hatte er Sorge getragen, dass Mutter und Tochter mit dem Notwendigsten versehen wurden, und seine Dienerschaft hatte Befehl, der Mutter wie ihm selbst zu gehorchen.

Während der ganzen Zeit, dass er abwesend war, wohnten die beiden, beinahe ohne sich zu sprechen, in der traurigsten Verstimmung nebeneinander. Die junge Frau zerfloss ohne Aufhören in Seufzer und Tränen oder fing plötzlich laut zu schreien an, rang die Hände, raufte sich die Haare aus, dass selbst ihre Mutter es nicht wagen durfte, sich ihr zu nähern und ihr Trost zuzusprechen. Diese zeigte nichts als Verhärtung, jene war das traurigste Bild der Reue, des Schmerzens, der Verzweiflung.

Tausendmal rief sie: »Kommen Sie, Mama, lassen Sie uns fliehen, lassen Sie uns vor seiner Rache uns schützen!« – Tausendmal widersetzte sich die Alte und erwiderte: »Nicht doch, mein Kind. Lass uns bleiben. Lass uns abwarten, wie weit er es treiben wird. Umbringen kann uns dieser Mensch doch nicht.« – »O dass ers möchte«, rief jene wieder, »dass ers längst schon getan haben möchte –« – »Schweig«, sagte die Mutter, »und hör einmal auf, wie eine Närrin zu plaudern.«

Der Marquis kam zurück und schloss sich in sein Kabinett ein, von wo aus zwei Briefe, den einen an seine Frau, den andern an seine Schwiegermutter schrieb. Die Letztere reiste noch an eben dem Tag in ein Kloster ab, wo sie nicht lange darauf starb. Die

Tochter kleidete sich an und wankte nach dem Zimmer ihres Gemahls, wohin er sie beschieden hatte. An der Schwelle sank sie auf die Knie. Er befahl ihr aufzustehen. Sie stand nicht auf, sondern wälzte sich in dieser Stellung näher zu ihm hin. Alle ihre Glieder zitterten. Ihre Haare waren losgebunden. Ihr Leib hing zur Erde, ihr Kopf war emporgerichtet, und ihre Augen, die von Tränen flossen, begegneten den seinigen.

»Ich sehe, gnädiger Herr«, rief sie schluchzend aus, »ich seh es, Ihre Wut ist besänftigt, so gerecht sie war, ich unterstehe mich zu hoffen, dass ich endlich noch Barmherzigkeit erhalte. Aber nein! – Übereilen Sie sich nicht. – So viele tugendhafte Mädchen wurden lasterhafte Frauen, lassen Sie mich versuchen, ob ich ein Beispiel des Gegenteils werden kann. Noch bin ich es nicht würdig, die Ihrige zu sein, aber nur die Hoffnung entziehen Sie mir nicht. Lassen Sie mich ferne von Ihnen wohnen, seien Sie wachsam auf meinen Wandel, und richten Sie mich dann! – Glücklich, ja unaussprechlich glücklich werd ich sein, wenn Sie sichs nur zuweilen gefallen lassen wollen, dass ich vor Ihnen erscheinen darf. Nennen Sie mir einen düstern Winkel in Ihrem Hause, den ich bewohnen soll, ohne Murren will ich dort gefangen sitzen. – Schwachheit, Verführung, Ansehen, Drohungen haben mich zu dieser schimpflichen Tat hingerissen, aber lasterhaft bin ich niemals gewesen – Wär ich das, wie hätt ich es wagen können, mich Ihnen zu zeigen, wie könnt ich es jetzt wagen, Sie anzusehen, wagen, mit Ihnen zu reden! – Könnten Sie in meiner Seele lesen, könnten Sie sich überzeugen, wie meine vorigen Verbrechen ferne von meinem Herzen sind, wie abscheulich mir die Sitten derer sind, die ich einst meinesgleichen nannte. – Die Verführung hat meinen Wandel befleckt, aber mein Herz hat sie nicht vergiftet. Ich kenne mich, mein Herr. Hätte man mir Freiheit gelassen, nur ein Wort hätt es mich gekostet, und Sie hätten um den ganzen Betrug gewusst. Entscheiden Sie nach Gefallen über mich. Rufen Sie Ihre Bedienten. Lassen Sie mir diesen Schmuck, diese Kleider abreißen. Lassen Sie mich in nächtlicher Stunde auf die Straßen werfen. Alles, alles will ich leiden. Welches Schicksal Sie mir auflegen wollen, ich unterwerfe mich. Die Einsamkeit auf dem Lande, die Stille eines Klosters werden mich Ihren Augen auf ewig entreißen. Befehlen Sie, und ich gehe. Ihre Glückseligkeit ist noch nicht ohne Rettung verloren. Sie können mich ja noch vergessen.«

»Stehen Sie auf«, rief der Marquis mit sanfter Stimme, »ich vergebe Ihnen, stehen Sie auf. Mitten im grässlichen Gefühl meiner erlittenen Schande vergaß ich es nicht, meine Gemahlin in Ihnen zu ehren. Kein Laut kam über meine Lippen, der Sie erniedrigt hätte, und wäre das, so bin ich bereit, es Ihnen abzubitten, und gebe Ihnen mein Wort, dass Sie keinen mehr hören sollen. Denken Sie stets daran, dass Sie Ihren Gemahl nicht unglücklich machen können, ohne es selbst zu werden. Seien Sie edel und gut – Seien Sie glücklich, und sorgen Sie dafür, dass auch *ich* es werde! Stehen Sie auf, ich bitte Sie – Sie sind nicht an Ihrer Stelle, Marquisin, stehen Sie auf! – – Steh auf, meine Gemahlin, und lass dich umarmen!«

Während dass der Marquis das sagte, lag sie noch immer, den Kopf auf seine Knie gebeugt, ihr Gesicht in seinen Händen verborgen; aber auf den Namen seiner Gemahlin sprang sie lebhaft auf, warf sich ihm um den Hals und drückte ihn mit wütender Entzückung in ihre Arme. Gleich darauf ließ sie von neuem ihn los, stürzte zur Erde und war willens, seine Füße zu küssen.

»Was wollen Sie«, unterbrach er sie sehr bewegt, »habe ich Ihnen nicht schon alles vergeben, warum glauben Sie mir denn nicht?«

»Lassen Sie, lassen Sie«, gab sie zur Antwort, »ich kann es nicht, ich darf es nicht glauben.«

»Bei Gott«, rief der Marquis, »ich fange an zu mutmaßen, dass ich niemals bereuen werde. Diese Frau von P*** hat mir Verdruss und Leiden zugedacht, aber ich sehe ein, sie hat mir Seligkeit bereitet. Kommen Sie, meine Gemahlin. Kleiden Sie sich an, unterdessen dass ich Anstalten zu unsrer Abreise mache. Wir ziehen auf meine Güter, wo wir so lange bleiben wollen, bis die Zeit eine Rinde über das Vergangene gezogen hat.«

Drei ganze Jahre lebten sie ferne von Paris – das glücklichste Ehepaar ihrer Zeiten.

Leser oder Leserin – ich sehe dich bei dem Namen der Frau von P*** unwillig auffahren, ich höre dich ausrufen: Welche abscheuliche Frau! Welche Bübin und Heuchlerin! – Keine Aufwallung, lieber Leser, keine Parteilichkeit! – Lass die Waage der Gerechtigkeit entscheiden!

Schwärzere Taten, als diese war, geschehen täglich unter dem Monde, nur mit weniger Absicht und Seele. *Hassen* und *fürchten* kannst du die Marquisin, doch *verachten* wirst du sie nie. Grässlich und unerhört war ihre Rache, aber Eigennutz befleckte sie nicht. Hätte diese Dame eben das und noch mehr getan, ihrem rechtmäßigen Gemahl Belohnungen auszuwirken – hätte sie ihre Tugend einem Staatsminister oder auch nur seinem ersten Schreiber geopfert, ein Ordensband oder ein Regiment für ihn zu erwuchern – hätte sie sich einem Pfründenvergeber für eine reiche Präbende überlassen, das alles würdest du sehr natürlich finden, die Allgewalt der Gewohnheit spräche dafür. Aber jetzt – jetzt, da sie an einem Treulosen Rache nimmt, empören sich deine Gefühle. Nicht, weil dein Herz für diese Handlung zu weich ist – weil du es der Mühe nicht wert achtest, in die Tiefe ihres Kummers hinabzusteigen, weil du zu stolz bist, weibliche Tugend anzuerkennen, findest du ihre Ahndung abscheulich. Hast du dich auch wohl erinnert, welche Opfer sie ihrem Liebling gebracht hatte? Ich will nicht in Anschlag bringen, dass ihre Schatulle jederzeit die seinige war, dass er Jahre lang ihre Tafel genoss, Jahre lang in ihrem Hause wie in dem seinigen aus- und einging – Vielleicht spottest du darüber – aber sie hatte sich zugleich nach allen seinen Launen geschmiegt, hatte seinem Geschmacke sklavisch gehuldigt, ihm gefällig zu sein, hatte sie den ganzen Plan ihres Lebens zerstört. – Ganz Paris sprach ehedem mit Ehrfurcht von ihrer Tugend – jetzt war sie, ihm zu Lieb, zu dem gemeinen Haufen heruntergestürzt. Jetzt murmelte die Verleumdung sich in die Ohren: Endlich ist diese P***, dieses Wunder der Welt, geworden wie unsereine! – Sie hatte dieses höhnische Lächeln mit ihren Augen gesehen, diese Schmähreden mit ihren Ohren gehört und oft genug mit Schamröte den Blick zur Erde geschlagen. Jede Bitterkeit hatte sie verschlungen, welche die Lästerung für eine Frau in Bereitschaft hat, deren fleckenfreie Tugend die benachbarten Laster um so sichtbarer machte – Sie hatte das laute Gelächter ertragen, womit sich der mutwillige Haufe an den lächerlichen Spröden rächt, die ihre Tugend marktschreierisch an alle Pfeiler schlagen – Stolz und empfindlich, wie sie war, hätte sie lieber in toter Dunkelheit ihr Leben hinweg geseufzt, als noch einmal den Schauplatz einer Welt betreten, wo ihre verscherzte Ehre nur schadenfrohe Lacher, ihre verschmähte Liebe nur peinigende Tröster fand. Sie näherte sich einer Epoche, wo der Verlust eines Liebhabers nicht so schnell mehr ersetzt wird – ein Herz wie das ihrige konnte dieses Schicksal nur in gramvoller Einsamkeit ausbluten.

Wenn ein Mensch den andern eines zweideutigen Blicks wegen niederstößt, warum wollen wir es einer Frau von Ehre zum Frevel machen, dass sie den Verführer ihres Herzens, den Mörder ihrer Ehre, den Verräter ihrer Liebe – einer Buhldirne in die Arme wirft? Wahrlich, lieber Leser, du bist ebenso streng in deinem Tadel, als du oft in deinem Lobe flüchtig bist. Aber, wirfst du ein, nicht die Rache selbst, nur die Wahl der Rache find ich so verdammenswert. Mein Gefühl sträubt sich gegen ein so weitläuftiges Gewebe durchdachter Abscheulichkeit, gegen diese zusammenhängende Kette von Lügen, die beinahe schon ein Jahr durchdauert. – Also der ersten augenblicklichen Aufwallung vergibst du alles, wie nun aber, wenn die erste Aufwallung einer Frau von P*** und einer Dame ihres Charakters ihr ganzes Leben lang währte?

Ich sehe hier nichts als eine Verräterei, die nur weniger alltäglich ist, und willkommen sei mir das Gesetz, welches jeden gewissenlosen Buben, der eine ehrliche Frau zu Fall bringt und dann *verlässt,* zu einer Dirne verdammt – den gemeinen Mann zu gemeinen Weibern.

Diderots ganze Beredsamkeit wird dennoch schwerlich den Abscheu hinwegräsonieren, den diese unnatürliche Tat notwendig erwecken muss. Aber die kühne Neuheit dieser Intrige, die unverkennbare Wahrheit der Schilderung, die schmucklose Eleganz der Beschreibung haben mich in Versuchung geführt, eine Übersetzung davon zu wagen, welche freilich die Eigentümlichkeit des Originals nicht erreicht haben wird. Das Ganze ist aus einem (soviel ich weiß, in Deutschland noch unbekannten) Aufsatz des Hrn. Diderot: »Jakob und sein Herr oder der Fatalismus« genannt. Der Freiherr von Dalberg zu Mannheim besitzt die Originalschrift, und seiner Gefälligkeit danke ich es auch, dass ich in dieser »Thalia« Gebrauch davon machen durfte.

Haoh-Kiöh-Tschuen

Erstes Buch

Zu *Tahming*, einer großen Stadt des chinesischen Reiches, lebte ein vornehmer Jüngling, *Tiehtschongu* genannt, der den Wissenschaften oblag. Seine Gestalt war schön, seine Seele großmütig und edel; er liebte die Gerechtigkeit bis zur Leidenschaft, und seine Freude war, dem Unterdrückten beizustehen. Da war er rasch und kühn und scheute kein Ansehen; nichts konnte seine Hitze mäßigen, wenn er eine Gewalttat zu rächen hatte.

Sein Vater, der *Tieh-ying* hieß, war ein Mandarin der Gerechtigkeit und verwaltete ein richterliches Amt zu Peking am Hofe des Kaisers. Weil er aber die heftige Gemütsart seines Sohnes fürchtete, so ließ er denselben in der Entfernung vom Hofe seine Studien treiben. Als Tiehtschongu das sechzehnte Jahr erreicht hatte, dachten seine Eltern darauf, ihn zu verheuraten; er erklärte aber, dass er sich nicht entschließen könne, dieses unauflösliche Band zu knüpfen, bis er ein Frauenzimmer gefunden, das alle Vorzüge der Gestalt und des Geistes in sich vereinigte.

Er war zwanzig Jahr alt, als er in einem Geschichtbuche von einem Kaiser las, der das Herz eines seiner Mandarinen verlangte, um der Kaiserin, welche krank war, eine Arznei daraus zu bereiten. Pikang, so hieß der Mandarin, ließ sich sogleich zu dieser Operation willig finden. Diese hohe Selbstverleugnung setzte den Jüngling in Erstaunen, und erinnerte ihn an die Unterwerfung, die er seinen Eltern schuldig wäre und bisher so wenig geleistet hatte. Die Vorwürfe seines Gewissens ließen ihn die ganze Nacht nicht schlafen; er entschloss sich, unverzüglich zu ihnen zu reisen und sie wegen seiner bisherigen Halsstarrigkeit um Vergebung zu bitten.

Er stand mit diesem Entschluss frühe auf und machte sich, nur von einem einzigen Diener, *Siautan*, begleitet, auf den Weg. Nachdem er zwei Tagereisen, beinah ohne auszuruhen zurückgelegt, fand er sich abends vor einem großen Dorfe und hielt vor einer schlechten Hütte still. Eine alte Frau kam heraus, und da sie ihn in der Tracht eines Studierenden erblickte, sagte sie zu ihm: »Junger Herr, Sie kommen gewiss unsern jungen Gelehrten Wey zu besuchen.« – Er kenne keine solche Person, sagte er, er habe seinen Weg verloren und bitte sie um ein Nachtlager. Die Alte nahm ihn aufs bereitwilligste auf und bedauerte nur, dass sie ihn nicht standesgemäß bewirten könnte. Sein Diener Siautan musste nun sein Bette und übriges Reisegeräte ins Haus tragen, sie selbst ging sein Zimmer mit Stroh zu belegen und ihm Tee zu bereiten.

Tiehtschongu erkundigte sich nun, wer der junge Gelehrte sei, dessen sie vorhin gedacht habe. »Sie wissen vielleicht nicht«, versetzte die Alte, »dass dieses Dorf nicht immer *Wey-tsioün* hieß wie jetzt, sondern diesen Namen von einer Familie hat, die allhier wohnet, die sonst in großem Ansehen gestanden, jetzt aber sehr heruntergekommen ist. Dem Himmel sei Dank, noch ein Einziger aus derselben hat studiert, ob er sich gleich in großer Dürftigkeit befindet. Er reisete nach Hof, um sich prüfen zu lassen, dort lernte ihn ein gelehrter Mann, namens *Hanyuen,* kennen, und gewann ihn so lieb, dass er ihm seine Tochter zur Ehe gab. Aber ein vornehmer Mandarin verliebte sich in sie und wollte sie zu seiner Nebenfrau machen; als die Eltern ihre Einwilligung nicht gaben, ließ er die Tochter mit Gewalt entführen und nachher auch Vater und Mutter aufheben. Niemand weiß, wo sie hingekommen sind; Wey ist darüber in Verzweiflung und will sich das Leben nehmen.«

Sie redete noch, als ein Auflauf auf der Straße entstand. Sie sahen mitten unter dem Volk einen jungen Menschen stehen, der blau gekleidet war und bitterlich weinte. »Das ist er«, sagte die Alte. Tiehtschongu fragte nun, ob die Frau des Studenten bei Tag oder bei Nacht entführt worden. Bei Tage, war die Antwort. Es hätten es verschiedene Personen gesehen, aber weil es ein so mächtiger Mandarin sei, so wolle niemand gegen ihn zeugen. –

»Vielleicht«, sagte Tiehtschongu, »wisset Ihr den wahren Verlauf der Sachen nicht und wollt mich mit Lügen berichten.« –

»Ganz und gar nicht«, versetzte die Alte, ärgerlich über seinen Unglauben. »Ein Vetter von mir, der Stroh nach der Stadt brachte, war gegenwärtig, als die junge Frau nebst ihren Eltern in den Palast des Mandarins geschleppt wurde.« – »Warum gabt Ihr dem jungen Ehmann keine Nachricht davon?« fragte Tiehtschongu. – »Was hätte dieses geholfen?« versetzte sie. »Alles Widersetzen ist vergebens. Der Palast, in den man sie gebracht, ist ein Geschenk des Kaisers, er ist unverletzlich und heilig, und niemand, als wer vom Kaiser dazu Erlaubnis hat, darf ihn betreten.«

Am folgenden Morgen beurlaubte sich Tiehtschongu von der Alten und ließ ihr fünf *Tsien* (einen Gulden unsers Geldes) auszahlen. Sie bat ihn beim Abschied aufs angelegentlichste, sie nicht unglücklich zu machen und sich ja nichts von dem merken zu lassen, was sie ihm anvertraut habe. »Was geht mich diese Sache an?« erwiderte jener. »Eure höfliche Aufnahme ists, was ich im Andenken zu behalten habe.«

Er war kaum etliche Lys oder Stimmweiten fortgeritten, als er …

ANHANG

Editorische Notiz

Dem vorliegenden Band liegt folgende Ausgabe zugrunde: Friedrich Schiller: Sämtliche Werke. 5. Band: Erzählungen / Theoretische Schriften. Auf Grund der Originaldrucke herausgegeben von Gerhard Fricke und Herbert G. Göpfert. München 1959.

Die Orthographie wurde auf der Grundlage der neuen amtlichen Rechtschreibung behutsam modernisiert; der originale Lautstand und grammatische Eigenheiten blieben gewahrt. Die Interpunktion blieb unangetastet. Eindeutige Druck- und Satzfehler wurden korrigiert.

Daten zu Leben und Werk

1759
10. November: Johann Friedrich Schiller wird in Marbach am Neckar geboren.

1762–1766
Zahlreiche Ortswechsel der Familie wegen der Zugehörigkeit des Vaters zum Militär (u. a. Ludwigsburg, Schwäbisch Gmünd, Lorch).

1767–1773
Schiller besucht zunächst die Lateinschule in Ludwigsburg. 16. Januar 1773: Eintritt Schillers in die Karlsschule.

1774–1779
Zunächst Jurastudium. Ein schriftlicher Revers der Eltern bestätigt die lebenslange »Übereignung« Schillers in die Verfügungsgewalt Herzog Karl Eugens. 1776: Beginn des Medizinstudiums auf der Karlsschule. Philosophieunterricht bei Jacob Friedrich Abel. Das Gedicht *Der Abend* erscheint im *Schwäbischen Magazin*. Ebenfalls im *Schwäbischen Magazin* erscheint 1777 das Gedicht *Der Eroberer*.

1779
Schiller schreibt die lateinische Dissertation *Philosophie der Physiologie*, die nicht angenommen und gedruckt wird.

1780
Schiller verfasst zwei Dissertationsschriften: *Ueber den Zusammenhang der thierischen Natur des Menschen mit seiner geistigen* und *De discrimine febrium inflammatoriarum et putridarum*. Erstere wird gedruckt, Schiller aus der Karlsschule entlassen.

1781–1782
Tätigkeit als Regimentsarzt in Stuttgart. 1781 erscheinen *Die Räuber* anonym im Selbstverlag. Auf Drängen des Intendanten des Mannheimer Nationaltheaters von Dalberg schreibt Schiller das Stück für die Bühne um.

1782
13. Januar: Uraufführung der *Räuber* in Mannheim, die Schiller heimlich besucht, da er keine Reiseerlaubnis erhalten hat. Im Mai reist er ein weiteres Mal heimlich nach Mannheim, er erhält 14 Tage Arrest, der Herzog verbietet ihm jede dichterische Betätigung. 22. September: Zusammen mit dem Freund Andreas Streicher flieht Schiller aus Württemberg. Die *Anthologie auf das Jahr 1782* erscheint.

1782–1783
Ab Dezember 1782: »Asyl« bei Henriette von Wolzogen in Bauerbach in Thüringen.

1783–1784
Die Verschwörung des Fiesko zu Genua erscheint und wird in Bonn uraufgeführt. 24. Juli: Aufbruch nach Mannheim. September 1783 bis August 1784: Anstellung als Theaterdichter in Mannheim. Schwere Erkrankung. 1784 Mannheimer Aufführung von *Fiesko* und Uraufführung von *Kabale und Liebe*. Bekanntschaft mit Charlotte von Kalb. 27. Dezember: Verleihung des Weimarischen Ratstitels durch Herzog Carl August. *Kabale und Liebe* erscheint im Druck, außerdem: *Merkwürdiges Beispiel einer weiblichen Rache* (nach Diderot).

1785–1786
Die *Rheinische Thalia*, *Was kann eine gute stehende Schaubühne eigentlich wirken?* und *Brief eines reisenden Dänen* erscheinen. April 1785 bis Juli 1787: Schiller ist Gast von Christian Gottfried Körner in Leipzig und Dresden. 1786 erscheint die *Thalia* (bis

1795, ab 1792 *Neue Thalia*), darin u. a.: *An die Freude*, *Verbrecher aus Infamie* (später: *Der Verbrecher aus verlorener Ehre*), *Philosophische Briefe*.

1787
Don Karlos erscheint, außerdem *Der Geisterseher* in Fortsetzungen in der *Thalia* (bis 1789). Dezember: Schiller reist nach Meiningen und nach Rudolstadt, er lernt Caroline und Charlotte von Lengefeld kennen.

1787–1788
Juli bis Mai: Aufenthalt in Weimar, Bekanntschaft mit Wieland, Herder u. a. (Goethe ist gerade in Italien). 1788 erscheinen die *Geschichte des Abfalls der vereinigten Niederlande von der Spanischen Regierung*, *Die Götter Griechenlands* und *Briefe über Don Karlos*. 15. Dezember: Berufung Schillers zum außerordentlichen Professor für Geschichte (nominell für Philosophie) nach Jena.

1789
Übersiedlung nach Jena, im Mai Antrittsvorlesung: *Was heißt und zu welchem Ende studiert man Universalgeschichte? Die Künstler*, *Spiel des Schicksals*, Beginn der *Allgemeinen Sammlung historischer Memoires*, Euripides-Übersetzungen *Iphigenie in Aulis* und *Die Phönizierinnen*. August: Verlobung mit Charlotte von Lengefeld.

1790
Januar: Schiller erhält den Hofratstitel und ein Jahresgehalt von 200 Talern. 22. Februar: Schiller und Charlotte von Lengefeld heiraten. Charlottes Mutter unterstützt das Paar mit 150 Talern jährlich. Beginn der Publikation der *Geschichte des dreißigjährigen Krieges*, *Der versöhnte Menschenfeind* erscheint.

1791

Lebensgefährliche Erkrankung an Lungen- und Rippenfellentzündung. *Über Bürgers Gedichte* erscheint. Auf Vorschlag des Dichters Jens Baggesen erhält Schiller vom Herzog Friedrich Christian von Schleswig-Holstein-Augustenburg und dem dänischen Finanzminister Graf Ernst von Schimmelmann für drei Jahre eine Pension von jährlich 1000 Talern. Beginn der Kant-Studien.

1792

Erneute Erkrankung. August: Schiller erhält das französische Bürgerrecht durch die französische Nationalversammlung. *Ueber den Grund des Vergnügens an tragischen Gegenständen*, *Ueber die tragische Kunst*, Beginn der Publikation der *Kleineren prosaischen Schriften*, Edition des *Pitaval* mit der Vorrede *Merkwürdige Rechtsfälle als ein Beitrag zur Geschichte der Menschheit*, Vergil-Übersetzungen *Die Zerstörung von Troja* und *Didos Tod*.

1793–1794

Kallias oder über die Schönheit, *Ueber Anmuth und Würde*, *Vom Erhabenen*. August: Abreise nach Württemberg. 14. September: Geburt der Sohnes Karl Friedrich Ludwig. Bis Mai 1794 Aufenthalte in Stuttgart und Tübingen. *Über Matthisons Gedichte* erscheint, Ankündigung der *Horen*. September: Reise nach Weimar, Besuch bei Goethe.

1795

Die erste Nummer der *Horen* erscheint. *Ueber die ästhetische Erziehung des Menschen in einer Reihe von Briefen*, *Ueber naive und sentimentalische Dichtung* (in drei Fortsetzungen in den *Horen* bis 1796), *Merkwürdige Belagerung von Antwerpen in den Jahren 1584 und 1585*, *Der Musenalmanach*. Schiller schreibt zahlreiche Gedichte für die *Horen* und den *Musenalmanach*.

1796

11. Juli: Geburt des Sohnes Ernst Friedrich Wilhelm. Goethe und Schiller verfassen für den *Musenalmanach für das Jahr 1797* die *Xenien* und *Tabulae votivae*.

1797

Marbacher Dramenverzeichnis (Dramenpläne: *Die Maltheser*, *Die Kinder des Hauses*, *Agrippina*, *Die Polizey* u. a.). 1797 entstehen die Balladen *Der Taucher*, *Der Handschuh*, *Die Kraniche des Ibykus*, *Ring des Polykrates*, *Ritter Toggenburg* und *Der Gang nach dem Eisenhammer*.

1798

Schiller wird zum (unbesoldeten) Honorarprofessor der Universität Jena ernannt. 12. Oktober: Uraufführung von *Wallensteins Lager* in Weimar.

1799

30. Januar: Uraufführung der *Piccolomini* in Weimar. 20. April: Uraufführung von *Wallensteins Tod* ebenfalls in Weimar. 11. Oktober: Geburt der Tochter Caroline Luise Friederike. 3. Dezember: Umzug nach Weimar. Im *Musenalmanach für das Jahr 1800* erscheint *Das Lied von der Glocke*. Der Herzog verdoppelt Schillers Jahresgehalt auf 400 Taler.

1800

Erkrankung an Nervenfieber. Die *Wallenstein*-Trilogie erscheint. Bühnenbearbeitung des *Macbeth*, Uraufführung von *Maria Stuart*. *Gedichte von Friedrich Schiller: Erster Theil* erscheinen.

1801

Maria Stuart erscheint. *Die Jungfrau von Orleans*. August: Reise zu Körner nach Dresden.

1802

Schiller kauft ein Haus an der Esplanade in Weimar. *Gedanken über den Gebrauch des Gemeinen und Niedrigen in der Kunst* und *Turandot Prinzessin von China* (nach Gozzi) erscheinen. 16. November: Schiller erhält den Adelstitel.

1803

Seit Januar regelmäßig Gast am Weimarer Hof. *Die Braut von Messina* und *Gedichte von Friedrich Schiller. Zweyter Theil* erscheinen. Schiller übersetzt Lustspiele von Picard *(Der Neffe als Onkel, Der Parasit)* für das Weimarer Theater.

1804

Wilhelm Tell und *Die Huldigung der Künste* werden uraufgeführt. Schiller plant, den »Demetrius«-Stoff zu bearbeiten. April/Mai: Reise nach Berlin. 25. Juli: Geburt der Tochter Emilie Henriette Luise. Verdoppelung des Jahresgehalts auf 800 Taler.

1805

Schiller übersetzt und bearbeitet Racines *Phedre*. *Die Huldigung der Künste* erscheint. Im Februar schwere Erkrankung, bis Ende April arbeitet Schiller dennoch am *Demetrius*. 9. Mai: Schiller stirbt. Er wird auf dem Jakobsfriedhof beigesetzt, seine sterblichen Überreste werden 1827 in die Weimarer Fürstengruft überführt.

Aus Kindlers Literatur Lexikon: Friedrich von Schiller, ›Der Verbrecher aus verlorener Ehre‹

Die Erzählung erschienen 1786 anonym unter dem Titel *Verbrecher aus Infamie. Eine wahre Geschichte* in der von Schiller herausgegebenen Zeitschrift *Thalia*; für die stilistisch überarbeitete Fassung, die er 1792 in der Sammlung *Kleinere prosaische Schriften* publizierte, fand Schiller den seither gebräuchlichen Titel *Der Verbrecher aus verlorener Ehre*.

Als Quelle des Textes vermutet die Forschung mündliche Erzählungen von Schillers Lehrer Jacob Friedrich von Abel, dessen Vater als Amtmann den »Sonnenwirt« festgenommen hatte und der in seiner *Sammlung und Erklärung merkwürdiger Erscheinungen aus dem menschlichen Leben* (Bd. 2, 1787) – also kurz nach Erscheinen von Schillers Erzählung – die Lebensgeschichte des Räubers Friedrich Schwan (1729–1760) darstellte. Schiller hält sich allerdings nur in groben Umrissen an die Historie. Er verändert Namen, Umstände und Einzelheiten des Verlaufs. Wenn er dennoch seine Erzählung »eine wahre Geschichte« nennt, so folgt er dem Wortgebrauch der zeitgenössischen Poetik: »Wahr« ist die »Geschichte«, weil die Fabelverknüpfung streng nach dem Gesetz der psychologischen Wahrscheinlichkeit durchgeführt ist.

Held der Geschichte ist Christian Wolf, der, als Sohn eines Gastwirts in einer Landstadt aufgewachsen, aufgrund unglücklicher Verhältnisse allmählich auf die schiefe Bahn kommt, WildDiebereien begeht, nach einer ersten Bestrafung rückfällig wird, erneut ertappt und zu einer Gefängnisstrafe verurteilt wird, nach seiner Freilassung wiederum rückfällig wird, einen Jäger erschießt, flüchtet und dabei unter die Räuber gerät, zum Hauptmann ausgerufen wird, zahlreiche Verbrechen begeht, endlich aber, nach wiederholten Versuchen, sich von der Bande abzusetzen, den Entschluss fasst, sich als Soldat in preußische Dienste zu begeben und ein Leben im Rahmen der Gesetze zu führen. Auf dem Weg zur Grenze wird er durch einen Zufall ergriffen, er legt ein freiwilliges Geständnis ab, wird zum Tode verurteilt und hingerichtet.

Die Fabel dieser Erzählung entspricht in den Grundzügen durchaus den zahllosen sowohl historischen als auch fiktiven Räubergeschichten des 18. und 19. Jh.s; Schiller verfolgt aber im Unterschied zu den meisten seiner Vorläufer und Nachfolger, die mit Vorliebe den bunten Wechsel der Abenteuer und die dramatische Ergreifung, Gerichtsverhandlung und Urteilsvollstreckung darstellten, ein didaktisches Ziel, das in der Einleitung ausführlich erörtert wird.

Wie die Medizin durch die Beobachtung des Kranken zu ihren wesentlichsten Erkenntnissen über den menschlichen Organismus komme, könne die »Seelenlehre« durch die Untersuchung des Verbrechers Aufschlüsse über »die unveränderliche Struktur der menschlichen Seele« gewinnen, denn auch der Verbrecher sei »Mensch [...] wie wir«. Kriminalität wird – wie die Krankheit – als ursachenbedingte Abweichung von der Norm definiert. Einem dogmatischen Urteil über Tugend und Laster wird damit die theoretische Basis entzogen und die gesetzesbuchstabengetreue Rechtsprechung in Frage gestellt. Die Verantwortung des Kriminalberichterstatters bestehe darin, dass er – anders als Redner und Dichter, die das Publikum emotionell zu besetzen suchten – den Leser durch die Art und Weise seiner Darstellung zur Einsicht in die Kausalität krimineller Handlungen führe.

In der anschließenden Erzählung des Falles Christian Wolf folgt Schiller konsequent diesem Postulat. Schritt für Schritt deckt er die äußeren Umstände auf, die den Delinquenten immer weiter ins Verderben führen, und minutiös beschreibt er die Bewusstseinsprozesse, die seine Taten motivieren, wobei die Erfahrung, die Ehre verloren zu haben, als zentraler Handlungsimpuls fungiert. Auf die detaillierte Darstellung der Raubüberfälle und Einbrüche wird hingegen fast gänzlich verzichtet: »Das bloß Abscheuliche hat nichts Unterrichtendes für den Leser.« Und ebenso verzichtet Schiller auf die Darstellung der Gerichtsverhandlung und Urteilsvollstreckung. In der Einleitung wird zwar kurz bemerkt, dass der Delinquent hingerichtet worden sei, aber die Erzählung selbst endet mit dem freiwilligen Geständnis des Räubers. Der folgende Akt, die Urteilsfindung, wird damit dem Leser überantwortet. Er wird in die Reflexion über Schuld und Sühne entlassen und sieht sich veranlasst, wie es in der Einleitung heißt, von seiner »republikanischen Freiheit« Gebrauch zu machen, die das Recht, aber auch die Pflicht impliziert, »selbst zu Gericht zu sitzen«. Schillers Erzählung steht sowohl hinsichtlich ihrer Struktur als auch ihrer aufklärerischen Tendenz in der Tradition der moralischen Erzählung des 18. Jh.s.

Im 19. Jh. wurde die Geschichte des Räubers Schwan wiederholt volkstümlich bearbeitet. Am bekanntesten ist die 1854 erschienene Erzählung von Hermann Kurz: *Der Sonnenwirt*.

Klaus Oettinger

Aus: Kindlers Literatur Lexikon. 3., völlig neu bearbeitete Auflage. Herausgegeben von Heinz Ludwig Arnold (ISBN 978-3-476-04000-8).